英国王妃の事件ファイル⑪

貧乏お嬢さま、イタリアへ

リース・ボウエン　田辺千幸 訳

On Her Majesty's Frightfully Secret Service

by Rhys Bowen

コージーブックス

ON HER MAJESTY'S FRIGHTFULLY SECRET SERVICE
(A Royal Spyness Mystery #11)
by
Rhys Bowen

歴史に関する覚書

この本に書かれている会合が実際にあったという歴史的根拠はありません。ですが、ナチスの脅威に対抗する方法を話し合うためのイタリア、イギリス、フランスによる国際会議が、一九三五年にストレーザで開かれたことは事実です。ムッソリーニはヒトラーとファシズムの支持者でしたから、わたしはその話を知ったときに妙だと思いました。そこで、舞台裏で別の会合がひそかに行われていたのではないかと考えたのです。それに、デイヴィッド王子もヒトラーに感銘を受けていたことを知っていましたから、こう思いました。〝いいんじゃない？〟

貧乏お嬢さま、イタリアへ

主要登場人物

ジョージアナ(ジョージー)……ラノク公爵令嬢
ダーシー・オマーラ……アイルランド貴族の息子。ジョージーの婚約者
ベリンダ……ジョージーの学生時代からの親友
ルドルフ・フォン・ロスコフ……ドイツの伯爵
クレア・ダニエルズ……ジョージーの母
マックス・フォン・ストローハイム……ドイツの実業家。クレアの婚約者
パウロ・ディ・マローラ・アンド・マティーニ……イタリアの伯爵
カミラ・ディ・マローラ・アンド・マティーニ……パウロの妻。ジョージーの学友
コジモ・ディ・マローラ……パウロのおじ。伯爵。国王の右腕でムッソリーニの相談役
フランチェスコ……マティーニ家の司祭
ゲルダ・ストレツル……カミラのメイド
スピッツ＝ブリッツェン……ドイツの将軍
クリンカー……ブリッツェン将軍の副官。中尉
デイヴィッド王子……英国皇太子
シンプソン夫人……デイヴィッド王子の恋人
ロミオ・ストラティアセッリ……地元警察の副部長

1

一九三五年四月八日　月曜日
キレニー城　アイルランド

ダーシーは行ってしまった。これからどうすればいいのかわからない。

幸せな時間が長く続かないことはわかっているべきだった。

この二カ月、わたしはダーシーの先祖代々の屋敷であるキレニー城に滞在していた。ダーシー、彼のちょっと変わった家族、そしてポーランドのゾゾ・ザマンスカ王女と共に、人生で最高に楽しいクリスマスを過ごした。誤認逮捕されたキレニー卿の無実を証明するためにわたしたちは必死で闘い、彼の城を取り戻すことができたのだ。その翌月は、ひと月かけて城を再び住めるようにした。愛する人がそばにいるというだけでなく、この夏の結婚式の計画を立てるのは本当に素晴らしくて、ほとんど奇跡のように思えた。さらにダーシーは父親と共に、いまは王女のものとなった競走馬の厩舎《きゅうしゃ》を復活させ、パンチズタウン競馬場で行われたゴールドカップで見事優勝を果たした。

けれどいいことには必ず終わりが来るものだ。ダーシーはひとところに長くじっとしていられるタイプではない。それは王女も同じだった。彼女はまるで道角の店にパンを買いに行くみたいに、自分の小型機でアイルランドとロンドンを気軽に往復した。そして三月のある日、世界一周の飛行機レースに出ると宣言した。普段は決して感情を表に出すことのないダーシーの父親は、王女がいなくなったあとしばらくのあいだ、不機嫌そうに足音も荒く歩きまわっていた。ふたりが互いに好意を抱いているのは傍目にも明らかだったが、わたしが知るかぎりキレニー卿は心の内を彼女に打ち明けていない。肩書であれ財産であれ、自分には彼女に与えられるものがなにもないと、ばかげたプライドが思わせているのだろう。彼女がそんなことを気にかけるはずもないのに。ゾゾ――彼女は友人たちからこう呼ばれることを好んだ――は、とても寛容で偏見のない人だ。それに、ちょっと悪党っぽいキレニー卿に夢中であることは間違いない。夢中になって当然だ。息子と同じ、野性味のあるハンサムな顔といたずらっぽく輝く目の持ち主なのだから！

ゾゾが小型機で城を発ってからまもなくして、ダーシーがしばらく留守にすると言いだした。断れない任務があるのだという。結婚の約束をしているにもかかわらず、彼はだれのために働いているのかを話してくれたことがない。英国秘密情報部らしいことをほのめかしてはいたけれど。

「どれくらい行っている予定？」わたしは努めて明るく尋ねた。

「わからないんだ」

「どこに行くのかも、なにをするのかも話すことはできないのよね？」

ダーシーはにやりとした。「できないってわかっているだろう？　それに、ぼくにもまだわからないんだよ」

癖のある黒髪と人を不安にさせるような青い目の彼はなんて素敵なんだろうと思いながら、わたしは彼の手を取った。「ダーシー、結婚してもこんなふうなの？」そう尋ねるわたしの声は、いくらかかすれていた。「あなたはいつもどこかに出かけていて、わたしはひとりであなたを心配していなくてはいけないの？」

「ぼくのことは心配いらないよ。自分の面倒は自分で見られるからね。だが、結婚したあとなにをするかについては、とりあえず成り行きに任せるほかはないだろうな。ここに戻ってきて、ぼくが育てられたみたいにぼくたちの子供も育てるのがいいのかな。でもぼくは自分できみを養えるようになりたいんだよ。わかっているだろう？」

「ええ、それはわかっているの」わたしは涙をこらえながら応じた。「でも、あなたがいないと寂しい」

「ぼくだって寂しいさ」ダーシーはわたしの頬に落ちてきた髪をはらった。「まずロンドンに行くよ。国王陛下の秘書と会って、その後どうなっているのかを確かめてくる」

ダーシーが言っているのは、もちろんわたしたちの結婚のことだ。知らない人のために言っておくと、わたしはラノク公爵の娘で、ヴィクトリア女王のひ孫。つまり国王陛下の親戚ということになる。王位継承権は三五番目だ。王族の一員であるわたしは、カトリック教徒との結婚を法律で禁じられている。ダーシーはカトリック教徒だから、わたしたちが結婚するためには、王位継承権を放棄するしかない。わたしがイギリス女王の座につく可能性はほとんどないから（伝染病の大流行や大洪水でも起きないかぎり）、まったくばかげているとしか思えないのだけれど。ともあれ、こういうことはきちんと手順を踏まなくてはいけない。ダーシーはわたしのために嘆願書を提出した。嘆願書は議会で承認してもらう必要があるのだが、まだなにも連絡がない。そういうわけで結婚式の日取りは未定のままで、それがなにより落ち着かなかった。ダーシーが一度試みたように、グレトナグリーンに行ってひそかに彼と結婚していればよかったと思うことすらあった。

アイルランドの片田舎にこうしてひとりで残されていると、不安が心に広がっていく。王位継承権を放棄したいというわたしの申し立てを、議会が承認してくれなかったらどうする？　それに逆らって結婚できる？　なにがあろうとわたしはダーシーと結婚するつもりだから、イギリスを出てほかの国で生きていかなくてはならないかもしれない。なにもわたしを止められない。そう心を決めてはいたものの、キレニー城でダーシーの父親とふたりだけで過ごす時間は落ち着かないものだった。彼はもともと愛想のいい男性ではないが、いまはゾゾを心配するあまり、いつもしかめ面でうろうろしていたし、ささいなことで機嫌を損ねた——去年の一二月にわたしが初めてここに来たときのように。

一方のわたしはダーシーのことや、わたしたちの結婚のことや、いま彼が地球上のどんな危険なところにいるのかを心配していた。なにより頭を悩ませていたのが、これからどうするべきかということだった。キレニー卿はわたしの滞在を歓迎していたし、ひとりになればますます落ちこむだろう。けれどわたしは寂しかったし、落ち着かなかったし、ここは自分のいるべき場所ではないような気がしていた。近くにあるだだっ広い大きな家で暮らす、ダーシーの風変わりな大おばさんと大おじさんを訪ねるのは楽しかった。春の香りがする空気のなか、生垣に春の花が咲く道路を歩くのは気持ちのいいものだ。それでもわたしはここを出ていきたかった。

だれにも知られずに赤ん坊を産むためにイタリアに行っている友人のベリンダのことを、しばしば考えた。彼女もわたしと同じくらい寂しがっているかしら？　最後に会ったときは、わたしにイタリアに来てほしいと言っていたけれど、それっきりなにも連絡がなかったし、手紙を書こうにも住所すらわからない。元気でいるといいのだけれど。ロンドンにいる祖父のことも心配だった。何度か手紙を出したのに、クリスマス以来返事がない。それも、かなりけばけばしいカードとチョコレートの箱が届いただけだ。祖父が筆まめでないことは知っているけれど、それでも体の具合が心配だった。祖父は肺が悪いし、ロンドンの冬の霧はしばしばひどいものになる。祖父を訪ねたかったけれど、泊まるところがなかった。ベルグレーヴ・スクエアにはラノクハウスがあって、いまの所有者は現公爵である兄だけれど、彼といまいましい義理の姉のフィグは冬のあいだ南フランスに行っている。留守のあいだ、この家を使うことは許さないとフィグから釘を刺されていた。

ロンドンに来たときにはいつでもうちに泊まってちょうだいとゾゾは言ってくれていたが、いま彼女は世界一周のレースに出場中で、帰ってくるのはおそらく数カ月先になるだろう。そういうわけでわたしはアイルランドに残り、だれかからなにか連絡があるかもしれないと毎朝ポストをのぞいていた。そんなある日のこと、わたしは早朝の散歩に出かけた。申し分のない春の一日だった。城の敷地のいたるところに水仙が咲いていた。新芽が顔を出した木の枝では、鳥たちがうるさいほどにさえずっている。空気は新鮮でかぐわしかった。馬で遠乗りをするのにふさわしい日だったけれど、いまキレニー城にいるのはどれも競馬用の馬だ。キレニー卿は、大切な馬をわたしに任せたがらないだろうと思った。

ゲートに続く道を半分ほど進んだところで、自転車に乗った郵便配達員に会った。

「おはようございます、お嬢さま」彼はわたしの横で自転車を止めた。「気持ちのいい日ですね。ロンドンから手紙が届いていますよ」

彼が差し出したのは分厚い封筒だった。ダーシーのじれったそうな黒々とした文字を期待したけれど、そこにあったのは兄の筆跡だった。イギリスに戻ってきたらしい。

「封筒の裏に紋章がありますね」郵便配達員は好奇心に目をきらめかせた。「つまり、どこかの貴族からってことですよね？　きっと重大な手紙ですね」

彼はそこから動こうとせず、わたしが封を切るのを待っていた。これほど長いあいだなんの連絡もなかったのに、いまになって兄が手紙をよこした理由を早く知りたくてたまらなかったけれど、うしろから郵便配達員がのぞきこんでいるところで手紙を開くつもりはなかった。村じゅうの噂にされてはかなわない。

「どうもありがとう」わたしは言った。「家のなかでゆっくり読むわね」

城へと戻るわたしを、彼ががっかりしたように眺めているのはわかっていた。食堂に入り、コーヒーを注いだ。キレニー卿の姿はない。彼はほとんど毎朝、夜明けと共に厩舎に行っていて、わたしはひとりで朝食をとることに慣れていた。腰をおろしたちょうどそのとき、家政婦のミセス・マッカーシーがスモークしたタラを持ってやってきた。

わたしを見た彼女はぎょっとして言った。

「まあ、お嬢さま。もう起きていらしたなんて知りませんでした。朝食の用意がまだなんです」

「いいのよ、気にしないで、ミセス・マッカーシー。散歩に出かけたら途中で郵便配達員に会って、手紙を受け取ったの。だからすぐに読もうと思って戻ってきたのよ」

「まあ、いいですね。手紙ですか」彼女は笑顔になった。「ミスター・ダーシーからじゃないんですよね？」

「残念ながら違うのよ」

「あらまあ、封筒に立派な紋章があるじゃありませんか」ミセス・マッカーシーは手にタラの皿を持ったまま、わたしの背後にまわりこんだ。

「兄のラノク公爵からよ」

「お兄さまですか。素敵ですこと」彼女が動く気配はなかった。詮索好きなのはこのあたりの人の特徴なのだろうかとわたしは考え始めていた。「なにか知らせたいことがあるんですね。とても長い手紙みたいですもの」

「兄は南フランスから帰ってきたところなの。向こうでどんなふうに過ごしたのかを、事細かに知らせてくれているんだと思うわ」

「まあ、リヴィエラですか。素敵じゃないですか。さぞ楽しい時間を過ごしたんでしょうね。ヨットとかなんだとかで」

彼女がどこにも行くつもりがないことは明らかだった。

「タラのお皿を保温用のトレイに置いてきたほうがいいんじゃないかしら？　冷たくなってしまうわよ」わたしは言った。

彼女はくすくす笑った。「あらまあ、自分がなにを持っているのかすっかり忘れていましたよ」

彼女が様々な朝食の料理が並んだサイドボードのほうに歩きだしたのを見て、わたしは封筒を開いた。ラノク家の紋章が入った便せんと二通の手紙が入っていた。まず便せんに目を通した。

親愛なるジョージアナ
元気に過ごしていることと思う。同封した手紙をどこに送ればいいのかわからなかったが、おまえがまだそこにいることを期待して、アイルランドのオマーラの住所宛に送ることにする。イギリスの新聞で、キレニー卿の件が驚くべき展開を見せたことを知ったよ。彼の無実が証明されて、おまえのためにも本当にうれしく思っている。

ニースから戻ってきたら、同封した手紙が届いていた。しばらく前に配達されたもののようだったが、わたしたちが留守のあいだ家は閉め切っていて、使用人もいなかったものでね。一通はバッキンガム宮殿からだ。急を要するものでなければいいんだが。しばらく外国に行っていたので、すぐに手紙をおまえに転送すると国王陛下の秘書には伝えておいた。

わたしたちは、フォギーとダッキーのヴィラで素晴らしい時間を過ごしたよ——いや、あまり素晴らしいとは言えなかったかもしれない。少しばかり窮屈だったからね。実際、〝ヴィラ〟という言葉は、過大な表現だよ。ニースの裏通りにある、ごく普通の小さな家だったんだ。でも海からは歩けるところだ。水は泳ぐには冷たかったが、散歩は気持ちがよかったよ。海岸が砂浜ではなかったのでポッジはがっかりしていたが、彼は聞き分けのいい子だから、それなりに楽しんでいた。

スコットランドに戻る前に数週間ロンドンで過ごすつもりだ。連絡を待っている。

おまえの優しき兄
ビンキー

顔をあげると、ミセス・マッカーシーがタラを保温用の台に置いて、こちらに戻ってきたところだった。

「なにも問題はありませんか、お嬢さま?」

わたしは手紙をたたんだ。

「ありがとう、ミセス・マッカーシー。なにひとつ問題はないわ。残りの手紙は、あなたのおいしいタラを食べてから読むことにするわね」

彼女があきらめて、ため息をついたのが聞こえた気がした。

朝食を終えて寝室に戻ったところで、ほかの手紙を開いた。まずは王家のものから読むべきだろう。それは王妃陛下からの手紙で、秘書に口述筆記させたものではなく、直筆だった。

親愛なるジョージアナ

元気にしていることと思います。あなたが恋人である男性との結婚を望んでいること、彼がカトリック信者であるため、あなたが王位継承権を放棄したがっていることを国王陛下の秘書から聞きました。

これは大きな決断ですよ、ジョージアナ。よく考えてから決めなくてはならないことです。これが本当にあなたの意思であり、その結果について覚悟があることをあなたの口から聞きたいと思います。ですので、一度宮殿に来てください。お茶を飲みながら、話しましょう。あなたの都合のいい日を秘書に連絡してください。

国王陛下もよろしくと言っていました。

メアリ　R

(親戚に宛てた非公式な手紙であっても、彼女はあくまでもメアリ王妃だった。王妃であることはやめられないらしい)。

わたしは長いあいだその手紙を見つめていた。胃を締めつけられる気がした。これってつまり、結婚を認めないということ？　王位継承権の放棄を許さないということ？　そんなのおかしい。王妃陛下には健康な四人の息子がいて、孫娘もすでにふたりいる。これから孫はもっと増えるだろう。すぐにでもロンドンに行って、王妃陛下に会う必要があった。なにがあろうとダーシーと結婚するつもりだということを訴えなくてはいけない。そう考えると、ますます胃が締めつけられた。メアリ王妃は恐ろしい方だ。わたしはこれまで一度たりとも王妃陛下を怒らせたことはない。そんなことをした人はそうそういないはずだが、唯一の例外が息子である皇太子のデイヴィッド王子だ。シンプソン夫人というアメリカ人女性との交際は認めないと、王妃陛下ははっきり彼に告げている。その女性が現在ほかの男性と結婚しているというだけでなく、離婚の経験まであるからだ。国王陛下が首長である英国国教会は、離婚を認めていない。自分の息子がそんな女性との結婚を考えているなどと、王妃陛下はかけらも信じていないのだろう。いずれ時がくれば、弟のジョージのように——ジョージとギリシャのマリナ王女の結婚式にはわたしも参列したばかりだ——ふさわしい相手と結婚すると考えているに違いない。

わたしは王妃陛下からの手紙を化粧台に置き、もう一通の封を切った。封筒にはイタリアの消印があり、日付は一九三五年一月二一日になっていた。かわいそうなベリンダ——一月に手紙を書いたのに、いまだにわたしからの返事を受け取っていないのだ。

親愛なるジョージー

やったわよ！　約束どおりイタリアに来て、ストレーザという町のすぐ郊外にあるマッジョーレ湖畔でかわいらしい小さなコテージを借りたの。景色が素晴らしいのよ。裏のテラスにはオレンジの木が生えているの。フランチェスカという人を通いで雇って、お料理と掃除をしてもらっている。彼女ったらわたしを太らせようって決めたらしくて、極上のパスタとケーキを作ってくれるの。そういうわけで、いまのところすべては順調よ。たったひとつ、寂しいことを除けば。わたしのことは知っているでしょう？　わたしはみんなの注目を集めて、ダンスに出かけたり、楽しいことをするのが大好きなのよ。なのにここではだれも知り合いがいなくて、毎晩長い夜には本を読むか編み物をするしかないのよ。わたしは編み物が下手だっていうことがわかったわ。フランチェスカと彼女の妹たちがびっくりするくらいの速さでいろいろなものを編んでくれていなければ、かわいそうなわたしの赤ちゃんは裸でいることになったでしょうね。

そのかわいそうな赤ちゃんのことだけれど――まだ心を決められずにいるの。手元に置いておくわけにはいかない。そうでしょう？　そんなことが知られたら、いい結婚ができる望みはなくなって、一生が台無しよ。わたしのこれまでの評判を考えれば、公爵や伯爵の息子をつかまえるのは無理だろうけれど、アメリカ人の百万長者で全然問題ないもの！　でも赤ちゃんをどうすればいいの？　とりあえず、出産するクリニックは調べているわ。もちろんイタリアじゃないわよ。フランチェスカ姉妹がいるところでは無理！

幸い、マッジョーレ湖はイタリアとスイスの境にあるの。だから出産に合わせて湖のこちら側から汽船に乗って、スイスにあるきれいで清潔で効率的なクリニックに行けばいいというわけ。ああ、こう書いているいまも、怖くてたまらないわ。恐ろしい話をたくさん聞いているもの。

いまわたしはテラスに座って、湖を行き来する船を見ながらあなたのことを考えている。あなたがダーシーといっしょにいて、すべてうまくいっていればいいって願っている。イギリスの新聞で、彼のお父さまが無実だったことを読んだわ。真実がわかって、あなたにとってもダーシーにとっても本当によかった。あなただけでも幸せになれそうでうれしいわ。結婚式がいつになるのか教えてね。

それとも、ダーシーがあなたを手放してくれるなら、しばらくここでいっしょにいてもらえないかしら。わたしのかわいらしい家をきっと気に入ってもらえると思うわ。いっしょにオレンジを摘んで、噂話をして、学生時代のように笑いあいましょうよ。お願いだから、イエスと言ってね。ほんの一週間でも二週間でもいいから。旅費はわたしが喜んで払うわ。できれば、出産のときにいっしょにいてもらいたい。手を握ってくれる人もいないところで、ひとりで子供を産むのかと思うと怖くてたまらないのよ。もちろん、家族に打ち明けるわけにはいかない。わたしの破滅と恥を知った義理の母親がどんな喜びの声をあげるか、想像できる？　どうにかして、わたしが祖母の遺産を相続するのを阻止しようとするかもしれないわ。

返事をちょうだいね、ジョージー。あなたからの手紙を首を長くして待っている。そしてそれ以上に、あなたの笑顔を見られることを。

あなたの孤独な友人
ベリンダ

わたしはベリンダの手紙を化粧台の上の王妃陛下の手紙に重ねて置き、窓の外に目を向けた。白い雲が空を勢いよく流れていく。春の強い風に乗って、カモメが舞っていた。テラスにオレンジの木がある湖と、コテージにひとりで座るベリンダを思い浮かべた。自分を待ち受けるものにおののき、友人からの手紙と訪問を待ちわびているベリンダ。

行かなければと思った。もしわたしが同じ立場だったら、友だちに助けに来てほしい。ダーシーがいないいま、わたしがイタリアに行けない理由はなにもなかった。いつ帰ってくるのか、ダーシーはなにも言っていなかった。彼自身も知らないのだと思う。これまでにも、オーストラリアやアルゼンチンといった、遠い地域に行っていたことがある。今回は中国かもしれないし、ことによると南極大陸かもしれない。そしてベリンダは旅費を出してくれると言っている。チケットを買うくらいの貯金はあるけれど、そのお金は結婚式のためのものだ……その日がくるとしたなら。

わたしは壁に近づいて、呼び紐を引いた。ひとりでヨーロッパに渡ることにおじけづく前に、つぎの船で出発すると決めていた。

2

四月八日　月曜日
キレニー城

とりあえず、やるべきことができた。早くベリンダとオレンジの木に会いたくてたまらない！

すぐさま、廊下をぱたぱたとかけてくる軽やかな足音が聞こえた。ドアが開いて、見たこともないくらい真っ赤な髪とそばかすのある小さな顔がのぞいた。

その熱心な表情に思わず笑みが浮かんだ。前のメイドのクイーニーとはなんて違うことか。クイーニーのときは、少なくとも三回は呼び紐を引っ張らなくてはならなかった。そのうえ、そのどすどすという足音に部屋じゅうが震えたものだ。けれどいまクイーニーは、ダーシーの大おじ夫妻の見習い料理人として問題なく働いている。彼女が改心したのか、それとも台所を燃やされても大おじ夫妻が気づかないのかはわからないが、とりあえずいまのところ、文句は言われていない。おそらく、夫妻の家があまりに風変わりで雑然としているせいで、クイーニーの作ったプディングが天井にこびりついていても、夫妻は笑うだけなのだろう。

「お呼びでしょうか、お嬢さま?」新しいメイドが膝を曲げてお辞儀をしながら訊いた。

「ええ、キャスリーン」彼女はキレニー村のパン屋の娘で、とても飲みこみがいいだけでなくこちらが気恥ずかしくなるくらい、一生懸命だった。まるで忠実なスパニエルのように、ひとときもわたしのそばを離れようとしない。もちろん彼女もまったく間違いを犯さないわけではない。シルクのストッキングを洗ったことも、ベルベットにアイロンをかけたことも、そのほかの繊細な生地を手にしたこともないのだから、当然だろう。けれど幸いなことに、わたしはそういったものはほとんど持っていないし、そもそも衣類の大部分はロンドンの兄の家に置いたままだ。キャスリーンは間違いから学ぶことができたので、同じことは二度と繰り返さなかった。

「納戸からわたしのスーツケースを出してきてちょうだい。ラベルが貼ってあるからわかるわ。それから荷造りをしてね。やり方を教えるから。薄葉紙をあいだにはさむのよ」

キャスリーンの額にしわが寄り、いまにも泣き出しそうな顔になった。

「どこかに行かれるんですか、お嬢さま? 出ていくんですか?」

「わたしたちはロンドンに行くのよ。それから多分イタリアに」

「わたしたち?」キャスリーンはぞっとしたように訊き返した。

「もちろんあなたもいっしょに行くのよ」

キャスリーンは元々大きな青い目の持ち主だ。それがますます大きくなった。

「ああ、神さま」彼女は十字を切った。「ロンドン？　イタリア？　あたしが？　だめです、お嬢さま、あたしは外国になんて行けません」

「でもレディズ・メイドは、主人が旅をするときには必ずいっしょに行くものよ。そうでなければ、だれが荷物を運んだり、列車で着替えを手伝ってくれるというの？」

キャスリーンはドアに背中が当たるまでじりじりとあとずさった。

「でもお嬢さま、あたしがお嬢さまのメイドになったのは、ここで、キレニー城でお嬢さまのお世話をするんだと思ったからです。外国に行くなんて知りませんでした。母さんが絶対にあたしを行かせません。あんな異教徒や恐ろしい人たちのいるところになんて」

わたしは頬が緩みそうになるのをこらえた。

「異教徒じゃないのよ、キャスリーン。イタリアの人たちはみんな、あなたと同じカトリック教徒よ」イタリアの男性は女性のお尻をつねることを思い出したけれど、それには触れずにさらに言った。「それにローマ法王もイタリアに住んでいるわ」

キャスリーンの顔が少し明るくなった。「ローマ法王が？　そうですよね、ローマはイタリアですもんね。それじゃあ、お嬢さまはローマ法王に会うんですか？」

「それはまずないと思うわ」わたしはそう答えながら、バチカンを訪れるかもしれないと言えば彼女をその気にさせられるだろうかとふと考えた。だがスイスと国境を接しているイタリアの湖に滞在しながら、ローマまで行くのは難しい。「わたしが行くところはローマからは遠いのよ、残念だけれど」

彼女の顔が曇った。「同じことです。たとえ神さまに会いに行くとしても、母さんが行かせてくれません。心配と悲しみのあまり、死んでしまいます」

「ほんの数週間のことよ、キャスリーン。それにミスター・ダーシーとわたしが結婚したらどうするの？　おそらくわたしたちはほとんどの時間をイギリスで過ごすことになるわ」

「イギリスで？」キャスリーンは必死になって首を振った。「すみません、お嬢さま。このお城でなら、喜んでお嬢さまのメイドをやります。でも異教徒のいるところにあたしを連れて行ったりしないでください。母さんを置いていくわけにはいかないんです」

キャスリーンにとっては、ロンドンも異教徒の地らしい。彼女の気持ちを変えることは難しそうだ。メイドなしでイギリスに帰るか、もしくはクイーニーに戻ってきてもらうかのどちらかを選ぶほかはない。ああ、どうしよう。ラノクハウスにクイーニーを連れて帰るなんて、考えただけでもぞっとした。義理の姉はクイーニーを心底嫌っているから、散々嫌味を聞かされることになるだろう。そしてクイーニーはトイレを詰まらせたり、バスルームを水浸しにしたり、わたしの一番上等のベルベットのドレスを焦がしたりして、義姉の言葉が正しいことを証明するに違いない。

キャスリーンにスーツケースを取りに行かせているあいだに、わたしはゆっくり考えてみた。メイドなしでも旅はできるだろう。現代的な女性の多くがそうしている。ゾゾ王女ですら、イートン・スクエアからメイドを呼び寄せるまで、最初のひと月はひとりでことロンドンを往復していたくらいだ。問題は、着替えにメイドの手助けが必要なことだった。ドレスやブラウスの多くは小さなボタンが背中についていて、ひとりで着替えるのは不可能だ。それに実を言えば、自分が着ている様々な服の正しい手入れ方法をわたしは知らなかった。クイーニーがどれほどひどかったかを思い出そうとした。失敗の記憶ばかりが大きくなっているんだろうか？　彼女は、いつもいつもそれほどひどかったわけではない。ときにはとても勇敢で、わたしを窮状から救ってくれたこともある。それに彼女は外国に行くのが好きだ。わたしといっしょにイタリアに行くつもりがあるかどうか、訊くべきだろうか？　考えたあげく、黙って出発するのは正しいことではないと心を決めた。

スーツケースを持ったキャスリーンが、わたしがいなくなることを思ってめそめそと泣きながら戻ってきたところで、わたしはミセス・マッカーシーに話をするため、階下の厨房に向かった。

「キレニー卿が戻っていらしたら、車を借りていることを伝えてもらえる？　大おばさまに会いに行ってくるわ」

「わかりました、お嬢さま」ミセス・マッカーシーが答えた。「あの手紙はいい知らせだったんですか？」

「ええ、ありがとう。王妃陛下に会うために、すぐにロンドンに戻らなくてはならなくなったの」

「なんとまあ」恐れおののくような表情が彼女の顔に浮かんだ。「わたしが働いている場所で、そんな言葉を聞くことがあるとは想像もしていませんでしたよ。でも忘れていましたけれど、お嬢さまは国王陛下の親戚なんですよね？　とても高貴な生まれで、王族の方たちとも親しいってミスター・ダーシーが言っていました」

「それじゃあ、キレニー卿に伝えておいてくれるかしら？」

「王妃陛下と会うことをですか？」

「そうじゃなくて、車を借りることを。それほど長くはかからないわ」

わたしは話がそれ以上長くなる前に、厨房を出た。

あたりの景色を満足げに眺めながら、車を走らせた。いずれまたここに戻ってくるのだと思うと、心が安らいだ。ダーシーとふたりでキレニー卿を訪ね、折々の行事をいっしょに過ごすことになるだろう。わたしがいるべき場所、温かく迎えてくれる場所をようやく見つけたのだ。ダーシーとの結婚が許されればの話だけれど。王妃陛下と会うことを考えると、胃にしこりができた気分だった。陛下の上品だけれど凛とした声が聞こえる気がした。

「いいえ、ジョージアナ、問題外です。彼との結婚は許しません、議論の余地はありません」

あの手紙を深読みしすぎているのだと自分に言い聞かせた。王妃陛下はただ、ダーシーと結婚したいと思っていることをわたしの口から直接聞きたいだけかもしれない。わたしは村の先の急な丘をのぼり、小さな橋を渡った。かなりの雨が降ったので、水量が増えている。

そして、ダーシーの大おじ夫妻であるサー・ドーリーとレディ・ホワイトの自宅マウントジョイへと続くゲートをくぐった。マウントジョイという名前がついてはいるが、その家は山《マウンテン》の上にはなかったし、楽しそうにも見えない《ジョイフル》。切妻屋根と片側に小塔がある、いまにも崩れ落ちそうな建物だ。鶏とカモが前庭を歩きまわり、数匹の羊と一頭の牛が左手にある柵の向こうからこちらを眺めている。車の音を聞きつけた犬たちが玄関から走り出て、激しく吠えながら車に飛びついてきた。車を止めたところで、家の主が姿を見せた。ウーナ大おばは顎《あご》が何重にもなった大柄な女性だった。いつも奇妙な取り合わせの服を着ているが、今日の彼女は紫のシルクのティードレスにフリンジのついたショールを巻き、花柄のエプロンをつけて、仕上げにゴム長靴という格好だった。

「いったいなんの騒ぎなの？」そう言ったウーナはわたしに気づくと、笑顔になった。「まあまあ、うれしいこと。ダーシーが逃げ出してしまったから、わたしたちがあなたを助けに行かなきゃいけないわねって、ゆうべもドーリーと話していたところだったのよ。サディとふたりきりだと、さぞ大変なんじゃない？　また昔のような癇癪《かんしやく》持ちに戻ってしまった？」

「時々、少し気難しくなります」わたしは答えた。「ゾゾがいなくて寂しいんだと思います」

「そうでしょうとも。それに心配でしょうしね。世界一周のレースだなんて。それに彼女が飛ばしているあの小さな乗り物は、紙と紐に毛が生えたみたいなものだもの。まあ、それもサディが悪いんだけれどね。気持ちを伝えなさいってサディには言ったのよ。ほかのだれかに取られる前に、自分のものにしなさいって。でも彼はああいう人だから」

わたしはうなずいた。「誇り高い人ですから。彼女に与えられるものが自分にはないと思っているんです」

「まったくそのとおりよ。さあ、なかにお入りなさいな」ウーナは犬を追い払いながら、先に立って歩き始めた。「そこをおどき、ほら」そして声を張りあげた。「ドーリー、早くおりていらっしゃいな。あなたのお気に入りの若いお嬢さんがいらしたわよ」

わたしたちは、例によって座るところのない居間に入った。どこもかしこも、書類や本、バイオリン、卵の入った籠、夏用の帽子、大きなトラ猫でいっぱいだ。ウーナは肘掛け椅子から卵をどけると、座るようにとわたしにうながした。

「ちょうどよかった。あなたの元メイドが今朝、ショートブレッドを焼いたのよ。パンやケーキを焼くのが本当に上手ね。宝物よ、彼女は。トレッドウェルもそう思い始めているわ。決して認めないでしょうけれどね」

クイーニーが宝物と呼ばれるのを聞いて、わたしは仰天した。いつもは、〝大惨事〟や〝どうしようもない〟という言葉がついてまわるのに。ようやく彼女も自分を生かせる場所を見つけたのかもしれない。

「それじゃあ、最近はなにもひどい失敗をしていないんですか？　ドーリーおじさまのワーテルローの戦いをまた台無しにしたりとか？」（ドーリーおじさまは二階の部屋におもちゃの兵隊を並べて、ワーテルローの戦いを再現している。いたって真剣だった）

「ワーテルローは終わったのよ。残念ながら」

「終わった?」

「ウェリントンが勝ったの。ナポレオンはセントヘレナ島に送られたわ。全部おしまい」ウーナはパチンと手を打った。「ドーリーはすっかり気が抜けてしまって。自分でもなにをしていいかわからないみたい。兵士たちを塗りなおして、別の戦いをすればばって言ったんだけれど、その気力がないらしいの」

ちょうどそのときドアが開いて、ドーリーが入ってきた。巨大な妻とは対照的な小柄な男性だ。わたしを見ると、その目が輝いた。

「ほら、ドーリー。元気が出た? あなたのお気に入りのお嬢さんよ」

ドーリーはにこやかな笑みを浮かべ、わたしの手にキスをした。「会えてうれしいよ」わたしに向かって言う。「とても元気そうじゃないか」

「彼女はいつも元気そうよ。健康そのもの。ダーシーはいい人を選んだわ」

わたしは頬が赤く染まるのを感じた。

「あいつはどこだね?」ドーリーが訊いた。「ここ数日、見かけないが」

「行ってしまいました。どこかはわかりません。彼がどんなふうだか、おじさまもご存じでしょう?」

「銃や麻薬の密輸をしていても、わしは驚かないね」ドーリーは穏やかな口調で言った。

「そんなことしてるはずがないでしょう」ウーナが言った。「彼はスパイなのよ。知っているくせに。だからなにをしているのかを話せないのよ」

それがおもしろい冗談であるかのように、ふたりは声をあげて笑った。やがてウーナは雑然とした部屋のなかから呼び鈴を探しだして、鳴らした。執事のトレッドウェルではなくクイーニーがやってきた。

「お呼びですか、レディ・ホワイト？」クイーニーはそう言ってからわたしに気づき、「どうしたんですか、お嬢さん」と言った。

ウーナには完璧な応対をしておきながら、わたしのことは決して〝お嬢さま〟と呼ばないクイーニーに、わたしは改めて驚いた。

「コーヒーと、今朝あなたが焼いたショートブレッドを持ってきてちょうだい」

「プラムケーキはどうですか？」クイーニーが訊いた。その用心深い表情を見て、なにかしでかしたらしいとわたしは気づいた。

「いいえ、ショートブレッドがいいわ。サー・ドーリーがショートブレッドを大好きなのは知っているでしょう？」

クイーニーは落ち着かない様子でエプロンをもてあそんでいる。

「思ったようにできあがらなかったんです」

「でも、わたしはひとついただいたわよ。おいしかったわ」

「それは、うっかり洗いおけのなかに落とす前の話です。乾かそうとしたんですけど、元通りにはなりませんでした」

「あらまあ、クイーニー」ウーナは驚くほど思いやりに満ちた笑みを浮かべた。「そういうことなら、プラムケーキでいいわ」

クイーニーが出ていくと、ウーナはいらだちまじりの笑いを見せた。

「彼女はとても進歩しているのよ。まったく失敗のない日もあるし、ケーキやパンを焼くのは本当に上手だわ」

「それじゃあ、彼女をわたしに返したいとは思わないんですね？」

「どうして？　そのつもりだったの？」

「ロンドンに行かなくてはいけなくなったんです。そのあとはおそらくイタリアにも」わたしは答えた。

「でも新しいメイドがいるでしょう？　かわいらしい子で熱心だって言っていたじゃないの」

「そうなんですけれど、母親を置いていくのも、異教徒の地に行くのもいやらしいんです」

わたしは悲しげな笑みを浮かべた。

「ああ、それでクイーニーに戻ってきてほしいのね。いいことは長く続かないってわかっていたのよ」

わたしは考えをめぐらせた。クイーニーはここでうまくやっている。いろいろなことを学んでいる。たいした失敗はしていない。そしてウーナとドーリーは彼女を必要としている。

「もちろんドーリーもがっかりするでしょうね」ウーナは、暗い顔で黙って座っている夫にちらりと目を向けた。「つねるお尻がなくなるんですもの。たまにお尻をつねると、ドーリーは元気になるのよ」

わたしは立ちあがった。「クイーニーと話をしてきます。彼女の判断に任せようと思います」

クイーニーは台所にいて、コーヒーカップをトレイにのせていた。台所は驚くほどきちんと片付いていた。焼いたばかりのパンがラックにのっている。コンロの上でなにかいいにおいのするものが、ぐつぐつと煮えていた。

「ここでとてもよくやっているそうね」わたしは言った。「サー・ドーリーとレディ・ホワイトがほめていたわ」

クイーニーは恥ずかしそうに笑った。「おふたりはとてもよくしてくれるんです。あたしがすることを喜んでくれます。ミスター・トレッドウェルまで、あたしにとても助けられてるって言ってくれたんですよ。普段はそういうことを言う人じゃないのに」

「それじゃあ、あなたはここにいたいのね。わたしといっしょにロンドンに戻るんじゃなくて」

クイーニーは驚いて顔をあげた。「出ていくんですか？　家に帰るんですか？」

「しばらくのあいだだけね。ロンドンでしなくてはいけないことがあるの。そのあとはイタリアにいるミス・ベリンダのところに行くかもしれない」

「イタリア……」クイーニーはうっとりした表情になった。「イタリアはいいところらしいですね。おいしい食べ物がいっぱいあるって」

「あなた次第だって言ったのよ、クイーニー。あなたがここに残りたいと言うのなら、わたしはメイドなしでも大丈夫。あなたがここで幸せなのかどうかを確かめたかっただけなの」

「はい、お嬢さん。あたしはここが気に入ってます」

「サー・ドーリーにお尻をつねられても？」わたしは声をひそめた。

クイーニーはくすくす笑った。「どうってことありませんよ、お嬢さん。サー・ドーリーは、ちょっとばかしわくわくしたいだけですよ。だけど、あの人になにができるっていうんです？」クイーニーは笑いに体を震わせた。「よく見てくださいよ。あんなに小さくて細いんだから、あたしがその気になれば、一発でやっつけられますよ」

ケトルのお湯が沸いて、クイーニーはお湯をこぼすことも、やけどをすることもなくコーヒーをいれた。

「わかったわ、クイーニー。いまはあなたをここに残していくわね。結婚式の準備に戻ってくるから、今後のことはそのときに話し合いましょう」

クイーニーはにやりとした。「合点です、お嬢さん」

3

四月九日　火曜日

イギリスに戻る。アイルランドを離れるのは悲しい。

夜のフェリーでダブリンからホリーヘッドに向かった。うしろめたい思いを感じずにはいられなかった。キレニー卿はわたしまでいなくなると知って、明らかに落胆していた。

「ネズミは沈む船から逃げ出すと言うからな」

「ごめんなさい、あなたをひとりにはしたくないんです。でもメアリ王妃に呼びつけられてしまって。王妃陛下にノーとは言えませんから」

彼はうなるように言った。「そうだろうな」

「それに、これはとても大切なことなんです。王妃陛下は王位継承権について話がなさりたいそうです。議会にかける前に、わたしから直接話を聞きたいみたいで」

「まったくばかばかしい」キレニー卿はぴしゃりと言った。「わたしなら、そんなものは無視してさっさとダーシーと結婚するね。アイルランドの人間になって、イギリスの君主制などあざけってやればいい」

「そういうわけにはいきません」わたしは気まずい思いで応じた。「きっと単なる形式上の問題だと思います。予定どおり、夏には結婚式をあげられるはずです」

「わかった。今夜のフェリーに乗るのなら、もう出発したほうがいい。わたしが駅まで送っていこう」

「本当ですか？　ご親切にありがとうございます」わたしは衝動的にキレニー卿の頰にキスをした。その顔に照れくさそうな笑みが浮かぶのを見て、彼がわたしに好意を抱いてくれていることに気づいた。心が温かくなった。

「心配いりません。わたしたちみんな、すぐに戻ってきますから」

「みんな？」

「ダーシーとゾゾ王女とわたしです」

「それはどうだろう。王女はアイルランドの競走馬厩舎を手に入れてみたかっただけなんだと思うね。もう、新しいことに興味が移っているのだよ。気づいたら、アラブの族長かどこかのアメリカ人に売っていたなどということになっているかもしれない。あのばかげた世界一周の旅から無事に戻ってきたらの話だが」

「そんなに文句ばかり言わないでくださいな。彼女はあなたのことが大好きだし、もちろん無事に戻ってくるに決まっています。ゾゾのことはご存じでしょう？　運に恵まれた人生を送っている人ですもの」

「まあ、いずれわかることだ」

「いまあなたがなさるべきなのはグランド・ナショナルで勝って、キレニーの厩舎が戻ってきたことを世界中に知らしめることじゃないですか？」

キレニー卿はじっとわたしを見つめていたが、やがて笑みを浮かべて言った。

「きみは本当に、あきれるほど楽観的だね。知っていたかい？　だがダーシーがきみを好きになった理由はよくわかるよ。いつかきみと孫たちがここで暮らして、活気に満ちた日々を取り戻してくれたらこんなにうれしいことはない」そう言ったあとで感情を露《あら》わにしたことに気づいたらしく、ぶっきらぼうに言い添えた。「荷物を取ってくるといい。わたしは車をまわしてくるから」

駅に着くまで、わたしたちはほとんど話さなかった。キレニー卿の気分を引き立てるような明るいことを話題にしたかったけれど、なにも思い浮かばなかった。大きくて陰鬱なあのお城にひとりでいれば、暗い気分になるのも無理はないと思えた。

「王妃陛下との話がすんだら、帰ってきてくれるんだろう？」キルデア駅の外に車を止めたところで、彼が訊いた。

わたしはそのときになって初めて、ベリンダのことを話していなかったと思い出した。

「すぐにではないんです」言葉を選びながら答えた。「しばらくイタリアに行くかもしれません。学生時代の友人がイタリアにいるんですが、いまあまり具合がよくないんです。ひとりで寂しいので、しばらくいっしょにいてほしいと手紙をもらったんです」

「その友人はイタリア人なのか？」

「いいえ、イギリス人です」

「具合がよくないのに、いったいなんだってイタリアにいるんだ？　いい医者がいるイギリスに帰ってくればいいのに」

「しばらく向こうにいなくてはいけないみたいです。あそこの気候のほうが彼女にはいいらしくて」

「ああ、肺が悪いんだね」

「そんなところです」未来の義理の父親に嘘をつくのは簡単なことではなかった。

「それなら、きみはうつされないように気をつけないと！」キレニー卿は強い口調で言った。ぐるりとまわってわたしのために助手席のドアを開け、切符売り場までスーツケースを運ぶと、不意にわたしを抱きしめた。「無事に帰ってくるんだよ」

わたしは列車に乗り、フェリーで問題なく海を渡った。アイルランドに向かった嵐の夜とは対照的だった。あのときとはどれほど違っていることか。あの夜のわたしは絶望のただなかにいた。ダーシーがもうわたしと関わりたくないと思っていたらどうしようと、怯えていた。けれどいまは未来への希望にあふれている。キレニー卿が言ったとおり、もしもわたしが王位継承権を放棄することを王妃陛下が許してくださらなかったら、アイルランドで暮らせばいい。簡単なことだ。

ロンドンに着き、ベルグレーヴ・スクエアにあるラノクハウスの前でタクシーを降りたときには、わたしは自信に満ちていた。兄と義理の姉が数日くらいは泊まらせてくれるだろう。降りしきる雨のなか、スーツケースを持って階段をあがり、玄関のドアをノックした。ドアを開けたのは執事のハミルトンではなかった。目の前に立っていたのは、普段はフィグと呼ばれている義理の姉のラノク公爵夫人ヒルダだった。

「あらまあ、ジョージアナ。いったいここでなにをしているの？」フィグはガラスさえ切れそうな冷ややかな声で言った。わたしのスーツケースに目を留めた。「長くいるつもりじゃないでしょうね。わたくしたちはスコットランドに帰る予定でいるのよ」

「あなたもいい夜を過ごしているのかしら、フィグ。温かい出迎えをありがとう。いいえ、長く滞在するつもりはないわ」

「とりあえず、お入りなさい」フィグが脇に移動したので、玄関ホールに入ることができた。

「あなたったら、おぼれたネズミみたいじゃないの」フィグが言った。

「ひどく雨が降っているし、わたしには傘を差す三本めの手がないんですもの」

「メイドを連れてこなかったの？」

「クイーニーをクビにしろっていつも言っていたわよね？　そのとおりにしたのよ」

「わたくしが言ったのは、もっとちゃんとしたメイドを雇いなさいということよ。メイドを連れずに旅をしたりするものじゃないわ。わたくしたちの評判が悪くなるじゃないの」

「前にも言ったけれど、使用人を雇うのにはお金がかかるし、わたしにはお金がないの」わたしはレインコートを脱いで、ホールのコート掛けにかけた。「ハミルトンはどうしたの？　まさかクビにしたわけじゃないでしょう？　玄関は執事が開けるものよ。そうでないと、一家の評判が悪くなるわ」

フィグの顔にいらだたしげな表情が浮かぶのを見て、わたしは笑いたくなるのをこらえた。

「ハミルトンは、家族に不幸があったので帰っているの。数日で戻ってくるわ。スコットランドからは最低限の使用人しか連れてきていないから、わたくしたちだけでなんとか乗り切ろうとしているところよ。居間にいらっしゃい。列車で食事はしてきたの？」

「ええ、ありがとう。でも、コーヒーをもらえるとうれしいわ」

フィグは呼び鈴を鳴らし、コーヒーを持ってくるようにメイドに命じた。

「ハミルトンがいないと、家のなかがごちゃごちゃよ」フィグが言った。「近頃の使用人はいったいどうなっているのかしらね。ここには従僕さえいないって、気づいたかしら？　ジェイミーは、病気の母親のそばを離れたがらなかったの。使用人が、主人といっしょに来るのを拒むだなんて信じられないわ。ディナーの給仕をしているメイドを見たら、わたくしの母はきっと引きつけを起こしたでしょうね」

ちょうどそのとき、コーヒーを持ったメイドがやってきて、ふたつのカップに注いだ。彼女はまったく問題ないようにわたしには思えた。

「それで、どうしてロンドンに戻ってきたの？」フィグが尋ねた。「あのダーシーとかいう人とアイルランドにいるんだとばかり思っていたのに」

「そのダーシーという人はキレニー卿の息子なのよ。つまりあなたと同じ身分ということね。そういえば、あなたも男爵の娘だったわよね？　公爵と結婚して地位があがっただけで」

再びフィグの顔にいらだちが浮かんだ。わたしもいつのまにか、彼女と渡り合えるようになっていたようだ。そこでさらなる一撃を加えることにした。

「どうして戻ってきたのかっていうことだけれど、メアリ王妃がわたしの結婚式のことで話がなさりたいそうなの」

わたしが王族の一員なのに自分がそうではない――少なくとも、血のつながりはない――ことに、フィグは常々腹を立てていた。王妃陛下がわたしを気に入っているらしく、たわいないおしゃべりをするためにしばしばわたしを宮殿に招くことよりも、そちらのほうが許せないらしい。凍るような沈黙が広がって、きっと彼女はなにか痛烈な皮肉を考えているのだろうとわたしは思った。

「ビンキーはどこかしら？」わたしは訊いた。

「早めに休んだわ。あまり調子がよくないの。ひどい気候のこの町に帰ってきたとたんに、風邪をひいたのよ」フィグは大げさにため息をついた。「ああ、リヴィエラが恋しいわ。花。青い空。太陽の光」勝ち誇ったような薄ら笑いを浮かべる。「アイルランドは雨が多かったんでしょうね？　あそこは雨ばかりだっていうじゃないの」

「スコットランドと同じようなものかしら。あなたはもうすっかり雨には慣れたんだと思っていたわ。あれだけ長いあいだ、ラノク城で暮らしてきたんですもの」

「我慢しているからといって、楽しんでいるわけではないわ。ほかの場所がどれほど素晴らしいかを身をもって知れば、不満も出てくるものよ。とりわけ、夫がひと晩じゅう、咳やくしゃみをしていればね」

わたしはコーヒーを飲み終え、スーツケースは自分で寝室に運ぶと言った。

「王妃陛下との内緒話が終わったら、すぐにアイルランドに帰るの？」

「いいえ。実を言うと、イタリアに住んでいる友人を訪ねようかと思っているの」わたしが応じると、フィグは期待どおりの敵意むきだしのまなざしでわたしをにらんだ。


翌朝、ビンキーは温かくわたしを迎えてくれた。上の階にある子供部屋に行くと、甥と姪も同じくらい歓迎してくれた。幼いアデレイドはわたしのことを忘れていたので恥ずかしそうにもじもじしていたけれど、六歳になるポッジはフィグの姉夫妻とリヴィエラで過ごした日々のことを、率直かつ的確な言葉で話してくれた。窮屈な家、わびしい食事、そしてとにかく退屈ないとこのモード。

「それにね、ジョージーおばさん」ポッジは眉間にしわを寄せて言った。「毎日ビーチに連れていってくれたんだけど、砂浜もないし、水は冷たくて泳げないし、ものすごくつまらないビーチだったんだ」

わたしはくすくす笑いながら子供部屋を出て、王妃陛下宛の手紙を書くためにビンキーの書斎に向かった。アイルランドにいたために王妃陛下の手紙を最近になって受け取ったことを説明し、返事が遅くなったことを謝罪した。受け取ってすぐにロンドンに来たので、いつでも陛下のご都合のいいときにバッキンガム宮殿にうかがいますと書いた。手紙に封をし、雨のなかをポストまで投函しに行って、そして待った。

長く待つ必要はなかった。翌朝、電話がかかってきた。執事がいないので、フィグが自分で電話を取り、見るからに不機嫌そうな様子でブレックファースト・ルームに入ってきた。

「あなたに電話よ」フィグが言った。「宮殿から」

わたしは勢いよく立ちあがった。「まあ、よかった」にこやかにフィグに微笑みかけてから、足早に部屋を出た。

電話は王妃陛下の秘書からで、陛下は今日の午後は時間があるので、わたしの都合がつくならお茶に来てほしいとのことだった。わたしはもちろんうかがいますと答え、なにを着ていけばいいだろうと悩みながら午前中を過ごした。ひどい天気だったから、王妃陛下もさすがにティードレスは着ていらっしゃらないだろう。わびしい衣装ダンスの中身を改めて確認した。流行のドレスを買うだけのお金があったことはないから、わたしが持っている服はどれもひどく時代遅れでやぼったい。冬用の服はアイルランドに持っていったせいで、かなりくたびれてしまっている。母のおさがりのシルバーフォックスのコートはあるけれど、土砂降りの雨のなかに着ていって、おぼれたイングリッシュ・セッターのような有様になるのもいやだ。そういうわけで、やはり母からもらったグレーのジャージー・スカートと、これも母のお古の桃色のカシミアのカーディガンを着ていくことにした。知らない人のために言っておくと、わたしの母は父と結婚する前は有名な女優で、それ以降の相手は金持ちの男性ばかりだ。最高に素敵な服をたくさん持っていて、四〇歳を超えてなお驚くほど魅力的だ。けれど残念なことに、わたしより一〇センチ近く背が低く、ウェストときたら男性が手でつかめるほど細い（多くの男性が試したはずだ）。そういうわけで、わたしにまわってくるおさがりはごく少ない――そもそもめったに母と会うこともないのだ。いま母はたいてい、結婚する予定の実業家マックス・フォン・ストローハイムといっしょにドイツにいる。

わたしはため息をつくとスカートをはき、クリーム色のシフォンのブラウスの上にカーディガンを羽織った。おしゃれではないにしろ、見苦しくはない。鏡に映った一六五センチの自分の姿を見ながら、母はわたしに嫁入り衣装をそろえてくれるつもりはあるだろうか、と考えた。どんなウェディングドレスがいいだろう？　最近は、しばしばこういうことを考える。ダーシーのようなハンサムでさっそうとしていて世慣れた男性が、わたしみたいな恥ずかしがり屋で、洗練されていなくて、どうしようもないほど世間知らずな女と結婚したがることが、いまだに夢のように思える。けれど彼は確かにわたしにプロポーズした。彼の亡くなった母親のものだったルビーとダイヤモンドのエンゲージリングが誇らしげに薬指で光っているし、国王陛下と王妃陛下と議会が今日にもイエスと言ってくれれば、この夏の結婚式の準備を始めることができる。問題は、ダーシーが最新の任務から式に間に合うように帰ってくるかどうかということだった。

4

四月一一日　木曜日

王妃陛下とお茶をするため、バッキンガム宮殿に向かう。とても素敵な響きだし、そう書くのだって簡単だ。けれど、わたしはいつもものすごく緊張する。王妃陛下は親戚ではあるけれど。どうか彫像や高価な明の花瓶を倒したりしませんように！

午後三時、降り続く雨は強風のせいで横殴りに吹きつけていた。近くの湖から引きあげられたような有様で宮殿に赴くわけにはいかないから、わたしは思い切ってタクシーで行くことにした。

「どちらまで？」後部座席に乗りこんだわたしに、運転手が訊いた。

「バッキンガム宮殿に」

運転手はくっくと笑ったが、いがらっぽい霧のなかで長年暮らしたロンドンっ子によくあるように、笑いはやがて咳に変わった。「なんとまあ。王妃陛下とお茶をするんですね?」

「ええ、実はそうなの」

つかの間の沈黙のあと、運転手はぷっとふきだした。

「またまた冗談を! 一瞬、信じかけちまいましたよ」

「あら、本当よ。わたしはお茶に呼ばれているの」

「いったい——勲章かなにかをもらうんですか?」

「いいえ。わたしは国王陛下の親戚なの」

「なんてこった!」頭の上の王冠を確かめようとでもするように、運転手は振り返ってわたしを見た。「失礼しました、殿下。まさかあなたのような方が、おれの運転する車に乗ってくるなんて、思わないじゃないですか。あなたみたいな人たちは、ダイムラーとかベントレーとか馬車とかに乗っているんだとばかり思っていましたよ」

「わたしたちみんながそんな暮らしをしているわけじゃないのよ。残念ながらわたしは貧しいほうの親戚なの。タクシーですら、わたしにはぜいたくなのよ」

タクシーはハイド・パーク・コーナーをまわり、コンスティテューション・ヒルを進んだ。

「それで、どこで降りたいですか、殿下?」

「正門の前にお願い。でも玄関までは車を入れさせてくれないだろうから、びしょ濡れになってしまうわね」

「王族の一員なのに? まあ、どうなるか見てみましょうや」運転手はそう言うと、正門の印象的な金色のゲートのあいだに車を進めた。両側に立つ近衛兵の顔には雨が伝い、熊の毛の帽子から雨が滴っているにもかかわらず、平然としてまっすぐ前を見つめて立っていた。わたしたちが車を止めるまでは。

「王家の人を乗せてるんですよ」タクシーの運転手が窓から身を乗り出した。「王妃陛下に会いに行くのに、彼女に濡れてもらっちゃ困りますよね？」

近衛兵は体をかがめて、わたしを見つめた。「どちらさまでしょう？」

「レディ・ジョージアナ、国王陛下の親戚よ。もちろん中庭までタクシーを入れさせてはもらえないわよね？」

「だれがだめだと言ったんです？」彼は衛兵らしくない笑顔を見せた。「さあ、入っていいぞ」運転手に向かって言う。「だが、すぐに出ていくんだぞ」

「ありがとう！」わたしはにこやかにお礼を言った。彼はすでに気をつけの姿勢に戻っていたが、その顔にはわずかに満足そうな表情が浮かんでいた。

タクシーが中庭へと進むと、従僕が駆け寄ってきた。タクシーを見て驚いたようだ。

「レディ・ジョージアナです。王妃陛下に会いに来ました」わたしは言った。

従僕がドアを開けてくれ、わたしは運転手に十分な額のチップを差し出したが、彼は受け取ろうとしなかった。「いいんですよ、お嬢さん」今回は、〝殿下〟と呼ぶのを忘れたようだ。

「当分のあいだ、パブで自慢話ができますからね」

そういうわけで、王妃陛下のプライベートな居間に続く階段をあがっていくときも、わたしは少しも濡れていなかったのでいい気分だった。居住用の部屋がある右側へと案内されたときには、心底ほっとした。左に進んだら、それは豪華な部屋のいずれかに向かうことを意味しているからだ。チャイニーズ・チッペンデールの部屋などは、アンティークの彫像や花瓶がいっぱい飾られていて、わたしにとっては悪夢でしかない。従僕はノックをしてからドアを開けた。「レディ・ジョージアナがいらっしゃいました、陛下」

王妃陛下は窓の脇に立って、外を眺めていた。そこは宮殿の横側で、窓の外には庭園が広がっていたが、この天気のなかではひどくわびしくて寒々として見えた。陛下は振り返った。

「最近は雨ばかりですね。国王陛下は庭園の散歩ができなくて、とても残念がっていらっしゃるのですよ。ここからでは水仙さえ見えませんからね。あと少ししたら、お茶の用意をしてちょうだい、フレデリック」

「かしこまりました、陛下」従僕は部屋を出ていった。

王妃陛下は笑顔でわたしに手を差しだした。「ジョージアナ、ようやく会えましたね。なにも連絡がないので、心配していたのですよ」

わたしはなにかにつまずくことも、鼻をぶつけることも、なにひとつ不作法をすることもなく陛下に近づき、膝を曲げてお辞儀をしてから頬にキスをした。わたしは間違いなく、進歩している！

「申し訳ありません、王妃陛下。ラノクハウスにはだれもいなかったものですから。兄の家族は冬のあいだ南フランスに行っていたんです。数日前に戻ってきて、ようやく手紙をわたしのところに転送してくれました。手紙を受け取って、すぐにアイルランドから飛んできたんです」

「みなさんお元気だと聞いて、安心しましたよ」王妃陛下が言った。「お座りなさい。あなたも元気そうね。アイルランドの空気があなたには合っているのね」

王妃陛下はいくらかやつれた様子で疲れて見えたけれど、わたしはなにも言わなかった。陛下は小さな錦織のソファにわたしをいざない、隣に腰をおろした。

「王妃陛下と国王陛下もお元気でいらっしゃいましたか？」わたしは尋ねた。

陛下は悲しそうに首を振った。「あいにく、国王陛下は体調が悪くなる一方なのですよ。戦争のせいですっかり体調を崩してしまって、あれ以来回復していないのです。それに、デイヴィッドのこともありますしね。〝わたしはいずれ、あの子のせいで死ぬだろう〟と何度かおっしゃっていたくらいですから」

「お気の毒に」

「国王陛下のいまの目標は、戴冠二五周年の祝賀式典に出られるくらいの体調を保つことなのです。デイヴィッドがあの女に飽きて、ふさわしい相手と結婚するまではなんとしても王座にとどまると心を決めていますよ」

「本当にそうなると思われますか？　先日デイヴィッド王子と会ったときは、完全に彼女の言いなりになっているようでした」

王妃陛下は鼻であしらった。「あの子は弱いんですよ。昔からそうでした。面白いものですね、弱く見えたのはバーティのほうだったのに。でも彼には芯の強さがあります。吃音《きつおん》さえなければ、いい国王になったでしょうに。それにデイヴィッドと違って、もう跡継ぎももうけていますしね」

「でもデイヴィッド王子はシンプソン夫人とは結婚できませんよね？　そもそも、彼女はいま別の人と結婚しているし、教会の長である国王は離婚歴のある女性とは結婚できないんですから」

王妃陛下は少しだけわたしに顔を寄せた。「噂によれば、名前すら口にしたくないあのアメリカ人女性は、デイヴィッドが国王の座につけば規則を変えることができるから、すべての反対を押し切って彼女を王妃にするだろうと考えているそうなのです」

「ばかげています」わたしは言った。「議会が絶対に認めません」

「デイヴィッドが議会を解散させると、あの女は考えているんでしょうね」王妃陛下は悲しげな笑みを浮かべた。「結婚と言えば……」

ドアが開いて紅茶のトレイが運ばれてきたので、陛下は言葉を切った。いつものごとく、ありとあらゆるおいしそうな食べ物がのっている――ショートブレッド、濃厚なフルーツケーキ、レモンカードのタルト、麦芽パン。わたしはため息まじりに麦芽パンを眺めた。こういう場では、王妃陛下が食べたものしか食べてはいけないという慣習があって、陛下は薄い麦芽パンを一枚だけしか召し上がらないことがしばしばある。なので、テーブルに並べられたお皿を前にして陛下がつぶやいた言葉を聞いて、わたしは内心大喜びだった。

「まあ、ショートブレッドですね。大好きなのですよ」陛下はひと切れ、手に取った。「あなたもおあがりなさい、ジョージアナ。アッサムがいいかしら？　それとも正山小種《ラプサン・スーチョン》？」

「アッサムをいただきます」わたしはおそるおそる、ウェッジウッドのお皿にショートブレットをのせた。

メイドが紅茶を注いだ。「ほかにご用はありませんか？」そう尋ねてから、彼女は膝を曲げてお辞儀をし、わたしたちふたりを残して部屋を出ていった。

「わたしの結婚のことですが」わたしは思い切って切りだした。「国王陛下の秘書からなにも連絡がないので、わたしの要望を承認するにあたってなにか問題があるのかと心配していました」

王妃陛下はティーカップから顔をあげ、いつもはデイヴィッド王子の友人にだけ向ける厳しい表情でわたしを見た。

「自分の運命と義務を放棄するなど、軽々しく考えることではありません」

「それはよくわかっています、王妃陛下。わたしが王位にもっと近い立場にいれば、もちろんこんなことはお願いしていません。ですが、陛下には健康な四人の王子がおられます。すでにお孫さんもいらっしゃいますし、これからさらに増えるでしょう。わたしの兄にも子供がふたりいます。それほど遠くないうちに、わたしの王位継承権は四〇番か五〇番になるはずです。ですから、過激派が攻めてきて王家の人間全員の首をはねるか、もしくは以前のものよりさらにたちの悪い伝染病が猛威をふるうことでもないかぎり、わたしが王位につくことがあるとは思えません」

王妃陛下の口元に一瞬、笑みが浮かんだ。

「あなたの言いたいことはわかります。たいして難しい問題ではないはずです。ある一点を除けば。イギリス議会はアイルランド共和国にあまりいい感情を抱いていません。彼らの爆撃作戦や攻撃的な行動は、わたくしたちに好感を抱かせるものではありませんでした。違いますか？」

「ダーシーは確かにアイルランドで生まれたかもしれません。お父さまはアイルランドの貴族ですし、カトリック教徒です。でも彼はイギリスの臣民でもありますし、わたしの思い違いでなければ、しばしばイギリス政府の仕事をしているはずです」王妃陛下に向かって、これほど熱弁をふるえる自分にわたしは驚いていた。口ごもることも、言葉につまることもない。自信を持てたところで、とどめの一撃——これはあまりいい言葉ではないかもしれないけれど——を加えようと決めた。「王妃陛下、わたしの未来の夫が陛下と国王陛下の命を救ったことを覚えていらっしゃいますか？　共産主義者が陛下の暗殺を企てたとき、彼は陛下を守って銃弾を受けたんです」

王妃陛下はうなずいた。「そうでしたね」陛下の顔に面白そうな表情が浮かんでいることに気づいた。「ジョージアナ、あなたがこれほど雄弁だったり、熱心だったりするのを見たのは初めてですよ。これがあなたにとってどれほど大切なことなのか、よくわかりました。共和国ができたあとも、ミスター・オマーラがイギリスの市民権を放棄しなかったことはよく知っています。実を言えば、あなたたちの結婚の障害となるのはただひとつ、彼がカトリック教徒だということだけです。彼は改宗するつもりはないのですか？」

「ほかにどうしようもなければ、最後の手段として改宗すると彼は言っています。でもわたしはそうさせたくないんです。彼にとって宗教はとても大きな意味を持つものですから。それにマリナ王女は教会堂で結婚しましたけれど、そのあとギリシャ正教会での式も行っています。彼女は改宗を強制されませんでした」

王妃陛下はもう一度うなずいた。「そのとおりね。でもどういうわけか、この国はギリシャ正教会に対してあまり敵意を抱いていないのですよ。宗教改革とその後の争いのせいで、イギリス人の意識にはローマに対する深い憎しみが植えつけられてしまったのですね」王妃陛下が紅茶を飲んでいるあいだ、わたしは次になにを言われるのだろうと息を止めて待っていた。「でも、いずれは健全さを取り戻すとわたくしは信じていますよ。正直に言うと、わたくしはこの結婚を望んでいることをあなたの口から聞きたかったのです。本当は、あなたがここに来て、国王陛下とわたくしに直接言ってくれればよかったのにと思っていますよ。あなたの婚約者から秘書を通じて話を聞くのではなくて」

苦笑いするほかはなかった。「彼がそんなことをするなんて知らなかったんです。彼は、時々衝動的に行動することがありますし、お父さまの容疑が晴れて、自由に結婚できるようになったことで、安堵したんだと思います」

「もしわたくしたちがあなたの要望を拒絶したら、どうしますか？」王妃陛下が訊いた。

「外国に行きます。禁止されても無視して、そこで結婚します」

王妃陛下の顔に笑みが浮かんだ。「その言葉が聞きたかったのです。わかりました、ジョージアナ。もう心配することはありませんよ。なんの問題もなく事が運ぶように、すぐにわたくしが取り計らいます。式はいつあげるつもりですか？」

「夏を考えています。もちろん、戴冠記念の式典とは近すぎないようにします」

「戴冠記念の式典は五月末には終わっています」王妃陛下は笑いながら言った。「問題はありませんよ。式はロンドンでするのですか？　それともアイルランドで？」

「ロンドンでしたいと思っています。ダーシーはメイフェアのファーム・ストリートにある教会を考えているようです」

「ウェストミンスター寺院やブロンプトン礼拝堂ではなくて？」

わたしは恥ずかしくなって笑った。「そのどちらもいっぱいにできるほどの友人も家族もいませんから」

「あなたのいいように。あなたの結婚式ですからね」王妃陛下は手を伸ばし、わたしの手を軽く叩いた。「あなたは改宗するつもりですか？」

「いまはまだわかりません。子供はカトリック教徒として育てることになるでしょうけれど、そのことに異存はありませんから」わたしはショートブレッドをひと口かじり、むせることなく飲みくだすことに成功した。ずいぶんいろいろなところで進歩しているようだ。自分自身が誇らしかった！

「それで、これからどうするつもりなのですか？」王妃陛下が尋ねた。「アイルランドに戻るのですか？」

「いいえ。ダーシーはいま留守にしていますし、キレニー卿とふたりで過ごすにはあのお城はちょっと陰鬱すぎます。それにしなければいけないことがあるんです。いまイタリアに滞在中の友人がいるんですが、体調がすぐれなくて。いっしょにいてほしいと頼まれているんです」

王妃陛下の耳がそばだったように見えたのは気のせい？　陛下はわたしを見つめて訊いた。

「そのお友だちはイタリアのどのあたりに？」

「マッジョーレ湖です。ストレーザの近くです」

ショートブレッドにむせたのは王妃陛下のほうだった。陛下の背中を叩くのは礼儀としてどうなのだろうと躊躇していると、陛下は紅茶をひと口飲んで姿勢を正した。「驚くべき偶然ね」

「なんでしょうか？」わたしは詮索がましくならないように気をつけながら、尋ねた。陛下になにを言われても驚いて紅茶をこぼしたりしないように、ティーカップを慎重な手つきでテーブルに置いた。

王妃陛下は不意にわたしに向き直った。「マティーニを知っていますか？」

予想もしていない質問だった。「ジンとベルモットで作るんだと思います。わたしはあまりカクテルは飲みませんが」

王妃陛下は首を振った。「そうではないの。飲み物ではなくて、家の話です。古いイタリアの家柄。マローラ伯爵とマティーニ伯爵を知っているかしら？」

「ヨーロッパの貴族とはほとんど付き合いがないんです」

「伯爵夫人のことは知っているはずです。学生時代の友だちだと聞いていますよ」

勘弁してほしい。また、聞いたこともなかったり、とっくに記憶から消えていたりするような友だちの登場なの？　わたしになにかを――たいていは難しいことや、気が乗らないこと――させたいときに、王妃陛下は以前にもこの手を使ったことがある。

「そうなんですか？」

「ごく親しかったとは言えないでしょうね。彼女のほうが少し年上ですから。でもあなたと同じ時期にスイスの学校に通っていたのです。ワデル＝ウォーカーという名前です」

「ああ、カミラ・ワデル＝ウォーカーですね。彼女なら覚えています」

人を見下すようなうす笑いをいつも顔に貼りつけていた、馬面のやせた少女の姿がよみがえってきた。レゾワゾの一年めに、わたしの寮の監督生だったのが彼女で、いつもベリンダとわたしのあら探しをしていた。もちろん、そのほとんどはベリンダがしたことだったけれど。ベリンダがわたしを堕落させようとしなければ、わたしは品行方正で通っていたはずだ。わたしたちがくすくす笑ったり、いたずらをしたり、レディらしくないことをしたりすると、そのたびにカミラは〝そういうことはしないものよ！〟と言った。幸いなことに彼女は、ベリンダがこっそり寮を抜け出してスキーのインストラクターに会いに行ったり、物置の裏で煙草を吸っていたりしたことは知らない。もし気づいていたら、いったいなにを言われたことか。

王妃陛下が微笑んだ。「よかったこと。覚えているのですね。彼女はとてもいいお相手と結婚して、いまはマティーニ伯爵夫人になっています。パウロの一族は大変裕福で、イタリアでも影響力のある人たちです。ただ、ファシズムに傾倒しているという話を聞いているので、その点はどうかと思っているのですよ。あのはげ頭のとんでもないムッソリーニという男」王妃陛下は身震いした。「あんな指導者たちを選ぶなんて、大陸の人たちはいったいなにを考えているのだか、わたくしにはまったく理解できません。小柄で色黒でハリネズミみたいなひどいひげを生やしたヒトラーに、はげでずんぐりしたムッソリーニ」

話がどんどんずれていっているようだ。王妃陛下もすぐに気づいたらしい。

「どこまで話したのだったかしら？　ああ、そうでした。マティーニ家はマッジョーレ湖畔にヴィラを持っているのです。ストレーザの近くに。いまはあそこで暮らしていて、来週ハウスパーティーを開くことになっています」

ああ、どうしようと、わたしは心のなかでつぶやいた。王妃陛下はわたしをそのパーティーに行かせて、なにかのアンティークを盗ませるつもりに違いない。王妃陛下はアンティークに夢中で、コレクションを完璧なものにするためには手段を選ばないことがある。もちろん盗むことをそそのかすわけではないけれど、たとえばロイヤルウースターの食器セットから水差しだけがなくなっていて、それがどこかの家やお城にあることがわかったら、取り戻してきてほしいとわたしに頼むだろう。以前にもそういうことがあった。

　王妃陛下は咳払いをして、言葉を継いだ。

「息子のデイヴィッド王子は、そのハウスパーティーに出席することになっています。名前を呼ぶ気にもなれない、あのアメリカ人女性も。出席する理由について、あの子はのらりくらりと言葉を濁《にご》してはっきり言おうとしません。なにより気まずいのが、同じころに同じ場所で行われる重要な会合に、イギリスから公式の代表団が派遣されるということなのです。デイヴィッドが近くにいることがわかれば、代表団は困った立場に立たされます。あの子を公式行事に呼ばないわけにはいかなくなりますからね。国王陛下はそう指摘したのですが、あの子は頑として予定を変更しようとしないのです。それを聞いてわたくしは、そのハウスパーティーがどうしてそれほど重要なのだろうと不思議に思い、恐ろしい考えに行き着いたのです……」

　王妃陛下は言葉を切り、お皿の上のショートブレッドをしばらくいじっていたが、やがてまた顔をあげた。「あのアメリカ人女性がごくひそかに離婚を申し立てていることはわかっています。すでにミスター・シンプソンとの離婚が成立しているのかどうかは、突き止められませんでした。わたくしが恐れているのは、すでに彼女が離婚していて、そのヴィラで息子とひそかに結婚するつもりではないかということなのです」

「わお！」わたしは思わず口走っていた。残念ながら、こういうときにふさわしい言葉をわたしは知らない。いつまでも女学生のようだとわかってはいたが、この手の言葉はとっさに口から出てしまうものだ。

王妃陛下は身を乗り出し、わたしの手に手を重ねた。これもまったく陛下らしからぬ仕草だ。

「あなたにもわかると思いますが、わたくしは心配でたまらないのです。息子がこの結婚を既成事実として公表したら、それをなかったことにできるものでしょうか？　国王陛下は間違いなく、命を縮めてしまいます。この国の国王が、二度の離婚歴のある金目当ての女と結婚だなんて」

「王妃陛下、きっとそんなことにはなりません。デイヴィッド王子はいまでこそ彼女にのぼせあがっているかもしれませんが、いずれはきっと正しいことをなさるはずです。国王の座についたときには、国民の期待に応えてくれるに決まっています」

王妃陛下はため息をついた。

「そうだといいのですけれど。でも、わたくしは怖いのですよ、ジョージアナ。あなたが近くに行くと聞いて、心底安堵したのはそういうわけです。あなたなら、わたくしの目となり耳となってくれますからね。極秘結婚をするのであれば、使用人が知っているはずです。あなたの友人の伯爵夫人も秘密を打ち明けてくれるかもしれませんね」

その友人の伯爵夫人は、わたしが彼女に会いたいと思っていないのと同じくらい、わたしとは会いたがらないだろうと思ったけれど、そのことには触れず、わたしはハウスパーティーには招待されていないから、強引に押しかけるわけにはいかないとだけ言った。

「わたくしがすぐに伯爵夫人に手紙を書きます。学生時代の友人であるあなたがすぐ近くに滞在することになっていて、親戚であるデイヴィッドに挨拶したいと言っていると伝えましょう。まさか彼女はわたくしの頼みを断ったりはしませんよね？」王妃陛下は小さく笑った。陛下はカップを手に取って、紅茶を飲みほした。「とても気が楽になりましたよ」

わたしは黙って自分の紅茶を飲んだ。陛下はわたしになにをさせたいのだろう？　ふたりが本当に結婚するつもりだとして、司祭が〝このふたりが結婚するべきではない理由もしくは障害についてご意見のある人はいますか？〟と尋ねているところに飛びこんでいって、〝彼は英国国教会の長になる人です。この宗教は離婚を禁じていますし、なにより彼の母親が結婚に反対しています！〟と叫ぶわけにはいかない。

「王妃陛下、わたしは具体的になにをすればいいのでしょう？」わたしは尋ねた。

「観察してください。事実をわたくしに知らせてくれればいいのです。それ以上のことは望みません。もちろん、あなたとメイドの旅費は喜んでわたくしが出しますよ」

そうだった、まだ問題があった。「メイドはいっしょに行きません」

「メイドなしで旅をするのですか？」王妃陛下はショックを受けたようだ。

「いまのメイドは、アイルランドの家族のもとを離れたがらなくて」

「主人といっしょに行くのをいやがるメイドですって？　いったいどうなってしまうのでしょうね」王妃陛下は首を振り、完璧に整えた巻き毛がひとつ崩れそうになった。「わたくしのメイドは、わたくしがそう言えば世界の果てまでついてきますよ。ご家族がメイドを貸してくれないのですか？」

わたしがおぼれていてもフィグは手を貸そうとはしないだろうとは言いたくなかった。

「無理だと思います。最小限の使用人しかスコットランドから連れてきていませんから」

「ですが、メイドもなしに大陸を横断することなどできませんよ」王妃陛下は見るからに不安そうだ。「外国の列車に若い娘がひとり？　ならずものや泥棒が大勢いるのですよ。それにだれに着替えを手伝ってもらうのです？」

「お気づきだと思いますが、同じような身分のほかの女性たちに比べて、わたしの持っている服はごく限られています。旅に出るときも、こういうシンプルな服を持っていきますから」

「でも、わたくしの希望どおりハウスパーティーに招待されれば、イブニングドレスが必要になりますよ。こうしましょう、あなたのメイドがいっしょに行けなくなったから、そちらに滞在中は地元でだれかを探してほしいと伯爵夫人にわたくしから頼んでおきます。これでいいわ」王妃陛下はそう言うと、二杯めの紅茶を注いだ。「それでもやはり、ひとりで旅するのは心配ですよ、ジョージアナ。もちろん一等寝台車を使うのですよ。いつもドアに鍵はかけるようにして。それからあなたがひとりであることを車掌に伝えて、気をつけてもらうようにしなくてはいけません」

「わかりました、陛下。でもどうぞご心配なく。これまでも大陸を旅したことはありますから」

「あなたが結婚して、面倒を見てくれる夫ができたら、わたくしは安心できるのですけれどね、ジョージアナ」

それはわたしも同じだ。

5

四月一一日　木曜日

わたしはまた王妃陛下のためにスパイをすることになるらしい。どうしていつもこんな事態になってしまうんだろう？　問題はノーと言えないことだ。少なくとも、わたしには言えない。

わたしはあれこれと考えながら、ラノクハウスまで歩いて帰った。雨は小降りになっていたし、帰りまでタクシーを使うほど懐に余裕はない。宮殿をあとにするとき、王妃陛下はひどく心配そうだった。

「メイドを雇うことはできないのですか？　近頃ではそのためのあっせん所があると聞いています。あなたがひとりで旅をするのは心配です。わたくしが若いころは、若い娘は付き添いなしで出かけることは決してありませんでしたよ。いっしょに行ってくれるような知り合いはいないのですか？」

「わたしのことはどうぞご心配なく。十分気をつけますし、一等寝台車に乗れば問題なくイタリアまで行けますから」

そうは言ったものの、歩き始めると不安になってきた。これまでもヨーロッパに行ったことはあるけれど、いつもだれかがいっしょだった。スイスの学校に行ったときは、ヴィクトリア駅から女性教師が付き添ってくれたし、ニースに行ったときはメイドを連れていたうえ、列車のなかでマダム・シャネルとヴェラ・ベイト・ロンバルディと知り合いになった。王家の結婚式に参列するためにルーマニアに向かったときは、王妃陛下がお目付け役を手配してくれた——あの恐るべきレディ・ミドルセックス。今回も陛下は自らだれかを探してくださるのだろうか。できるだけ早くわたしを向こうに行かせるために。

素晴らしい考えが浮かんだのはそのときだった。わたしの祖父はこのところ体調がよくない。ロンドンのスモッグのせいで、肺が悪いのだ。祖父といっしょに行くのはどうだろう？イタリアの湖で数週間過ごしたらきっと元気になるだろうし、祖父がいっしょなら道中も安心できる。けれどすぐにいくつかの問題点に気づいた。祖父は引退したロンドンの警察官だ。一等寝台車に泊まることはできるだろうか？　そもそも、そうしたがる？　ベリンダのヴィラには祖父が泊まる部屋はあるだろうか？　小さな建物だとベリンダは言っていた。わたしはそういった懸念を追い払った。近くの村に部屋を借りられるはずだ。食事はフランチェスカの親戚に頼めばいいし、山の空気は祖父にはいい薬になるだろう。なにより、祖父といっしょにいられると思うとうれしかった。ラノクハウスに帰り着いたときには、笑みが浮かんでいた。

レインコートを脱いでいると、フィグが応接室から顔をのぞかせた。気づいていなかっただけで雨はまだかなり降っていたので、廊下の鏡に映ったわたしは嵐のなかをさまよっていた身よりのない子供のようだった。

「あらまあ、ジョージアナ、あなたったらどうしていつもおぼれたネズミみたいなの？　王妃陛下と会ったときには、もう少しきちんとしていたんでしょうね」

「ええ、もちろん。タクシーで行ったから」わたしは答えた。「でも宮殿を出たときには雨は小降りになっていたから、歩いて帰ってくることにしたの」

「暖炉のそばで温まりなさいな。肺炎にでもなったら大変よ」フィグにしてはずいぶんと優しい言葉だと思ったが、それも次の言葉を聞くまでのことだった。「あなたの看病をするためにここにいなければならなくなったら、予定が狂ってしまうわ。風邪をひいているビンキーだけでも大変なのに。胸にまで来ないといいんだけれど」

うなずいた。「今朝のビンキーの咳はいやな感じだったわ。すっかりよくなるまでは、スコットランドに戻らないほうがいいと思う」

「あら、お城にセントラル・ヒーティングをつけたことを忘れているみたいね。いつもいつも凍えていなくてすむのは、本当にうれしいわ」

「でも窓はずっと開けておかなくてはいけないのよ」わたしは言った。「それが我が家の伝統なんですもの」

わたしはほくそ笑みながら先に立って応接室に入り、暖炉の脇の肘掛け椅子に腰をおろした。テーブルにお茶のトレイがそのままになっている。ハミルトンがいたなら、決してこんなだらしないことは許さなかっただろうとわたしは思った。

「それで、王妃陛下はなんの御用だったの？」フィグはもうひとつの肘掛け椅子に座るなり、尋ねた。そのことを知りたくてうずうずしていたに違いない。

「ほとんどがわたしの結婚についてだったわ」

「本当に結婚する許可をもらったの？　あのダーシーという人はカトリック教徒でしょう？　あなたはカトリック教徒とは結婚できないって、ビンキーがはっきり言っていたわよ」

「わたしは王位継承権を放棄するの」わたしはフィグに微笑みかけた。「それですむことよ」

「あら、そう。それで結婚式はいつになるのかしら？」

「できればこの夏に。ダーシーが留守にしているから、いまはなにも決められないのよ」

「ラノク城付近でするつもりだと考えていいのかしら？」フィグは片方の眉を吊りあげた。

「まさか。あそこは遠すぎるわ。でもビンキーがこの家を使わせてくれるといいと思っているの。もちろんあなたたちには式にも出てもらいたいわ」

「すぐに返事はできないわね」フィグは言った。無理だと答える理由を探しているのがよくわかったので、わたしはさらに言葉を継いだ。「親しい友人のザマンスカ王女がイートン・スクエアにある彼女の家を使ってほしいって言ってくれているのだけれど、実家があるのにそんなことは頼めないもの。そうでしょう?」

「ええ、そうね。もちろんよ」

再び沈黙。フィグは暖炉の火を見つめている。石炭を足さなくてはいけないようだ。使用人たちは満足に仕事もできないと言っていたフィグの言葉は正しかったらしい。

「だれかを呼んで、石炭を足すように言いましょうか?」わたしは訊いた。

フィグはため息をついた。「やり方を学んだほうがいいみたいね」フィグはトングを手にすると、石炭入れからひとつつまんで火にくべた。「それほど難しくはないわ」あれでは、じきに火は消えてしまうだろうとわたしは思った。

「それで、あなたはすぐに出発するのね?」フィグが尋ねた。

「ええ。イタリア行きの切符を手配して、数日のうちには発つつもりよ」

「病気のお友だちのところに行くのよね?」

「ええ。それに向こうにいるあいだにしてほしいことがあるって、王妃陛下に頼まれたの」

「どんなこと?」

「イタリアでちょっと調べてほしいことがあるんですって」

フィグはわたしをにらみつけた。「どうして王妃陛下はいつもあなたに用事を頼むの? なぜほかの人じゃないの? なぜビンキーじゃだめなのかしら?」

兄はいい人だけれど役立たずだからだとはとても言えなかった。わたしはそつなく答えた。

「いまのわたしは気ままな身だからだと思うわ。だれに対しても責任がないし」

フィグは満足したようだ。「そうね、そういうことね。他人の家でぶらぶらしているんじゃなくて、なにか役に立つことをさせようとなさっているわけね」

彼女が機嫌よくしているあいだに、尋ねてみた。「メイドを貸してくれる気はないかしら？　メイドなしで旅をすることを王妃陛下がとても心配なさっているのよ」

「メイドを貸すですって？」フィグの声が甲高くなった。「わたくしたちがいまどんな状況にあるのか、あなたは気づいていないの？　わたくしは自分で石炭をくべなくてはいけなかったのよ！」

「ごめんなさい。ばかだったわ。自分でなんとかするわね」

「メイドを紹介してくれる業者があるわ。イタリアに行きたがる子がきっといるはずよ」

「あいにく、わたしの予算では無理よ」

「結婚したら、どうやって家を維持していくつもりなの？　あのオマーラという人も、あなたと同じくらいお金がないでしょう？」

「温かく迎えてくれるお城がアイルランドにあるもの。ロンドンでは、小さなアパートでやりくりするつもりよ」

「小さなアパート？」フィグはぞっとしたような顔になった。

「それもだめなら、おじいちゃんといっしょに暮らすわ」フィグがむきになることは承知のうえで、わたしは言った。

「おじいさん？　エセックスにいる元警察官の？」

「生きている祖父は彼だけよ。いつでも歓迎だって言ってくれているの」

「でもジョージアナ……」フィグは猛烈にまくしたてた。「王族の一員がよりによってエセックスに住むなんて。どんなスキャンダルになるか考えてごらんなさい。なんてみっともない」

「でも結婚したら、わたしは王族の一員ではなくなるんですもの。エセックスの主婦のひとりになるのよ。いつでも遊びに来てちょうだいね。角の店でフィッシュ・アンド・チップスを買ってきてごちそうするから」わたしはフィグの顔を眺め、彼女が卒倒するといけないので言い添えた。「冗談よ、フィグ。ただの冗談」

祖父を従者としてイタリアに連れていくつもりでいることは言わないほうがよさそうだ。

翌日、わたしは朝食を終えると、ディストリクト線でエセックスに向かい、ホーンチャーチにある祖父のこぢんまりした二軒長屋を目指した。空は晴れ渡り、空気は春のにおいがして、アップミンスター・ブリッジ駅から丘をのぼるわたしの足取りは軽かった。祖父に会いに行くときはいつも心が明るくなる。ちゃんとした自分の家を持てるようになったら、祖父にいっしょに住んでもらおうと思った。わたしの子供たち――癖のある黒髪と、驚くほど整った顔立ちの子供たち――と遊ぶ祖父を想像した。

呼び鈴を押したとき、わたしはすでに満面の笑みを浮かべていた。けれどドアを開けたのが隣人のミセス・ハギンズだったので、笑みはすぐに消えた。ミセス・ハギンズは鮮やかな緑色のセーターの上に花柄のエプロンをつけ、頭に巻いたスカーフからはカーラーがいくつか飛び出していた。あまりいい光景ではない。わたしは思わずあとずさった。

「あら、こんにちは、ミセス・ハギンズ。祖父は元気かしら？」

「ぴんぴんしてますとも」ミセス・ハギンズはにこやかに笑って言った。「さあ、なかに入って楽にしてくださいよ。じいさんが喜びますよ。いつだってあなたの話ばかりしているんだから。自慢なんですよ」

狭い玄関ホールに足を踏み入れたところで、彼女が叫んだ。「アルバート！　ちょっとおりておいで。びっくりするよ」

踊り場を歩く足音が聞こえ、祖父が一段ずつ慎重に階段をおりてきた。ガウンにスリッパという格好だったけれど、わたしを見るとその顔が輝いた。

「なんとまあ。うれしいじゃないか。おまえのことを話していたところだったんだよ。まだアイルランドの城にいるんだろうかとな。たいした事件だったたな。新聞で読んだよ。紅茶をいれてくれるかい、ヘティ。居間に行こう」

居間に行くのは珍しかった。祖父の家では、たいていこぢんまりした台所に座って話をする。けれど今日は居間の暖炉に火が入っていたし、壁も塗り直してきちんと片づけたようだ。

「元気だった？」わたしは尋ねた。「まだ寝間着のままだけれど、また具合が悪いの？」

「いつものことさ」祖父が答えた。「胸がよくないからな。だが文句は言えんよ。今度誕生日が来たら、わしも七五だ。七〇の寿命をとっくに過ぎているんだからな」

「そんなこと言わないで。おじいちゃんには長生きしてもらわなくちゃ。わたしの子供と遊んでもらうんだから」

祖父はどこか疲れたような笑みを浮かべた。「それはどうだろうな。決めるのはわしじゃないからな、そうだろう?」

「こういう話はやめましょう、おじいちゃん。今日来たのは、いいことを思いついたからなの。イタリアに行く気はない? 二、三日のうちに行くつもりなのよ。イタリアの太陽はおじいちゃんの体にいいと思うの。費用はわたしが出すし、湖の近くの村に滞在するのよ。おいしい食事と山の空気。どうかしら?」

祖父はわたしが予期していたほどうれしそうではなかった。

「おやおや、なんとまあ。そそられないとは言えんよ。それもおまえといっしょにいられるんだからな。だが……」

「それならその気になって。いっしょに来てちょうだい。メイドを連れていかないから、たくましい男性がそばにいてくれると安心なの」

「ことはそう簡単じゃないんだ」祖父が言った。ひどく落ち着かない様子だ。「これからしばらくわしは忙しいんだよ。なんていうか、やらなくてはならないことがたくさんあるんだ」

「なにをするの?」わたしは断られたことに傷ついていた。

「結婚するんだ」祖父が白状した。

「え？」聞き間違いだと思った。

祖父はうなずいた。「そうなんだよ。わしとミセス・ハギンズはいっしょになることにしたんだ」

「嘘でしょう、おじいちゃん。ありえない」

祖父がドアのほうにちらりと目をやるのを見て、わたしは彼女がいることをすっかり忘れていたことに気づいた。きっといまも聞き耳を立てているはずだ。

祖父は声をひそめた。「それが一番いいと思ったんだ。ほら、わしの胸が悪さを始めると、彼女はここに来てわしの面倒を見てくれる。いつも料理をしてくれる。彼女の大家が家賃をあげたがっていると聞いて、思ったんだ。〝どうしてだめなんだ？　なにが悪い？〟ってな」

わたしになにが言えるだろう？　ミセス・ハギンズは不愉快な老女だし、頭にカーラーを巻いたままドアを開けるような人に、義理の祖母になってもらいたくないと？　ずいぶんと身勝手に聞こえる。

「おじいちゃんが本当にそうしたいのなら」わたしは言った。「それでおじいちゃんが幸せになれると思うのなら……」

祖父は恥ずかしそうに笑った。「正直に言うと、おまえのばあさんが死んでから寂しくなるときが時々あるんだよ。夜はわしとラジオだけだからな。だれかにそばにいてほしくなった。見慣れた顔に。夜遅く、いっしょにお茶を飲める相手に。彼女はちゃんとした人で、正式な手続きをしないといっしょに住むわけにはいかないって言うんで、結婚するのが一番いいだろうと思ったわけだ」

トレイを手にしたミセス・ハギンズが部屋に入ってきたので、わたしたちはそろって顔をあげた。「聞いたんだね?」

「ええ。おめでとうと言わせてね。おふたりが幸せになることを祈るわ」動揺を隠してうまく演技ができた自分が誇らしかった。

ミセス・ハギンズはうなずいた。「結婚式には来てくださいね、お嬢さま。あなたがいると、上流っぽくなりますからね」

「もちろん、出席するわ。でもすぐにではないでしょう? わたしは数週間イタリアに行くことになっているのよ」

「いや、すぐにじゃないよ」祖父が言った。「六月までは待つつもりだ。そうすれば天気のいい日が増えるから、裏庭で披露宴ができる」

「よかった。わたしもそれまでには戻ってくるわ。わたしの結婚式の準備もしなくてはならないし。おじいちゃんたちも来てくれるでしょう?」

「お嬢さまも結婚するんですね、よかったじゃないですか」ミセス・ハギンズはテーブルにトレイを置いた。「どこでやるんです? ウェストミンスター寺院ですか?」

「残念ながら違うの。夫になる人がカトリック教徒だから、どこかのカトリックの教会になるわ」

「カトリック教徒と結婚するんですか?」ミセス・ハギンズは祖父を見ながら首を振った。

「国王陛下と王妃陛下はどう思うでしょうね？」

「おふたりは、わたしの婚約者に命を救われたことがあるからとても喜んでくださっているわ」いろいろと事情があることを打ち明けるつもりはなかった。

「あいつはいいやつだよ、ダーシーは」祖父がわたしに笑いかけた。「ちゃんとおまえの面倒を見てくれるさ」

「あんたがあたしの面倒を見てくれるみたいにね、アルバート」ミセス・ハギンズが祖父の手に手を重ねた。

「そうだな。さてと、紅茶をいれてくれるかい？」

実のところ、わたしはさっさと紅茶を飲んで帰りたかった。祖父が再婚することに反対する気はまったくない。祖母とは会ったことすらないのだ。わたしが一〇代のころに亡くなったはずだが、当時、母方の親戚はラノク家とまったく付き合いがなかった。けれどミセス・ハギンズは優しい祖母のイメージとはまったくそぐわないし、祖父のそばにいてほしいと思えるような人ではない。彼女は粗野でがさつで、そのうえ貪欲なのではないかとわたしは思っていた。彼女がどうやっておじいちゃんを幸せにできるの？

濃すぎるうえに甘すぎる紅茶を飲み終えたところで、わたしは立ちあがった。

「もう帰らないと。イタリアに行く前にすることがたくさんあるのよ」

「イタリア？　いいねえ」ミセス・ハギンズは祖父に向かってうなずいた。「上流階級の人はずいぶん気軽にあっちこっち行くもんだねえ。まるでサウスエンドに行くみたいに、さらりと言うんだから」そう言ってしわがれた声で笑った。

「わしにいっしょに来てほしがったんだよ。わしの胸にいいんじゃないかってね」

ミセス・ハギンズはまだ笑い続けていた。

「あんたが？　お嬢さんといっしょにイタリアに？　身の程知らずのことを考えるんじゃないよ、アルバート・スピンクス。あんたはここにいるのがいいんだよ。あたしのそばにね」

わたしを玄関まで見送りながら、ミセス・ハギンズが訊いた。

「あたしの姪っ子を連れていくんですか？」

そのときまで、彼女がクイーニーの大おばであることをわたしはすっかり忘れていた。

「いいえ。彼女はアイルランドのダーシーの親戚のところにいるの。お料理を学んでいるのよ」

「こりゃたまげたね。料理を？　聞いた、アルバート？　まだ台所は燃やしてないんでしょうね？」彼女はまたくすくす笑った。

「それどころか、彼女はとても腕がいいそうよ」

「まったく驚きですよ。それじゃあ、お嬢さまには新しいメイドがいるんですね？」

「お城にはアイルランド人のメイドがいるんだけれど、イタリアにはひとりで行くの」

「フランス人のメイドを雇うといいですよ」ミセス・ハギンズが言った。「ほかのお嬢さんたちはそうしているんでしょう？　でもダーシーのそばにフランス人メイドを置くのはよくないかもしれないね。そうじゃないかい、アルバート？　フランス人がなんて言われているか知っているよね？　情熱的だってさ」彼女は祖父のあばらをついた。

祖父はわたしを見つめた。「なかで待っておいで、ヘティ。わしは角までこの子を送ってくるから」

「結婚式までには帰ってきてくださいよ」ミセス・ハギンズが言った。「裏庭で豪華なパーティーをしますから」

家から十分に離れたところで、祖父はわたしの腕を取った。「おまえは気に入らないようだな」

「わたしがどう思うかじゃないの。彼女となら幸せになれるっておじいちゃんが思っているなら、わたしも喜んであげたい」

「わからんよ。いい考えのように思えたんだ。家賃をあげるか、追い出すかだと言われていると聞いたとき、こうすることですべて丸く収まると思ったんだよ」

「彼女を愛してはいないの？」

祖父はくすくす笑った。「わしくらいの年になると、愛なんてものはどうでもいいんだよ。彼女はまともな人間で、料理がうまい。それ以上のことは望まんよ」

わたしは祖父の頬にキスをした。「寂しくなるわ。いっしょにイタリアに来られればよかったのに」

祖父はわたしの肩に手を乗せた。「ひとりで大丈夫なのか？　ひとりきりで外国に行くなんていうのは、どうにも気に入らん」

「一本列車に乗るだけよ。大丈夫」

祖父はうなずいた。「おまえの結婚式を楽しみにしているよ。おかげで、新しいスーツが手に入る」

祖父はわたしを抱きしめ、わたしも祖父を抱きしめた。丘をくだっていくあいだ、祖父がわたしを見つめているのが感じられた。半分ほどくだったところで、とんでもないことに気づいた。ふたりが結婚したら、クイーニーは本当にわたしの親戚になるのだ！

6

四月一五日　月曜日

列車でイタリアに向かう。ひとりで。できるだけ心配しないようにしている。

数日後、わたしは出発した。ベリンダに手紙を書いて、行くことを知らせようと思ったけれど、ドアを開けてそこにわたしが立っているのを見たら（カーラーを巻いたミセス・ハギンズよりはましなはずだ！）、ベリンダは驚きながらもきっと大喜びしてくれるだろう。フィグのメイドに、服を洗ってアイロンをかけてもらった。フィグは驚くほど協力的だったので、わたしを早く追い出したくて仕方がないのではないかと考えずにはいられなかった。万一ダーシーが戻ってきたときのために、彼の父親に手紙を書いて、これから数週間どこに滞在するつもりかを伝えた。ザマンスカ王女から連絡があったかどうかを確かめたくて、イートン・スクエアにも行ってみたけれど、なにもわからないということだった。ここ最近は連絡がないし、飛行機で世界一周するのはかなり時間がかかるはずだと、高慢そうなフランス人メイドは言った。王女が戻ってくるまで、わたしといっしょにイタリアに行く気はないかと尋ねたくなったけれど、わたしの服をずっとしたような顔で見ていたので、考え直した。

そういうわけで、わたしはひとりで出発した。風の強い四月の午後、スーツケースと化粧ケースをひとつずつさげて、タクシーでヴィクトリア駅に向かった。自信に満ちた旅立ちとはとても言えなかった。以前は少なくともクイーニーがいて、荷物を任せることができた。ポーターがどこにでもいるはずだと思ったけれど、おじけづいてしまうのはどうしようもなかった。旅の前半はなんの問題もなかった。ポーターがわたしの客室まで荷物を運んで、棚にのせてくれ、〈ゴールデン・アロー〉号は一〇時三〇分にヴィクトリア駅を出発した。同じ客室に乗っていたのは、イギリス人の感覚からすると仲がよすぎるフランス人のカップルで、互いを見つめあったり、なにかをささやきあったり、キスを交わしたりしていた。もうひとりの乗客はイギリス国教会の教区牧師で、ぞっとしつつもふたりから目を離せずにいた。幸いわたしは駅で『ザ・レディ』誌を買っていたので、リンゴの花が満開のケントの田園風景のなかを列車が走っているあいだ、それを読んで時間をつぶすことができた。一時間半でドーバーに着いた。フェリーまでポーターに荷物を運んでもらい、イギリス海峡を渡った先のカレーのプラットフォームには〈フレッシュ・トール〉号が待っていた。なんとも洗練された旅だ。五時前には、パリ北駅に着いていた。

ミラノ行きの列車が出るリヨン駅までは、タクシーで向かった。ここまでは上々だ。列車が町を出て、フランスの田園地帯に夜のとばりがおりると、わたしは自分自身におおいに満足しながら食堂車に向かった。わたしは世界をまたにかけるベテランの旅行者だ。ようやく洗練された女性になれた。けれど食堂車の入り口に最初の障害が待っていた。

「予約されていないのですか？　申し訳ありませんが、満席です、マダム」案内係が言った。

「出直していただけますか？」

予約が必要だとは知らなかった。

「わたしの部屋に食べ物を届けてもらえないかしら？」わたしは尋ねた。

彼はぎょっとして答えた。「それはできません、マダム。食事は食堂車でするものです。寝台車は眠るためのものです」

あきらめて出ていこうとしたとき、案内係に向かって手を振っている男性がいることに気づいた。

「ぼくが喜んでそちらの若いお嬢さんと同席しよう」

なかなかに魅力的な男性だった。貴族的な身のこなし、金色の髪、きれいに手入れされた短い金色の口ひげ。彼は立ちあがった。「そちらのお嬢さん《フロイライン》がぼくとご一緒してくださるなら、光栄だ。ひとりで食事をするのは味気ないものだし、だれかといっしょのほうが楽しい」

「ありがとうございます、伯爵」案内係はそう応じると、わたしに向き直った。「伯爵のテーブルにご案内しましょうか？」

ノーと言える状況ではなかったし、なによりわたしは空腹だった。彼の笑顔は好感の持てるもので、そのうえ伯爵だ。「ええ、お願い。ありがとう」わたしは案内係のあとについて通路を進んだ。

金髪の男はドイツ人らしい小さな会釈をした。「ルドルフ・フォン・ロスコフと言います、お嬢さん。それとも奥さんかな？」

「レディ・ジョージアナです。ラノク公爵の妹です」

彼の青い瞳が面白そうに輝いたように見えたのは気のせい？

「イギリスの貴婦人ですか」いままではフランス語だった会話が、英語に変わった。「素晴らしい。明るい色の髪と姿勢のよさから、田舎で暮らしている女性だろうと思ったんだが、イギリス人でしたか。いいね。ぼくはイギリス人が好きですよ」

わたしは笑みを返しながら、彼の向かいの席に腰をおろした。

「正確には半分だけイギリス人なの。もう半分はドイツの血を引くスコットランド人よ」

「きみもドイツ人の祖先がいるの？　いいね、そうだと思った。本当のアーリア人だね。ドイツ人の祖先はなんていう人たち？」

「ヴィクトリア女王とアルバート王配よ」わたしは彼の反応に満足しながら答えた。

「そうなんだ。きみは王家と血のつながりがあるんだね。ますます、いいね」彼がぱちりと指をならすと、ウェイターが即座に飛んできた。「一番いいシャンパンを。ドン・ペリニヨンかな？」

「承知しました、伯爵」ウェイターが応じた。

ルドルフ・フォン・ロスコフは、帽子からウサギを取り出した手品師のようにうれしそうにわたしに微笑みかけた。「楽しい夜になりそうだ。ドイツ語は話せる？」

「ほんの少し。でもあなたは英語がお上手だわ」

「イギリス人の友人が大勢いるからね。イギリス人とは気が合うんだ。お互いが理解できる」

シャンパンが運ばれてきた。「教えてくれないか」彼は身を乗り出した。「ミラノにはなにしに？　服を買いに行くのかな？　パリと同じくらい、いいものがあるからね」

「いいえ。病気の友人を訪ねるの」

「友だち思いなんだね」彼はわたしの手を眺め、ルビーとダイヤモンドの指輪に気づいた。「きみの恋人は、きみがひとりでヨーロッパを旅することに反対しないのかい？」

「もちろんしないわ。彼だっていろいろなところに旅をしているもの」

「現代的な女性はいいね。冒険好きで、勇敢で、自由で」

わたしはそのどれにも当てはまらないような気がしたが、笑顔で応じながらシャンパンを口に運んだ。

「結婚しているの？」わたしは尋ねた。

「ぼくかい？　アメリカ人がよく言うように、ぼくは気楽で自由気ままなのさ。美しい女性といっしょにいるのが好きなんだよ。いずれは身を固めて跡継ぎを作らなければ家が途絶えてしまうが、いまはおおいに人生を楽しんでいるところだよ」彼はグラスを空にし、指を鳴らしてお代わりを催促した。「ベルリンに行ったことはある？　ヨーロッパでもっとも素敵な町だよ。とても洗練されていて、活気に満ちている」

「一度も行ったことがないの。でも母が住んでいるわ。とても楽しんでいるみたい」

「きみのお母さんは趣味がいいね。きみも一度訪ねたほうがいい。ぼくがベルリンの見どころを案内するよ」

「あなたはミラノになにをしに行くの？」

彼は肩をすくめた。「友だちに会いにね。仕事でパリとロンドンに行っていたんだが、しばらくゆっくりしておいしいイタリアの料理を楽しもうと思ってね。ひとつだけ、言っておかなきゃならないことがある——ベルリンはなにもかも素晴らしいんだが、食べ物だけがちょっとね。フランスとイタリアにはかなわない。ほら……」ちょうどそのとき、目の前に料理の皿が並べられた。「ぼくの言っていることがわかるだろう？」

ひと皿めは、カニとエビとムール貝が入った濃厚なシーフードのスープだった。上品に食べるのは難しい料理だ。サフラン色のスープをこぼさないように、わたしは神経を集中させた。ルドルフはスープがとても気に入ったらしく、パンできれいにぬぐって食べていた。二皿めはカモの胸肉のオレンジソースがけで、スプーンで切れるくらい軟らかかった。ルドルフはカモに合わせて、フランス産赤ワインを注文した。しめくくりは、クリームと栗のピューレを重ねたメレンゲのケーキだった。マカロンとチョコレートを添えてコーヒーが運ばれてくるころには、わたしはすっかりくつろいだ気分になっていた。食事のあと彼は細い煙草をふかし、コニャックのグラスを傾けた。わたしはすでにいくらか酔いがまわっていたので、どちらも断った。彼は子供時代のことを語った。厳格なプロイセン人の父親は、八歳のときに彼を陸軍士官学校に入れたのだという。その父親も世界大戦で命を落としたということだった。「まったくばかげた戦争だよ。本当に無駄だった」彼は首を振った。「なにを手に入れたかったんだ？ 何百万という命が失われた。だれも戦いたくなどなかった――ドイツ人もイギリス人も。なのに、頑固な政治家たちが無理やり戦争を起こしたんだ。兵士になるには、ぼくは幼すぎたことだけが救いだよ」

「また同じような戦争が起きると思う？」わたしは尋ねた。「あなたの国のミスター・ヒトラーは軍隊を配置しているようだけれど」

彼は微笑んだ。「イギリスとドイツが戦う理由はないよ。ぼくたちは同じ種族だろう？ きみを見てごらん――ドイツ人の祖父母とイギリス人。素晴らしい組み合わせの結果がきみだ」

わたしは頬が熱くなるのを感じ、気まずさを覚えた。「そろそろ部屋に戻らないと」食事代を払おうとして財布を取り出したが、彼は笑いながらその手を押さえて、無理やりハンドバッグに財布を戻した。「そんなものはしまって。ぼくが楽しませてもらったんだから」

〝楽しませてもらった〟と言ったときの口調と挑むようにこちらを見つめるまなざしに、わたしは落ち着かない気持ちになった。脚がちゃんと体を支えてくれるかどうか不安だったので、慎重に立ちあがった。大丈夫だった。「おいしい食事をごちそうさま。ご親切にありがとう」

ルドルフも立ちあがった。「きみの部屋まで送ろう」彼はわたしの肘に手を添えると、いっしょに食堂車を出た。

ああ、どうしよう。こういう男性の話は聞いたことがある。列車で知り合った世間知らずな女性を餌食にするのだ。王妃陛下からあれほど注意されていたのに。けれどおいしい食事をごちそうになったあとで、むげに断ることはできなかった。客の半分が彼のことを知っているに違いない一等の食堂車で、騒ぎを起こすのも避けたい。一等の客車にはコンシェルジュがいるとわたしは自分に言い聞かせた。コンシェルジュの小さな部屋の前を通るときに、わたしは声をかけた。「おやすみなさい、ピエール」

「おやすみなさい、お嬢さま。ベッドはすでにできています」

「こちらの男性は親切にわたしの部屋まで送ってくださるの」

部屋の前までやってくると、ルドルフがドアを開けた。これからどうすればいい？　一等客室で助けてと叫ぶのは、不作法かしら？　彼を蹴っ飛ばすのは、もっと不作法？　わたしはルドルフを振り返って、にこやかに笑いかけた。

「本当にありがとう、伯爵。ひとりで旅する女性に優しくしてくれて、本当に親切ね」わたしは片手を差し出した。彼は片時もわたしの顔から視線をはずすことなく、その手を取って唇に持っていった。

「こちらこそ、素敵な夜をありがとう。いい夢を見られることを祈っているよ。できればまた会いたいね」

ルドルフはカチリと踵《かかと》を合わせると、堅苦しいお辞儀をしてからその場を離れていった。部屋に入ってドアを閉めたときもわたしはまだ少し震えていて、安堵のため息をつきながら、ベッドに座りこんだ。列車が揺れるなか、苦労しながら服を着替えた。ドアに鍵がかかっていることを確認してから、冷たいシーツのあいだに潜りこみ、丸くなって眠ろうとした。不意に友だちからも遠く離れてひとりでいることを実感して、ダーシーが恋しくてたまらなくなった。「もうすぐよ」心のなかでつぶやいた。あと少しすれば、もうひとりで眠ることはなくなるのだ。

いつのまにかうとうとしていたらしく、ごく小さな物音で目が覚めた。ドアの掛け金がはずれる音。わたしの部屋のはずがないと思った。確かに鍵をかけたのだから。けれど開いたドアの隙間から光がこぼれ、やがて黒い人影が戸口に現われた。わたしはすっかり目を覚まし、体を起こした。車掌が様子を見に来たのかもしれない。けれどその人影は車掌よりもずっと大柄で、煙草の残り香と嗅いだことのある香水のにおいがした。

「いったいここでなにをしているの、ロスコフ伯爵?」わたしは憤然として訊いた。彼はドアを閉めた。

くすくす笑いながら言う。「わかりきったことだと思うけれどね」わたしのベッドに腰をおろした。

「とんでもないわ。どうやって入ったの？　鍵をかけてあったのに」

彼はまだ笑っていた。「コンシェルジュを買収するのは簡単だって知っているかい？　常連客でチップをはずんでいれば、まったく問題はないんだ。合鍵を借りるあいだ、ちょっとよそ見をしていてもらうように頼むだけですむ」

「それならいますぐに出ていってもらえるかしら。でないと、声を出すわよ。それとも、コンシェルジュには耳まで聞こえなくなるように頼んできたの？」

「きみは本当に素敵な人だね」ルドルフはわたしににじり寄り、頬を撫《な》でてきた。

「あなたはいつもこうやって女性の客室に押し入っているの？」これで彼を躊躇させられることを祈りながら、ヴィクトリア女王の真似をして言ってみた。

「そうだよ。しばしばね。楽しい遊びさ。そうだろう？　ぼくたちの階級では認められていることだ。喜んでぼくをベッドに迎え入れてくれた上流階級の女性は大勢いたよ。きみも個人的に知っている人たちだと思うね」

「わたしはそういうタイプではないの。こんな訪問を歓迎するとあなたが考えた理由がさっぱりわからないわ。そんなふうに思わせるようなことは、なにひとつしていないのに！」

「いやいや、したよ、かわいい人《マイン・リーブリング》。きみを見つめながら手にキスをしたとき、きみは目を逸らすことも、手を引っこめることもしなかった。ぼくを見つめ返したね。だからぼくは、きみがこのキスを楽しんでいて、もっと先に進みたがっているんだと解釈した。もっとほかの場所にキスをしてほしがっているんだとね。ぼくはとても上手なんだよ。みんな、そう言う。後悔はさせないよ」

「わたしには婚約者がいると言ったはずよ」わたしは冷ややかに言った。

「だからどうだと言うんだい？」彼は面白そうな笑い声をあげた。「きみの婚約者もいまごろは、ほかの女性の寝室のドアを開けているに違いないよ。これは認められたお楽しみなんだ。きみも受け入れなきゃいけないよ」

「受け入れるつもりなんて毛頭ないわ。いますぐに出ていってちょうだい。わたしの婚約者が知ったら、大変なことになるわよ」

彼はまた笑った。「ぼくに決闘を申しこむ？　楽しいね。ぼくは決闘の腕もいいんだ。これまで何人もに血を流させてきたよ。ぼくは良心的な男だからね、銃でも剣でも殺すことはできたけれど、殺さなかった。それにぼくは口が堅いんだ。だれにも知られることはないさ」彼はわたしの肩に乗せていた手をそろそろと下に向けて動かし始めた。わたしはその手をつかみ、彼を押しやった。

「興味がないって言っているのがわからないの？　あなたが愛人としてどれほど有名なのか知らないけれど、わたしはあなたの魅力には少しも心を動かされないの。悲鳴をあげる前に、さっさと出ていってちょうだい」

彼が立ちあがったので、わたしは安堵した。「その気のない女性に無理強いしたとは言われたくないからね。さっきも言ったとおり、ぼくは高潔なんだ。引きあげるよ、レディ・ジヨージアナ。だがきみは、生涯後悔することになるよ。夫の腕に抱かれながら、自分がなにを逃したのかをずっと考えるだろうね」

彼はまた踵をカチリと鳴らしてからドアを開け、通路を遠ざかっていった。

7

四月一六日　火曜日

イタリアに向かう列車のなか。もうすこしでレイプされるところだった！

わたしは長いあいだ、じっと座ったままでいた。体がぶるぶる震えていて、ブランデーのフラスクを持ってくればよかったと思った。もしも彼が聞き入れてくれていなかったら、強引に襲ってきていたら、わたしは抗うことができただろうか？　ああいった行動を彼が当たり前だと思っていたこと、そしてそれ以上にダーシーも同じようなことをしているはずだと言っていたことに、わたしはひどく動揺していた。ダーシーはそんなことはしない。そうでしょう？　けれど不安が消えることはなかった。わたしと出会う前、彼がかなりの数の女性とベッドを共にしていたことは知っている。家から遠く離れただれにも見つかることのない場所にいるときに、アルゼンチンの黒髪の美しい女性を見たらその気になることもあるんじゃない？

わたしはベッドに横になり、揺れる天井を見つめていたが、眠りは訪れてこなかった。ブラインドの隙間から朝の光が漏れてきたので開けてみると、山のなかを走っているのがわかった。線路の脇には雪が残っている。流れの速い川を渡った。ここはもうスイスかイタリアだろう。早くこの旅が終わって、ベリンダの小さなヴィラに無事にたどり着くことを願った。好色な伯爵の話をしたら、ベリンダがどれほど笑うことか。彼女もまたああいった行動を当たり前だと思っていて、奔放に振る舞ってきた。そしてその結果、あんなことになった――望みもせず、育てることもできない子供を身ごもったのだ。今後のことを考えているのだろうかとわたしはいぶかった。

列車はトンネルに入った。ゆうべのことがあったばかりだから、車内が薄暗い非常灯の明かりだけになると、心臓が激しく打ち始めた。座ったままドアを見つめ、だれかが入ってきたときのために身構えた。トンネルは永遠に続くような気がした。とてももうこれ以上は我慢できないと思い始めたところで、ようやく外が明るくなった。山の向こうに顔をのぞかせた太陽が、南の地方らしい景色を照らしている。列車は山をくだっていた。温かみのある黄色やオレンジ色に塗られた農家。タイルの屋根と鮮やかな緑色のよろい戸。ポプラの並木道に野原を彩る新緑。やがて家や街路が見えてきて、七時少し前にはミラノ中央駅に到着した。ポーターに荷物をおろしてもらっているときも、ルドルフ・フォン・ロスコフの姿が見えなかったのでほっとした。最終目的地へと向かう列車はどこから出るのだろうとあたりを見回していると、空腹であることに気づいた。そこで両替をして、駅のカフェでコーヒーとロールパンをお腹に入れた。

その先はもう少し庶民的な列車で、美しい湖岸をストレーザに向けて北上した。花をつけた低木が塀からあふれだし、木々は花が満開だ。湖は朝の光にきらめいている。とても美しい光景でわたしの心は浮き立った。ようやくベリンダと会って、いっしょに楽しいひとときを過ごすのだ。

列車が小さな駅に到着した。標識にストレーザと書いてあったので、窓から顔を出してポーターを探した。けれどそれらしき人は見当たらなかったため、自分で荷物をおろさなくてはいけなかった。駅の外に出てみると、そこは小さな町の中心部から少し丘をのぼったところだった。山に囲まれた湖はやっぱりきらきら輝いていて、小さな緑の島がいくつかあった。息を呑むほどの美しい光景とジャスミンとミモザの香りを堪能しながら、わたしは微笑んだ。ベリンダと楽しい時間を過ごすんだわ……例のハウスパーティーを切り抜けることさえできれば。タクシーを探したけれど見つからなかったので、切符売り場に戻って身振り手振りを交えて英語で尋ねた。係員はまったく英語がわからないようだったけれど、近くにいた男性が助けてくれた。

「会議に来たんですか？　グランドホテルに？」彼が訊いた。

「残念ながら違います。友人に会いにきたんです」

「なるほど」

「なんの会議なんですか？」

「大きな会議ですよ」彼は両手を大きく広げた。「イタリアとイギリスとフランスにとって重要な会議です。重要な人たちが大勢ストレーザに来ています。ホテルは満室。いいことですよね？」

重要な人たちを乗せるために、タクシーはすべて出払っているらしかった。わたしはようやくのことで、年代物のタクシーを見つけることができた。運転手も車と同じくらい年を取っている。住所を見せると、彼はうなずいて車を発進させた。数軒の見事なホテルとヴィラの前を通り、湖に向かって走っていく。ストレーザはわたしが思い描いていたような人里離れた町ではなく、裕福な人々が滞在する華やかなリゾートだった。ベリンダがいる村は、町から一、二キロ離れているらしい。初めのうちタクシーは湖を左手に見ながら走った。右側は背の高い石の壁が続いていて、やがて人目を引く鉄の門が見えてきた。

「ヴィラ・フィオーリ」運転手はヴィラを手で示しながら言った。彼が発した言葉はそれだけだった。

傾斜した砂利の私道の先に、レモンイエローの宮殿のような建物がちらりと見えた。あれがマティーニ伯爵夫人となったカミラが暮らす、ヴィラ・フィオーリらしい。彼女はなかなかうまくやったようだ。ヴィラを過ぎると、道路はすぐに湖を離れて山道をのぼりはじめた。丘の斜面にへばりつくようにして建つ数軒の家があるだけの小さな村が見えてきた。中央に広場と教会がある。「サン・フィデル」運転手が言った。ヴィラ・フィオーリのすぐ近くだ。

ベリンダはかつての敵と偶然会ったりはしなかっただろうか？　もし会っていたら、どれほど驚いたことだろう。運転手は玉石で舗装した細い道に車を進め、湖を見渡せる小さなピンク色の家の前で止めた。わたしはタクシーを降り、料金を払った。とんでもない金額のように思えたが、リラで払っていることを思い出して計算してみると、ごく控えめな料金だった。

「いいですか《ヴァ・ベーネ》？」運転手が訊いた。わたしがうなずくと、細い道をバックで戻っていった。

わたしは玄関に歩み寄った。朝の九時半。ベリンダは朝寝坊するのが好きだ。起こされた彼女があまり怒らないことを祈りながら、わたしはドアをノックした。待ったけれど、なにも返事がない。もう一度ノックをして、声をかけた。「ベリンダ、わたしよ。ジョージーよ」

やはり返事がない。よろい戸は閉まっていたし、家の両側には背の高い生垣があったから、裏手にまわって、彼女がオレンジの木があるテラスにいるのかどうかを確かめることもできなかった。

「ベリンダ！　ヤッホー！」わたしは声を張りあげた。イギリスだったら、間違いなく顔をしかめられただろう。どうすればいいかわからず、その場に立ちつくした。ベリンダはぐっすり眠っているか、もしくは留守にしているかのどちらかだ。がっかりした。ゆうべは眠っていなかったから目の奥が痛んだし、座って体を休め、おいしい朝食をとりたかった。どこに行ったんだろう？　あらかじめ手紙を書いておかなかった自分の愚かさを後悔した。ベリンダが一週間か、あるいはもっと長いあいだ友人を訪ねているのだったらどうする？　赤ちゃんが生まれるのは早くても四月末のはずだ。フランチェスカのことを思い出したのはそのときだった。ベリンダの面倒を親切に見てくれているという地元の女性。彼女なら、ベリンダの居所を知っているはずだ。玄関のドアの両脇に置かれている鉢植えの植物のうしろにスーツケースを隠し、村の中心部に向かった。

教会の外のこぢんまりした広場に入っていくと、パン屋の店先に数人の女性が立っているのが見えた。彼女たちに近づき、フランチェスカを知らないかと尋ねた。正確に言えば、「英語は話せますか？　フランチェスカを探しています。イギリス人女性のところで働いているフランチェスカです」と言ったつもりだ。

彼女たちはけげんそうな顔をしただけだった。「フランチェスカ？」わたしは繰り返した。「シニョリーナ・イングレーゼ？」そう言いながら、ベリンダの家のほうを指さした。理解してもらえたようだ。

「アア、フランチェスカ」彼女たちは笑顔になったが、首を振りながら何度もノーと繰り返した。

互いの言語がわからないときにするように、彼女たちは声を張りあげ、ゆっくり話し、様々な身振りを添えてくれたが、それでもわたしは彼女たちがフランチェスカの居場所を教えてくれない理由が理解できなかった。やがてひとりが、素晴らしい考えを思いついたかのように、指を一本立てた。「ジョヴァンナ！」

「アア、シ。ジョヴァンナ」ほかの女性たちも声をそろえた。

ひとりが広場の向こうへと駆けだしていった。残った女性たちはわたしを見てうなずいたり、笑ったりしている。ジョヴァンナがなんであれ、あるいはだれであれ、きっとわたしが満足するだろうと思っているらしい。ずいぶん長いあいだ待った気がした。厚手のオーバーに朝日が当たり、ここに来る前に脱いでくればよかったと後悔した。タイル張りの屋根で鳩が鳴きながら、翼をはためかせている。遠くから教会の鐘の音が響いてきた。パン屋から焼き立てのパンのおいしそうなにおいが漂ってきて、今日は朝からほとんどなにも食べていないことを思いだした。やがて走ってくる足音が聞こえたかと思うと、さっきの女性が戻ってきた。幼い少女を連れている。

「ジョヴァンナ」帽子からウサギを取り出した手品師のような顔で、女性が言った。

少女は恥ずかしそうに微笑んだ。「ボンジョルノ」

「ニポティーナ・ディ・フランチェスカ」女性たちが声をそろえて言った。「パーラ・イングレーゼ」

「スクオラでえーご習います」ジョヴァンナが言った。

「よかった」わたしは応じた。「あなたはフランチェスカの娘さん?」

「彼女はあたしのおばあさんです。彼女はいません。彼女は……」少女は眉間にしわを寄せて、ふさわしい言葉を探した。「母さんの妹のところに行きます。バンビーノがいます。キャピッシュ?」

わたしは彼女の言葉をどうにかして理解しようとした。ほかの女性たちは、大きなお腹や赤ちゃんを揺する仕草を身振りで示した。「フランチェスカは、赤ちゃんが生まれる娘さんのところに行ったの？」

　少女は満面の笑みを浮かべた。「シ」

「でも、イギリス人の女性はどうしたのかしら？　彼女はどこに行ったの？」

　少女はまた顔をしかめた。「イギリスの女の人、クリニカに行きます」一拍間を置いてから、もう一度言った。「クリニカ。スウィッツェラ」

　どちらの単語もわたしには意味を持たなかった。少女が同じ言葉を繰り返すのを聞いて、ぱっとひらめいた。「クリニックに行ったの？」

　全員がうなずいた。この村に滞在中の有名人の身になにが起きているのか、だれもが知っているようだ。

「スウィッツェラ」女性たちは湖の向こうを指さしながら、一斉に言った。

「スイス？」

　少女がうなずいた。

「クリニックの住所はわかるかしら？　だれか住所を知っている？」

　少女は首を振った。全員が首を振った。

「フランチェスカはどう？　彼女に電話はできる？」わたしはひたすら身振り手振りを繰り返した。

　首は横に振られるばかりだった。

　彼女たちに見つめられながら、わたしはこれからどうしようかと考えていた。これまでわかったところによれば、ベリンダはスイスのクリニックに行ったらしい。フランチェスカは娘の出産を手伝うためにイタリアのどこかに行っていて、だれもベリンダがいる場所の住所を知らない。

「だれか、イギリス人女性の家の鍵を持っていないかしら?」わたしは家の鍵を開ける仕草をしながら訊いた。わたしが勝手に泊まっていても、ベリンダは気にしないはずだ。けれど、彼女たちの顔にはぽかんとした表情が浮かんだだけだった。さあ、これからいったいどうすればいい? イギリスからイタリアまで郵便がどれくらいで届くだろう? イタリアの郵便事情はイギリスほどよくなさそうだ。王妃陛下からの手紙がまだヴィラ・フィオーリに届いていない可能性はおおいにあったし、そもそもすぐに手紙を書いてくださったかどうかもわからない。ハウスパーティーまでまだ何日もあるというのに、突然訪ねていくわけにもいかない。

ストレーザに戻って泊まる場所を探してもいいけれど、会議のせいでホテルはどこも満室だとさっき聞いたばかりだ。そんなことを考えているあいだに、ベリンダのことが心配になってきた。出産予定日は数週間先のはずなのに、どうしてこんなに早くクリニックに行ったのだろう? なにか問題でも起きたのだろうか? そうだとしたらひとりでさぞ心細い思いをしているはず。まずは彼女を探すことが先決だと思った。

女性たちはまだ期待に満ちた目でわたしを見つめている。「この村にホテルはある?」ジョヴァンナに訊いた。彼女は首を振った。

「イギリス人女性を見つけるまで、何日か泊まれるところはあるかしら?」

ジョヴァンナが女性たちに通訳した。女性たちは長々と話し合ったあと、おもむろにわたしの腕をつかむと広場を渡り、狭い路地へと連れていった。その先にある、見た目にもおいもいかがわしいバーのような店へと入っていく。女性たちは、店と同じくらいいかがわしく見える白髪で無精ひげの店主の老人と、大声で言葉を交わした。気がつけばジョヴァンナはいなくなっていて、彼女たちは手振りを交えながら、わたしに向かってイタリア語で叫んでいた。やがてわたしは急な階段をのぼらされ、入り口の上にある小さな暗い部屋へと連れていかれた。この村で泊まれる部屋がここしかないのなら、ストレーザまで戻るほかはないようだ。あそこならきっと小さなペンションくらいはあるだろう。

「ヴァ・ベーネ?」女性たちが腕をひらひらさせながら訊いた。

わたしは弱々しく微笑んだ。実を言えば、いまにも泣きそうだった。難しい任務を達成した女性たちが満足そうに階段をおりていくと、老人はベッドに腰かけ、いやらしいとしか思えない目つきでぽんぽんとベッドを叩いた。「ベーネ」彼が言った。ああ、どうしよう。だれかに荷物を取ってきてほしいのに、わたしにはそれを伝える手段がなかった。メイドを連れてこなかったことを後悔したのは、これが初めてではなかった。ロンドンではなにもかもあんなに簡単なのに。列車に乗る。目的地に着く。それで旅は完了だ。こんな複雑な事態になるなんて考えてもみなかった。スーツケースはとりあえずあそこに置いたままにして、ストレーザに戻ろうと決めた。ここよりはましな部屋があるはずだ。

タクシーを呼んでほしいと階下の女性たちに頼んだ。タクシーはないよ。ストレーザに行きたいの。バスは？　ドマーニと言われた。明日という意味だ。普通の人はどうやってストレーザに行くの？　そう尋ねると、彼女たちは驚いたような顔になって、たった二キロメートルしかないのにと言った。それくらいの距離を歩くのはなんでもないことのように。確かになんでもないことだろう。重たいスーツケースをさげていなければ。そういうわけでわたしは運を天に任せることにして、植木鉢のうしろに隠した荷物はそのままに、オーバーだけ脱いで丘をくだり始めた。湖畔をたどる道を歩いていく。散歩には最適の日だった。青い湖面をフェリーが進んでいた。燕《つばめ》が空を飛び、鳥が歌い、ジャスミンとブーゲンビリアがこぼれんばかりに咲いている。これほど疲れていなくて、これほど暑くなくて、これほどいらだっていなければ、さぞ楽しかっただろう。

ヴィラ・フィオーリのゲートの前を通るときに私道をのぞいてみたけれど、人の気配はなかった。脚が重たくなってきて、ゆうべは一睡もしていないうえに朝からコーヒーとロールパンを食べただけだったことを思い出した。最初の家並みが見えてきて、町の中心部にたどり着いたときは、心の底からほっとした。フェリー・ターミナルの裏側の通りに小さなホテルが数軒あったので、空室があるかどうかを訊いてみた。数日間はどこも満室だけれど、会議が終われば空室が出るらしい。わたしはあきらめ、小さな町の広場にあるオープンカフェにぐったりと座りこんだ。びっしりと葉をつけたセイヨウカジカエデが気持ちのいい木陰を作っている。ランチには早い時間だったので、コーヒーと食べるのがうしろめたく思えるようなペストリーを頼んだ。がつがつして見えないように落ち着いて食べようとしていると、聞き慣れた笑い声がして、わたしは顔をあげた。そこにいたのは、想像もしていなかった人物だった。真紅の円筒形《ピルボックス》の縁なし帽子の下からプラチナブロンドの巻き毛をのぞかせた、小柄で華奢な女性。真紅のリネンのズボンに藤紫色のジャケットといういでたちだ。こんなものを着こなせるのは、わたしの母くらいのものだ。

普段であれば、母と会ってもそれほどうれしくはない。母は世界一自己中心的な人間で、わたしが二歳のときに家を出ていってから、たったひとりの娘をまったく気にかけたことがなかった。けれど今日ばかりは、まるで天からおりてきた天使のように見えた。

「お母さま！」あまりに勢いよく立ちあがったので、危うく椅子が倒れるところだった。

母が立ち止まった。あの有名な大きな目が、驚きのあまりいっそう大きくなった。

「ジョージー！　いったいこんなところでなにをしているの？」

母は、ベリンダが困った事態になっていることを知っていたのだと思いだした。それどころか、母のヴィラをベリンダに使わせてほしいとわたしから頼んだくらいだ。けれど返事をもらっていなかった。幸いベリンダは遺産を受け取ることができたので、結局、母の援助は必要なかったのだけれど。「ベリンダの大切なときにいっしょにいてあげようと思って来たのよ」

「あら、彼女は結局ここに来たのね？」母はわたしの隣に椅子を引っ張ってきた。

「遺産を相続したのよ。お母さまが返事をくれなかったから、運がよかったわ。手紙は届いたでしょう?」

「もちろんよ。すぐにイエスと返事を書きたかったんだけれど、マックスのことがあったから。スキャンダルや噂に巻きこまれると困るのよ。彼の子供だって噂されるかもしれないでしょう?」

うなずいた。「ええ、そうね。よくわかるわ」

「でも彼女は遺産をもらってここに来ることができたんだから、すべてうまくいったということね?」母がぱちりと指を鳴らすと、ウェイターがすぐに現われた。「カプチーノ・エ・ビスコッティ」そう注文してから、わたしに向き直った。「彼女のそばにいるために来てあげたのね。優しい子ね」

「そのつもりだったの。でもベリンダはもうスイスのクリニックに行ってしまったみたい」

「あらまあ。予定日はまだでしょう? なにかあったのかしら」

「問題はどのクリニックなのかがわからないことなの。スイスのどこにあるのかさえ、知らないのよ」

「湖の北の端だと思うわ。スイス側よ。ロカルノかアスコナ。あそこにはいいクリニックがいくつかあるの」

ロカルノ。聞いたことがある。

「お母さまのヴィラがあるところ?」わたしは尋ねた。

「違うわ。わたしたちがいるのはルガーノ湖。ロカルノじゃない。五〇キロほど離れたところよ」

「それじゃあ、お母さまはここでなにをしているの？」

「マックスが会議に出席するので、二、三日友人といっしょに過ごそうと思って。冬のあいだはほとんどベルリンにいたんだけれど、とにかく寒くて憂鬱だったの。だから暖かい南の地で過ごせるチャンスに、飛びついたのよ。太陽の光が恋しくてたまらなかったわ」

フィグのようなことを言っていると思った。

「ここで大きな国際会議が開かれるって聞いたわ」わたしは言った。「マックスもそれに出るの？」

母は面白そうな顔になった。「まさか。国際会議はイギリスとフランスとイタリアがナチスの脅威について話し合う重要なものよ。マックスが歓迎されるはずがないでしょう？」そう言って笑った。

「マックスはナチスじゃないでしょう？」

「もちろん違うわ。でも彼はゲームの仕方を知っているの。武器の売買で利益をあげようと思ったら、そういう人たちに賛成しているふりをしなくちゃならない。ここだけの話だけれど、ここのところマックスはとても儲けているのよ」

「お母さまは、あのとんでもないヒトラーが支配するドイツで暮らすことをどう考えているの？」

「ジョージー、わたしは政治からは距離を置くようにしているわ。それにベルリンでの暮らこじゃなくて、スイスにヴィラを買ったのよ。それにもちろん、スイス銀行の口座もあるしね」母はカプチーノごしにわたしに笑いかけた。

あまり切羽つまった口調にならないようにいまの窮状を訴えようとしたそのとき、母は不意に顔をあげ、コーヒーがこぼれるくらい乱暴にカップをテーブルに置いた。「彼はここでなにをしているの？」ショックを受けたような声だ。

わたしは振り返って、母の視線をたどった。観光客の一団が広場に入ってきたところだ——観光バスかフェリーが到着したのだろう。突然あたりがにぎやかになっていた。

「だれ？」わたしは人ごみに目をこらした。

立ちあがった母は明らかに動揺していた。「世界で一番会いたくない人よ」

母はパラソルとテーブルのあいだを走り抜け、一番近い路地へと姿を消した。

8

四月一六日　火曜日

ひとりぼっちで行くあてもない。これからどうすればいいのかわからない。いっしょにいさせてと頼む間もなく、母はどこかへ消えてしまった。顔をあげて、ジョージー。あなたなら切り抜けられる。

わたしはコーヒーを飲み、ペストリーを食べ、母が戻ってくるのを待ったけれど、帰ってこなかった。ウェイターが勘定書を持ってきた。

「ご婦人は帰られたのですか？」ほとんど手つかずのコーヒーを見ながら、彼が訊いた。

「そうみたいね」わたしは応じ、母のコーヒーを飲んでビスコッティを食べた。わたしが払うことになったのだから、かまわないだろう。いったい母はだれを見てあれほど動揺したのだろう？　記者？　そうかもしれない。けれどいつもの母は注目されるのが大好きで、記者につきまとわれるのを歓迎する。マックスと婚約したせいで、事情が変わったのかもしれない。彼は独占欲が強いタイプで、母の写真が新聞や雑誌に載るのを好まないのかもしれない。それじゃあ、探偵？　けれど、ここ最近の母はいたって品行方正だ。新たにやってきた観光客はすでにいなくなっていて、広場は静けさを取り戻していた。いつものように、母は娘に手を貸すこともなく姿を消してしまった。いかにも母らしい！　母が滞在しているストレーザのホテルを突き止めるのは簡単だろう。湖畔に建つ豪華なホテルのどれかだろうけれど、泊めてほしいと頼むわけにはいかない。ともあれ、ベリンダを探す手がかりはできた。わたしは料金を払うと、近くのテーブルに座っていたふたりのイギリス人女性に、湖のスイス側にはどうやって行けばいいのかを尋ねた。列車で行くのと、船に乗るのとどちらがいいでしょう？

「あらまあ」女性のひとりが言った。「列車でロカルノに行くことはできるけれど、とても不便なうえに大変なのよ。ドモドッソラで小さな列車に乗り換えて、山を越えていかなければならないの。一度、そうやって行ったわね、ドリー？　そして二度とやらないって誓ったのよ」

もうひとりの女性がうなずいた。「行くのならフェリーしかないわね。とても気持ちがいいのよ。時間がかかるけれど」

「どれくらいかかりますか？」

ふたりは顔を見合わせた。「三時間くらいかしらね、ドリー？」

そんなに大きいとは知らなかったけれど、マッジョーレ湖が〝大きい湖〟という意味であることを思い出した。そういうわけでわたしはフェリー・ターミナルまで歩いていき、一一時に出航するフェリーに乗りこんだ。緑の山の斜面に抱かれる小さな町をいくつか経由しながら湖を北上していくフェリーの旅は、本当にとても気持ちがよかった。時折、頂を雪で覆われた高い山が遠くに見えた。すっかりくつろいで景色を楽しみたい気分だったが、不安が再び忍び寄ってきた。ベリンダが見つからなかったらどうする？　バーの上のあのひどい部屋に戻るわけにはいかない。母を見つけ、どうにかしてもらうように頼むという最後の手段はあるけれど、できるだけそんなことはしたくなかった。

いつイタリアからスイスに入ったのかを知るすべはなかったけれど、丘の斜面に建つ建物が現代的なものになってきたのはわかった。湖の北端の狭くなっているところを進んだ先に、ロカルノの町があった。ここもまた、山腹にへばりつくように広がる魅力的な町だった。わたしはタクシーを拾い――今度はぴかぴかのベンツだ――この付近のクリニックに行ってほしいと頼んだ。

「結核の療養所ですか？」運転手が訊いた。

「いいえ、赤ちゃんを産むところよ」

「なるほど」運転手がじろじろとわたしを眺めたのは、そこに用があるのがわたしなのかどうかを見極めようとしたのだろう。

「友人がそこにいるの」わたしは急いで言った。「クリニックに入ったたって聞いたのだけれど、どこのクリニックだかわからなくて」

「彼女はお金を持っていますか？」

運転手がなにを言っているのかとっさに理解できなかったけれど、豪華な施設に入れるくらい裕福なのかどうかを知りたいのだと気づいた。「ええ、持っているわ」わたしは答えた。

「なるほど」運転手は笑顔で応じた。「それならきっと……」

英語が話せるうえ、親切に手助けまでしてくれる運転手に出会えて、わたしは涙がこぼれそうだった。タクシーは町を抜け、湖を見渡せる現代的な白い建物の前で止まった。

「待っていましょうか？」運転手が訊いた。

余分にお金がかかることはわかっていたが、町に戻るには長く急な坂をくだらなくてはならない。王妃陛下が交通費を払ってくれるのだし、きっとベリンダも出すと言ってくれるだろう。今回くらいはぜいたくをしてもいいだろうと思った。「ええ、お願い。長くかかるようだったら、そう言いに来るわ」

運転手はうなずき、新聞を読み始めた。わたしはガラスのドアを開けて、大理石のロビーに足を踏み入れた。壁際にガラスのテーブルがひとつ置かれているだけで、まるで本物のような大きな十字架像以外、装飾品は一切ない。花も飾っていなければ、絵もなかった。〝無菌〟という言葉が浮かんだ。まったく命を感じさせるものがない。どうすればいいのだろうと思いながらあたりを見回していると、小さな足音がして、修道衣に糊《のり》のきいた真っ白な頭巾をつけた若い女性が近づいてきた。

ミス・ウォーバートン＝ストークはここにいますかと尋ね、彼女に会うためにイギリスからやってきたのだと告げた。そんな名前は聞いたこともないという答えが返ってくるか、もしくはベリンダが仮名を使っていたらどうしようと思ったが、その女性は訳知り顔でうなずいた。「イギリス人の方ですね。ええ。おられます。こちらにどうぞ」

彼女は先に立って広々とした階段をあがり、白いタイル張りの廊下を進んで突き当たりのドアを開けた。湖がよく見える明るい部屋だったけれど、ここも見るからに病院っぽい。花も柔らかそうな椅子もなく、きれいに整えられた白いベッドとそのかたわらの小さな白いタンス、そして窓に白いカーテンがかかっているだけだ。ベッドは空だったけれど、窓の外に見覚えのある後頭部があった。ベリンダはテラスに置かれたロッキングチェアに座り、膝に毛布をかけて雑誌を読んでいた。修道女が開いたままのフレンチドアの先にわたしをいざなった。

「お客さまですよ、シニョリーナ」

ベリンダが振り返った。驚きと喜びにその顔が輝いた。

「ジョージー！　信じられない！　どうやってわたしを見つけたの？」

「大変だったわ」わたしは答えた。

ベリンダが立ちあがり、彼女がまだ身重であることをわたしは見て取った。彼女とハグをすると、大きなお腹が邪魔をしたので妙な感じがした。

「もっと早く来なくてごめんなさいね。あなたの手紙を受け取ったのが先週だったの」わたしは説明した。「ラノクハウスにはだれもいなかったから、ずっとマットに置かれたままだったのよ。でも手紙を読んで、すぐに飛んできたのよ」わたしは彼女に手を貸して座らせ、自分のために椅子を運んできた。「ストレーザ近くのあなたの家にも行ったわ。でもフランチェスカはいないし、だれもなにも知らなかった。もし母とばったり会っていなければ、どうやってあなたを探せばいいのかすらわからなかったところよ」

「お母さんがここに？　ああ、そうね。有名なヴィラがあるものね」

「ストレーザで会ったのよ。マックスが会議かなにかに出ているんですって。あなたの具合はどうなの？　もうクリニックに行ったって聞いて、すごく心配したのよ。予定日はまだ数週間先よね？」

「正確には三週間先よ」ベリンダが答えた。「早く終わってほしくてたまらないわ。ものすごく不快なのよ、ジョージー。でもこのあとはもっと大変なことが待っているんでしょうけれどね。ああ、早くなにもかも終わって、いままでどおりの暮らしに戻りたいわ」

「あと三週間もあるのに、ここでなにをしているの？」わたしは訊いた。「すごくお金がかかるんじゃないの？」

「ええ、そうよ。でもいまはそれだけの価値があるわ。とても恐ろしいことがあったのよ、ジョージー」ベリンダはわたしに顔を近づけ、あたりを見回してから言葉を継いだ。「だれもわたしを知らないひっそりした場所を選んだつもりだった。それなのに、ある日散歩をしていたら、オープンカーが横を通りかかったの。だれが乗っていたのか、あなたには想像もつかないでしょうね」

「どうして知っているの？」ベリンダは目を丸くしてわたしを見つめた。

「彼女を訪ねるように言われているからよ。彼女はヴィラ・フィオーリに住んでいるの。あなたのお隣と言ってもいいわね」

「つい最近、知ったのよ」

「確かにいまのあなたが彼女と会いたくないのはわかるわ。気まずいわよね」

「でも最悪なのはそこじゃないのよ」ベリンダの声には絶望の響きがあった。「自動車のハンドルを握っていた人なの。彼女の夫」

「イタリア人の伯爵と結婚したんでしょう？　マティーニっていう人と。王妃陛下から聞かされたとき、わたしはお酒と勘違いしたの」わたしはその場をなごませようとしたが、ベリンダは微笑むことすらなかった。

「パウロ・ディ・マローラ・アンド・マティーニ」ベリンダはわたしを見つめ、理解の色が浮かぶのを待った。「パウロを覚えているでしょう？」

あんぐりと口が開いた。「あのパウロ？　あなたが昔付き合っていた、ハンサムなイタリア人のレースドライバー？」

ベリンダはうなずいた。「あの人よ」

「なんてこと。でも彼は、信心深いイタリア人の無垢《むく》なお嬢さんと婚約したと思ったけれど」

「そうよ。でもパウロがどんな暮らし方をしているかを知って、彼女のほうから破棄したの。わたしみたいなふさわしくない女たちと付き合いがあることを知ったのよ」

「それで、彼は代わりに馬面のカミラと結婚したの？　でも彼の家族は、どうしても彼を敬虔《けいけん》なカトリック教徒の女性と結婚させたがっていたと思ったけれど」

ベリンダは射すくめるような視線をわたしに向けた。

「あいにく、馬面のカミラもイギリスの古いカトリック教徒の家の出なのよ。宗教改革のときも信仰を捨てなかった家のひとつ。だから花嫁としてふさわしかったというわけ。それにお金があるにこしたこともなかったでしょうしね。あんな大邸宅を維持するのはすごくお金がかかるもの」

わたしは同情をこめて彼女を見た。「ああ、ベリンダ、大変だったわね。彼女に見られたくなかったのは、よくわかるわ」

ベリンダは激しく首を振った。「どちらにも見られたくないわよ。彼女が大喜びでなんて言うか、想像できる？　〝いつかこういうことになるってわかっていたのよ〟って言うに決まっているわ。それにパウロ。パウロにこんなわたしを見られるのは耐えられない。ここだけの話だけれど、彼は本当にわたしを愛していて、事情さえ許せばわたしと結婚していただろうってずっと思っていたのよ」ベリンダの声がかすれた。ベリンダはいつも強くて、自信に満ちていて、とても世慣れていたから、こんな弱々しい彼女を見るのはショックだった。

「だから逃げ出したの。家を閉めて、早めにここに来たというわけ」

「ここはどんな感じ？　なんだかとても……えーと……」わたしはふさわしい言葉を探した。

「静かね？」

「静か？　ひどいところよ。まるで遺体安置所で暮らしているみたい。修道女たちは黙りこくったまま出入りするし、なかにはわたしに夫がいないことをあからさまに非難する人もいる。食事はこれ以上ないくらい簡素で、夜は九時には必ず明かりが消されるの。ラジオもない。音楽もない。本当に悲惨よ」

「そんなにここがいやなら、ほかにもクリニックはあるでしょう？」

ベリンダはまた首を振った。「赤ちゃんを産むのには、ここが一番いいの。それに敬虔なカトリック教徒の家に養子に出す手配もしてくれる。いまはそれが一番いいと思っている。実際に産んだらどんなふうに感じるかはわからないけれど、手元に置いておくのは無理だもの」

ベリンダは絶望をたたえた、うつろなまなざしをわたしに向けた。

「ダーシーとわたしがもう結婚していればよかったのにね。そうすればわたしたちの養子にして、あなたが会いに来ることができたのに」

「そうだったらどんなによかったかしら」ベリンダはわたしの手を握った。「あなたはいつもわたしにすごくよくしてくれるのね、ジョージー。わざわざこんなところまで来てくれて。でもせっかく来てくれたのに、わたしは隠れていなきゃいけないなんて、くやしいったらないわ。赤ちゃんが生まれるまで、楽しく過ごせたはずなのに」わたしの手を握る彼女の手に力がこもった。「しばらくいられる？　そのときにはだれかにいっしょにいてほしいのよ。怖くなってきたの」

「泊まる場所があればいられるわ」わたしは言った。「あなたの家の鍵はある？　あそこに泊まろうかと思うの」

「フランチェスカは留守よ。家のことをしてくれる人はだれもいないわ」

「自分でする。簡単なお料理や床を掃くくらいはできるわ」

「それくらいなら、メイドができるはずよ。ストレーザに残してきたの？」

「アイルランドに。クイーニーはいま料理人の見習いをしているし、新しいメイドは母親のそばを離れたがらなかったの。だからいまわたしにメイドはいないのよ」

「大変ね」

「二、三日のうちには、ヴィラ・フィオーリのハウスパーティーに出席することになっていて、そのあいだのメイドは手配してもらえるのよ。王妃陛下が、わたしたちの友人の伯爵夫人に頼んでくれているはずなの」

「出席することになっている？　だれがあなたを招待したの？　どうしてあなたはイエスと言ったの？」

「実を言うと、王妃陛下に頼まれたのよ。陛下にノーとは言えないわ」

ベリンダは驚いた顔になった。「王妃陛下はどうしてあなたをあそこに行かせたがるの？」

わたしはベリンダに顔を近づけた。「ここだけの話だけれど、わたしは王妃陛下のスパイをするの。デイヴィッド王子があそこのハウスパーティーに出席するのよ。シンプソン夫人も。王妃陛下は、彼女がすでに離婚していて、ふたりがひそかに結婚するつもりじゃないかって心配なさっているの」

「わお!」ベリンダも、驚愕したときにはこの言葉を口走るようだ。「あなたはなにをすることになっているの? 飛びこんでいって、〝この結婚は許しません〟って叫ぶの?」

「そんなことはできないわ。バッキンガム宮殿に電報を打つくらいね。議会が結婚を無効にできるんじゃないかしら」

「ジョージー、ふたりはすでにベッドを共にしていると思うわよ」ベリンダは苦笑いをした。

わたしは笑みを返した。「あなたに会えてよかった。会いたかったわ」

「ダーシーがいっしょにいたんじゃないの? わたしなんかよりもよっぽど刺激的でしょう?」

「彼のお父さまのお城にしばらく滞在していたんだけれど、彼はまたどこか謎の場所に行ってしまったの。彼がどんなふうだか、知っているでしょう? どこに行ったのか、いつ戻ってくるのか、わたしにはさっぱりわからないのよ。結婚したら、ようやく教えてくれるのかもしれないわね」

「それじゃあ、結婚が正式に決まったのね」ベリンダはわたしの左手を取り、指輪を眺めた。

「素敵」

「彼のお母さまのものなの。それにまだ正式に決まったわけじゃない。この夏に式をあげたいと思っているんだけれど、まだ国王陛下と議会の承認がもらえていなくて。王位継承者はカトリック教徒と結婚できないって知っているでしょう?」

「ばかばかしいったら。わたしならさっさと結婚してしまうわね。だからといって議会にできることはなにもないんだもの」

「そうしてもいいんだけれど、わたしはできるだけ正式にやりたいの。そうすれば家族がぎくしゃくすることもないし。問題はないはずだって王妃陛下は考えておられるみたい」わたしはベリンダの手を握りしめた。「夏に結婚式をあげるなら、あなたも来られるわね? 付添人のチーフをやってくれるでしょう?」

「もちろんよ。それまでには、わたしの小さなハンフリーだかマチルダだかにいい家が見つかっていることを祈るだけね」

「赤ちゃんにそのどちらかの名前をつけるつもりじゃないわよね?」

「なにも名前はつけないの。愛着を感じないほうがいいのよ。こうするしかないの、ジョージー。もちろんこの子にはいい家を見つけてあげて……」

「子犬の話をしているんじゃないのよ、ベリンダ」わたしは叱るように言った。

ベリンダはにやりとした。「残念ながら、わたしは母親になるようには生まれついていないのよ。あなたとは違う。一〇〇人もの子供を産んで、いっしょに遊んであげるようなあなたとは」

「そうなるといいんだけれど」わたしはその光景を想像した。「でもいまは現実的な話をしないと。タクシーを待たせているの。このあとストレーザに戻る船は三時に出てしまうのよ」

「戻らなきゃいけないの？　どうしてここに泊まらないの？」

「あなたの家の外の植木鉢の裏に荷物を隠してきたのよ。戻ってあれをどうにかしないと」

「本当にわたしの家に泊まるつもりじゃないでしょう？　もちろんあそこを使ってくれていいんだけれど、ここからは遠すぎる。クリニックの近くに部屋を取ってくれたほうがいいわ。ひょっとしたらここに来客用の部屋があるかもしれない。訊いてみるわね」

わたしは立ちあがった。「いい考えがあるわ。あなたがわたしといっしょにあの家に帰るのよ。わたしがあなたの面倒を見ればいいし、そうすればあなたが外に出て姿を見られる心配もない」

「あなたがいなくなったら、わたしはどうすればいいの？　わたしを置いて、馬面のカミラのいるヴィラ・フィオーリに行ってしまうんでしょう？　どれくらいあそこにいることになるのかもわからないのに」

「そうだったわ。引き受けたりしなければよかった。でも王妃陛下にノーとは言えないものよ。だれもが自分の頼みを当然聞いてくれるものだって王妃陛下は考えているもの」わたしは明るい笑みを浮かべて言った。「でもハウスパーティーは普通数日で終わるわ。そうしたらあなたをここから助け出して、あの小さな家でわたしが面倒を見てあげる」

「そうね、きっと楽しいでしょうね」ベリンダはなんとか笑顔を作った――まったくベリンダらしくない、悲しげな笑み。彼女はいつだって快活で、楽観的で、生き生きしていたのに。こんな彼女を見るのは辛かった。わたしは彼女の肩に手を置いた。

「もうすぐすべてが終わって、悪い夢だったと思えるようになるわ。そうしたら昔の暮らしに戻れるのよ」

ベリンダは遠くに視線をさまよわせた。

「こんなことのあとで、昔の暮らしに戻れるものかしら」

9

四月一六日　火曜日
サン・フィデルにあるベリンダの小さな家で夜を過ごす

ベリンダを見つけることができて、そして泊まる場所が見つかって（ありがたいことに、修道院の小部屋じゃない！）本当によかった。

ハグをして別れの挨拶を交わしたところで、ベリンダが修道女を呼んだ。

「友人がここに泊まりたいと言ったら、客用のお部屋はあるかしら？」ベリンダが訊いた。

修道女は頭巾と同じくらい白い顔のなかから、傲慢で冷ややかなまなざしをわたしに向けた。

「客用の部屋？　ここはホテルではないんですよ、お嬢さん。クリニックなんです」歯切れのいいドイツ語なまりの英語だった。

「でも彼女はわざわざイギリスからわたしに会いにきてくれたの。近くにいてくれたらうれしいわ」

修道女は眉間にしわを寄せた。「どこかに泊まれるところが見つかるまで、修道女の小部屋のひとつを使ってもらってもいいかもしれません。マリア・テレサがいま修道院本部に行っていて、ひとつ空いてますから」

わたしはぞっとしたようにベリンダを見た。修道院の小部屋で、こんな恐ろしい修道女たちに囲まれて眠るのは、ラノク城の耐乏生活に慣れているわたしでもさすがに無理だ。

「あら、あなたがいやならいいのよ」ベリンダがあわてて言った。

「タクシーの運転手がどこか近くで泊まれるところを知っていると思うわ」わたしは言った。

「今日は荷物を取りに戻って、あなたの家に泊まるわ。明日の朝、また来る」

ベリンダは期待に満ちたうれしそうな顔で微笑むと、家の鍵を貸してくれた。入り口を出ると、テラスで手を振る彼女が見えた。タクシーの運転手は実際に、部屋を貸している近くのレストランを知っていた。そのレストランに行き、湖が見える窓のある、簡素だけれどかわいらしい部屋を見せてもらった。あのいやらしい老人の部屋よりはるかにいい。わたしはほっとしてため息をついた。適度な料金で折り合いがつき、わたしはフェリーに乗るために急いでターミナルに向かった。

ベリンダの家に帰り着き、植木鉢のうしろからスーツケースを取り出して寝室に運んだときには、あたりは暗くなっていた。こぢんまりしたかわいらしい家で、床は大理石、背の高い窓の外には湖を望むテラスがある。大きなバスタブにお湯をはり、わたしはゆっくりつかった。気分がすっきりしたところで、食料品貯蔵庫にあったパスタをゆで、光がきらめく湖を眺めながら、トマトのペーストとパルメザンチーズをかけて食べた。好色な老人のところには戻らなかった。あそこに泊まると言った覚えはないし、自分の意図を彼に説明できるだけのイタリア語をわたしは知らない。それに、もしあの老人とふたりきりになったら、彼のほうが自分の意図を実行に移すかもしれない。

その夜わたしはぐっすり眠り、窓から射しこむ太陽の光で目を覚ました。村まで歩いていき、焼き立てでまだ温かいパンと地元産のチーズとハムを買った。テラスでおいしい朝食を楽しんだ。大きなスーツケースはベリンダの家に置いていくことにして、必要なものだけを鞄に詰めた。ストレーザまであんな重たい荷物を引きずっていくのはごめんだ。空気はまだひんやりして、遠い山から流れてきた霧が漂っている。歩くには気持ちのいい朝だった。今朝のヴィラ・フィオーリには動きがあった。いいことだ。ヴィラの持ち主が到着して、使用人たちがハウスパーティーの準備をしているに違いない。庭師が仕事を始めていて、ゲートの向こうの花壇の雑草が刈られ、新しい花が植えられているのが見えた。庭師のひとりが顔をあげて、じっとわたしを見つめている。きれいな女性を称賛するのがイタリア人の習慣であることを知っていたから、わたしは満面の笑みを浮かべて歩き続けた。

ロカルノに向かうフェリーに乗り、タクシーでこれから数日滞在することになるレストランに向かった。その部屋に荷物を置いてから歩いてクリニックに行き、テラスでベリンダと近況を伝え合った。あいにく彼女が喜びそうなロンドンのゴシップはひとつもなかったし、わたしがアイルランドで過ごした日々は退屈なだけだったけれど、彼女は祖国の話題に飢えているようだった。

「あなたにはダーシーがいてうらやましいわ」ベリンダが言った。「なにがあろうと、彼はあなたと結婚するってわかっているんですもの。わたしだって、あの卑劣な男は結婚するつもりなんだって思っていたのよ。それらしいことを言っていたのよ……。〝素晴らしいふたりの未来〟そう言ったんだもの。それってプロポーズだって思うでしょう？」

わたしは気の毒そうにうなずいた。

「でもダーシーは、わたしみたいなことにならないように気をつけているはずよ」

「ベリンダ、あなたみたいなことにはならないわ。だってわたしたちまだ……」わたしは口ごもった。

ベリンダが大きく目を見開いた。「あなたたち、まだしていないの？　何カ月も同じ屋根の下で暮らしていたのに？　どこかおかしいんじゃない？」

「どこもおかしくなんてないわ」わたしは気恥ずかしさに頬が熱くなるのを感じながら言った。「ダーシーの考えなの。婚約したあと彼は告解に行って、それ以来、わたしに対する態度はとても慎重よ。カトリック教徒って面白いわね」

ベリンダが笑った。「よりによってあのダーシーが。彼が一週間以上、身を慎んでいられるなんてだれが想像したかしらね？」

再び不安が芽を出した。遠く離れているときにも、彼は身を慎んでいるのだろうか？　信じなければいけないとわかっていたけれど、わたし以外のだれもが不特定多数の相手と関係を持つことを当たり前だと思っているような気がした。わたしはそんな思いを心の隅に押しやり、不愉快なフィグのことや、ダーシーの父親と王女のロマンスの話でベリンダを楽しませようとした。

それから三日間は同じことの繰り返しだった。デイヴィッド王子とハウスパーティーの記事が出ていないかと、毎日新聞を調べることは怠らなかったが、あいにく天気が崩れたせいで殺風景なベリンダの部屋に閉じこめられることになった。雨と風が窓に打ちつけるなか、ベッドか硬い椅子に座っているほかはなかった。三日めになると、明るい話題を見つけるのが難しくなってきて、早くハウスパーティーがはじまってくれないだろうかと考えるようになっていた。そういうわけで、日曜日の朝、〝イギリスの王子がストレーザに〟という見出しと、湖のそばに止めた車の前に立つデイヴィッド王子とシンプソン夫人の写真を見たときにはほっとした。〝王子はプライベートのパーティーに出席することが目的で、代表団に加わる予定はないとのことです〟と書かれていた。

さあ、王妃陛下のスパイになるときが来たようだ。フェリーでストレーザに戻るときには、ベリンダはひどく落胆していた。丘をくだるタクシーのなかからテラスで手を振る彼女の姿が見えて、彼女をひとりにするのだと思うと心が痛んだ。ほんの数日のことよと、自分に言い聞かせた。日曜の礼拝を知らせる教会の鐘が鳴り響くなか、フェリーはイタリアに向けて湖を進んでいく。きれいな鐘の音が急斜面にこだましていた。穏やかで絵のような景色だ。これから待ち受けるもののことを考えすぎて不安に押しつぶされないようにした。ただのハウスパーティーにすぎないんだから。わたしに対処できないことなんて、なにもないはず。タクシーでベリンダの家まで行き、ハウスパーティーにふさわしいものであることを願いながら、スーツケースに服を詰めた。そして、またタクシーでヴィラ・フィオーリに向かった。タクシーはゲートの外で止まり、運転手は問いかけるような顔をわたしに向けた。

「なかに入りますか？」

イタリア語だったけれど、それくらいは理解できた。どうしよう？　タクシーで乗りつければ、ハウスパーティーに出席するつもりだと思われるだろう。そのように手配すると王妃陛下はおっしゃっていたけれど、もしも手紙がまだ届いていなかったらどうする？

「ここで降りるわ」

わたしは答え、運転手がスーツケースを降ろした。料金を払うと、印象的な錬鉄製のゲートの前にわたしを残してタクシーは戻っていった。湖水が岸に寄せる穏やかな水音が聞こえてくる。風にたなびいた髪を整えながら、わたしは眼前の景色を眺めた。ゲートの向こうはきれいに手入れされた芝生と花壇が広がり、斜面をあがった先には木立や緑地庭園が見える。黄色い砂利の私道は両脇にヤシの木が植えられていて、突き当たりは噴水のある前庭になっていた。ヴィラは、イタリアの大邸宅というイメージそのものだ——建物は淡いレモンイエローで、アーチ形の窓には白いよろい戸。屋根にはいくつもの像が飾られ、弧を描く正面の階段を上がった先は大理石の手すりだ。なにもかもが豪華だった。わたしはごくりと唾を飲み、大きく深呼吸をしてからゲートを開けた。

スーツケースが実際よりも軽いふりをしながら私道を歩いていくあいだも、庭師たちは作業を続けていた。庭師のひとりがシャツを脱いで、噴水のまわりに縁飾りを埋めこもうとしてかがみこんだ。彼が立ちあがると、その体は……見事としか言いようがなかった。つばの広い帽子をかぶっていたので顔はわからなかったけれど、彼がこちらを見ているのは感じられた。わたしはまたにんまりした。イタリア人男性はわたしを魅力的だと思うらしい。わたしは自分を叱りつけた。もうすぐ結婚するのよ。庭師の胸筋に目を留めたりするべきじゃないわ。そうでしょう？

ヴィラに近づいていくと、藤棚の下のテラスでくつろぐ人々の姿が見えた。わたしは不意に落ち着かない気持ちになった。どうしてヴィラまでタクシーで連れて行ってもらわなかったんだろう？　時代遅れのツイードのスーツでスーツケースをさげてよろよろと歩くわたしは、ずいぶんと情けなく見えるに違いない。それにもしまだ手紙が届いていなかったらどうする？　スーツケースを持ってきてしまったけれど、王妃陛下は本当にわたしをハウスパーティーに出席させたがったんだろうか？　それともただ顔を出して、お茶を飲むだけでよかったの？　どうしてベリンダの家にスーツケースを置いてこなかったんだろう。ちょっと挨拶に寄っただけだというふりをするんだったと後悔した。そうしておいて、パーティーに出るように言われたら、意外だというような顔をして、だれかに荷物を取りに行ってもらえばよかったのだ。けれどもう手遅れだ。いまさら引き返すことはできない。だれかがわたしに気づくのは時間の問題で、そうしたら……。

大きな声がしたので、ぎょっとした。「ジョージー！」

その声の主が母だったので、ますます驚いた。母は立ちあがり、両手を広げて駆け寄ってきた。

「ジョージーじゃないの！」ロンドンの劇場に響き渡ったあの声で叫んだ。「まあ、なんてうれしい驚きかしら。あなたが来るなんて全然知らなかったわ。どうしてだれも教えてくれなかったのかしら？」

母はわたしに両手を巻きつけた。いつもはこんなことはしないのに。そしてほかの人たちを振り返って言った。

「だれが娘を呼んでくれたの？　あなたなの、マックス？　わたしがこの子に会いたがっていることを知っていたのね？」

母が飛びついてくる前に、わたしは用心深くスーツケースを地面に置いていた。母はわたしの手を取ると、ほかの人たちのところへといざなっていく。

「みなさん、わたしのかわいい娘ジョージーよ。もうずいぶん長いあいだ、会っていなかったの。ここに来るなんて、まったく知らなかったのよ」母はうれしそうにわたしを見つめた。「あなたがここにいるなんて、まるで奇跡だわ」

ほんの数日前にばったり会ったことにも、あのときはわたしを招待する話などまったくクでなかったことにも、母は触れようとしなかった。そのうえ、わたしと会って、大げさに喜んでいる。わたしは笑みを返しながら、いったいどういうことだろうと考えていた。

母がわたしを連れて階段をあがっていくと、パーティーに出席するほかの人たちが立ちあがった。そのなかには、カミラもいた。近づいてくる彼女は以前より老けてはいたけれど、完璧な装いで、とてもあか抜けていた。

「ジョージアナ。久しぶりに会えてよかった。あなたがパーティーに来てくれるという手紙を王妃陛下からいただいたときは、本当にうれしかったのよ」

わたしは差し出された手を握った。「お邪魔じゃないといいんだけれど、カミラ」わたしは言った。「この近くに滞在するつもりだって王妃陛下に話したときには、あなたのハウスパーティーに招待してもらうつもりなんてなかったのよ。でも親戚のデイヴィッド王子にぜひ会ってほしいと言われたものだから」

「大歓迎よ」カミラは笑った。彼女が馬みたいに笑うことを思い出した。馬のような顔は高価な服と手をかけた身づくろいでまったく目立たなくなっていたけれど、笑い方だけはそのままだ。「実を言うと、女性の数が全然足りていなかったのよ。だからあなたはまさに天の恵みだわ。さあ、夫やほかのお客さまに会ってちょうだい」

彼女のあとについてテラスにあがると、数人の男性が立って迎えてくれた。そのうちのひとりに見覚えがあった。ベリンダの昔の恋人パウロだ。彼もわたしに気づいたのがわかったが、その目には警告するような表情が浮かんでいた。そのまなざしは、言葉よりもはっきりと〝ぼくを知らないふりをしてくれ〟と告げていた。

「夫のパウロよ。マローラ・アンド・マティーニ伯爵」彼女は誇らしげに言った。

「初めまして、レディ・ジョージアナ。妻とは学生時代の友人だと聞いていますよ。大感激です」彼はわたしの手を取ってキスをした。

「初めまして、伯爵」わたしはかしこまってお辞儀をした。「でも堅苦しいのはやめにしませんか？　ジョージーと呼んでくださいな」

「ジョージー。素敵だ」彼はにっこりとほほえんだ。彼がどれほどハンサムなのかを、わたしは改めて思い出した。ベリンダが彼にぞっこんだったのも無理はない。

カミラはわたしの腕を取って、さらに進んだ。「もちろんヘル・フォン・ストローハイムは知っているわね？」

母の恋人マックスはカチリと踵を鳴らし、ひとことずつ区切るような英語で言った。

「ジョージー、また会えてうれしいよ」初めて母と会ったころは、時たまイエスとかノーとか言うだけだったから、かなりの進歩だ。

「マックス、ご機嫌いかが？」わたしは彼と握手を交わした。ドイツ人らしいブロンドの彼もやっぱりハンサムで、わたしは列車で会った男のことを思い出した。

「それからこちらがルドルフ・フォン・ロスコフ伯爵」カミラが言い、気がつけばわたしを誘惑しようとした男が目の前に立っていた。

彼はわたしの手を取り、唇に近づけた。「また会ったね、レディ・ジョージアナ。うれしい驚きだ。こんなにすぐに再会できるとは思ってもみなかった。これはきっと運命だね」彼は誘惑するような目でわたしを見つめ、うれしそうに言った。

「行儀よくしてちょうだい、ルディ」母が叱りつけた。「わたしの娘は若いのよ」

「若すぎるということはないさ」ルディが言った。「冒険できるくらいには成熟していると思うけれどね」

「ルディ、クレアの言うとおり行儀よくしてね」カミラは、わたしの手を握ったままの彼の手をぴしゃりと打った。「そうしないと、帰ってもらうから」カミラはわたしの肩に手をまわした。「行きましょう、ジョージアナ、お部屋に案内するわ」

わたしはスーツケースを取りに行こうとしたが、カミラが手を振っていなした。

「だれかに運ばせるから。荷物はあれだけ？　それともあとから届くの？」

「あれだけよ」わたしは答えた。

「まあ、ずいぶん身軽なのね」カミラは驚いたような顔でわたしを見た。傾斜のある砂利の前庭を進み、建物を取り巻く大理石のテラスへと進んでいく。やがて家の横手にあるフレンチドアのひとつを開けた。話を聞かれるおそれのない場所までやってきたところで、わたしは言った。「本当に申し訳ないと思っているのよ、カミラ。こんなふうに押しかけたりして。このあたりに来るつもりだって王妃陛下に話したときには、デイヴィッド王子に会わなきゃいけないなんて陛下が突然言い出すとは思ってもいなかったの」

「全然かまわないのよ。あなたが来てくれて喜んでいるんだから。女性が足りないっていうだけじゃないのよ。何人かの男性はとんでもなく退屈なの。わたしが嫌っている夫のおじとか、ドイツ人の将校たちとか。みんな堅苦しくて、正論ばっかり。あなたがいてくれれば明るくなるわ。あなたのお母さんやルディがそう思ったとおりに」

「ええ」母は、どうしてあれほど大げさに母親らしいそぶりを見せたのだろうとわたしは不思議でたまらなかった。だれのため？　自分がいい母親であることをマックスに見せたかったの？

「デイヴィッド王子はもう来ているの？」わたしは尋ねた。

「ええ。ゆうべ、その――同伴者といっしょにいらしたわ」カミラは訳知り顔で言った。「でもお友だちのヨットに乗りに行っているの。ディナーで会えるわ」カミラは一歩脇に寄り、フレンチドアのなかに入るようにわたしをうながした。わたしが足を踏み入れたのは、バッキンガム宮殿すらみすぼらしく見えるような部屋だった。これまでいくつも豪華な部屋は見てきたけれど、これほどのものはなかった。青と金色に塗られた高い天井。金メッキが施された、水色のシルクの錦織の椅子。同じような柄のシルクの壁紙が貼られた壁には、イタリアの画家ティントレットによるベニスの風景や、わたしが知らない画家の手による宗教画などがずらりと飾られていた。白い大理石の床にはペルシャ絨毯《じゅうたん》が敷かれ、低いテーブルには大がかりな花の飾りが置かれている。カミラはなんでもないことのように椅子や花のあいだを通り過ぎ、その部屋から長い廊下に出た。

思わず息を呑んだと思う。そこはヴェルサイユ宮殿のミニチュア版のようだった。家の端まで続く長い廊下にずらりと鏡が並んでいる。

「なんて見事なの」わたしは感嘆の声をあげた。

「ええ、立派よね。でもローマの邸宅《パラッツォ》とは比べものにならないわ。実を言うと、こういう派手な装飾に慣れるには時間がかかったのよ。イギリスのわたしたちの家は広さはあるけれど、簡素でしょう？　あなたの家もそうだと思うわ」

「まったくそのとおりね」わたしたちは笑みを交わした。カミラは同類としてわたしを歓迎してくれているらしいと気づいた。

「わたしたち、レゾワゾの時代からずいぶん変わったものね」彼女が言った。

「あなたはそうね。わたしなんてまだ自分の家もないのよ。兄のところにいるときは、いそうろうしている貧しい親戚になった気がするわ」

「ひどい話ね」カミラが言ったので、わたしはすぐに言い添えた。

「でも結婚する予定なのよ。すべてがうまくいけばだけれど」

「うまくいけば？」廊下から大理石の広々とした階段にわたしを案内しながら、カミラは眉を吊りあげた。

「国王陛下と議会から正式な許可を得なくてはいけないの」わたしは答えた。「わたしが結婚する相手はカトリック教徒なのよ」

「そうなの？　まあ、面倒な話ね。許可を得られると思う？」

「王妃陛下は大丈夫だと思っていらっしゃるみたい。もしもだめなら、どこか別の国で暮らすわ。国王陛下には息子が何人もいるし、孫だっていずれ大勢できるんだもの」

「確かに。それじゃああなたは、いかしたヨーロッパの王子をつかまえたのね？」

「いかしたアイルランド人よ」

「面白いわね。アイルランドに住むの？」

「わからない。代々のお城があるんだけれど、ダーシーは留守にすることが多いの。たいていはロンドンのアパートで暮らすことになるんじゃないかしら」

「ダーシー？」カミラはひどく興味を引かれたようだ。「ダーシー・オマーラ？」

「そうよ。知っているの？」

「母親同士が親戚なのよ。まあ、わたしたち、親戚になるのね。彼が身を固めるなんて驚きだわ。究極の遊び人だと思っていたのに。ルディみたいに」カミラは満足そうに微笑んだ。

「たいしたものね。虎を手なずけたのね」

「そうだといいんだけれど」そう言いながらも、わたしの頭のなかでは彼女の言葉が響いていた。ルディみたいに。そうでないことを祈った。カミラの夫のパウロも結婚前は聖人とは言い難かったことを思い出した。結婚してからは、どうなんだろう？

弧を描く大理石の階段をのぼり、上の階の廊下に出た。そこにも鏡や家族の肖像画が飾られている。その多くが枢機卿で、ローマ法王も何人かいた。カミラは突き当たりの部屋のドアを開けた。

「ここを使ってちょうだい。静かだし、比較的地味だから」

　そこは、比較的地味などと表現できる部屋ではまったくなかった。けれど素敵な部屋であることは確かだ。二面に窓があって、きれいに刈り込まれた生垣や噴水や藤棚が見える。ふわふわのシルクの掛布団がのった天蓋付きの白いベッド。大理石の暖炉の前の肘掛け椅子。窓の下には金メッキを施した小さなライティングデスクが置かれ、内側の壁は曲線を描く大きな衣装ダンスでほぼ覆われていた。これほどの大きさのタンスだと、わたしのスーツケースはまったく場違いに見えるだろうと思った。それにかくれんぼにはぴったりだ。

「素敵だわ。ありがとう」わたしは言った。

「旅でくたびれた服を脱いだら、ほっとするわよ」カミラはわたしのスーツを見ながら言った。「ロンドンから着いたところ？」

　ベリンダが近くにいることを打ち明けるつもりはなかった。

「湖のスイスの側から来たの。友だちがあそこのクリニックにいるのよ」

「まあ。結核なのね。だれもが結核の療養にスイスに来るのよ」

　わたしはうなるような声で返事をした。そう思っていてもらうほうがいい。

「お見舞いに行くなんて、あなたって親切なのね。その人、もう伝染しないんでしょうね？」カミラはあたかもわたしが病原菌の保菌者であるかのように、不安そうな顔になった。

「大丈夫よ、伝染しないから。ただ退屈していただけ」

「わたしの知っている人？」

「知らないと思うわ」わたしは急いで答えた。「それに当然だけれど、彼女はクリニックで療養していることを人に知られたくないのよ」

「もっともね。よくわかるわ」ドアをノックする音がして、カミラは顔をあげた。「ああ、レイモンドが鞄を持ってきてくれたわ」

仰々しい従僕のお仕着せを身に着けた体格のいい若い男性が、わたしのスーツケースを床に置いた。お辞儀をし、「伯爵夫人」とつぶやくとそのまま出ていった。

「メイドのことだけれど」カミラが言った。「連れてこなかったのよね」

「そうなの。新しいアイルランド人のメイドは、外国に行くと聞かされてすっかりおびえてしまったのよ。だから置いてきたわ」

「地元のメイドを見つけるように王妃陛下からは頼まれたけれど、わたしのメイドのゲルダに手伝わせればいいと思うの。ものすごく有能だから、ふたりの面倒くらい楽々見られるわ」だれもいないことを確かめるように、カミラはドアに目を向けた。「ここだけの話だけれど、有能すぎて恐ろしいくらいよ。オーストリア人なんだけれど、ロンドンのいくつかの貴族の家で何年か働いていたから英語は上手なの。しばらく前から働いてもらっているの。彼女が見つかって、本当に運がよかったわ。前のメイドのモニクはとてもかわいらしい子だったんだけれど、最近恐ろしい事故にあって。フランス人でちょっとぼうっとしているところがあったの。イギリスでは車が反対側を走るっていうことを忘れてしまって、ある日バスの前に飛び出したのよ。本当に辛かったわ。でも幸い、友人がゲルダを推薦してくれたの。あの子の女主人もつい最近亡くなったばかりだったから、お互い都合がよかったというわけ」カミラは話しながら部屋のなかを歩きまわり、鏡台の上の手鏡をまっすぐにしたり、レースのカーテンを引いたりしていた。落ち着かない様子だ。

「わたしがここにいることでなにか不都合があるなら、いつでも帰るから」気がつけば、そう口走っていた。

カミラは振り返り、わたしに近づいてくるとためらいがちに腕に手を触れた。

「いいえ、あなたがいてくれて本当にうれしいのよ、ジョージー。昔みたいじゃない？」

そう言って、にこやかな笑みを浮かべた。

10

四月二一日
イタリア　マッジョーレ湖　ヴィラ・フィオーリ

　恐ろしいくらい立派なヴィラにやってきた。宮殿みたいだ。デイヴィッド王子だけじゃなくて、お母さままでいることがわかった！　あの大げさな歓迎ったら！　いったいどういうことなんだろう？

　部屋にひとりになるやいなや、わたしは上着を脱いでベッドに置き、側面の窓から見える山を眺めた。それからフレンチドアに近づき、鉄製の椅子とテーブルが置かれている小さなバルコニーに出た。ジャスミンと藤がバルコニーを越えて伸びていて、かぐわしい香りを放っている。刈り込んだ生垣のある庭園を眺めた。プールが見え、その向こうには彫像が飾られた平らな庭があり、さらにその向こうは地所の先に森が広がっているのが見えた。美しかった。ここでの滞在を楽しめるかもしれない。シャツを脱いでいるあの庭師がいた。わたしの存在に気づいたのか彼が顔をあげるのが見えたが、背後から声をかけられたので部屋に戻った。

「荷物をほどきましょうか、レディ・ジョージアナ？　わたしは伯爵夫人のメイドのゲルダ・ストレッツルです」

ほぼ完璧な英語だったけれど、ドイツ語を母語とする人間らしいはきはきした感じの響きだったし、wをvと発音していた。立派な頬骨をした長身で姿勢のいい娘で、薄い金色の髪をシニヨンに結っている。レディズ・メイドが着る黒の制服のせいで色白の顔からさらに血の気がなくなって、まるで歩く骸骨のように見えた。その顔にはなんの表情も浮かんでいなかった。

「ああ、ゲルダ」ぴったりの名前だと思いながらわたしは言った。「余分な仕事を引き受けてくれてありがとう。カミラはいまとても忙しいときなのに」

「伯爵夫人から命じられましたし、わたしの仕事は従うことですから」

「それほど面倒をかけることはないと思うわ。自分のメイドを家に置いてこなければならなかったから、荷物は少ないの」

「わかりました」ゲルダはわたしがベッドの上に置いた上着を手に取りながら言った。「これはきれいに洗濯して、アイロンをかける必要がありますね。そのスカートもお脱ぎになってください。もう少しふさわしいものに着替えるお手伝いをします」

さあ、困った。わたしのスーツケースの中身は、彼女にとって〝もう少しふさわしいもの〟ではないかもしれない。彼女がスカートとサマードレスと長いイブニングドレスをスーツケースから取り出すと、そのとおりであることがわかった。あの巨大な衣装ダンスに吊るすと、いかにもわびしく見える。古きよき日にはあそこに連隊を隠せたんじゃないかしらと冗談を言おうかと思ったけれど、彼女にはユーモアのセンスがないかもしれないと考え直した。

「お嬢さまにはここしばらくいいメイドがいなかったようですね」彼女が言った。「もしいたなら、このドレスには薄葉紙をはさんで荷造りしていたはずです。そうすればこんなふうにしわはできなかったでしょうに」

「そのとおりね」実は自分で荷造りをしたのだと認めたくなくて、わたしは言った。それに、自分がすべきことをわかっているメイドなどもう何年もいなかったことも。わたしが持ってきたのは、ベルベットに間違ったアイロンのかけ方をしたり、焼け焦げを作ったり、ほかのなにかでだめにしたりといったクイーニーの被害を逃れたドレスだった。ゲルダはあきれたように小声でつぶやきながら、スーツケースの荷ほどきを続けた。

「宝石は持っていらしていますか？」

「夜につけるものをほんのいくつか」わたしは答えた。「病気の友人を訪ねるだけのつもりでイタリアに来たのよ。おしゃれなハウスパーティーに出席することになるなんて、思ってもいなかったの」もちろん嘘だ。けれど、いまここにあるものがわたしが持っている一番上等の服だとは認めたくなかった。

気がつけばわたしはスカートを脱いで、ガウンを羽織っていた。

「この花柄のティードレスが午後にはふさわしいと思います」ゲルダが言った。「すぐにアイロンをかけてきます」

彼女がいなくなったところで、衣装ダンスと引き出しのなかを確かめてみた。なにもかもがきちんと収められている。わお。これが本当のレディズ・メイドなんだわ。いつかわたしもゲルダのようなレディズ・メイドを雇える日がくるかもしれない。結婚したらクイーニーに戻ってきてもらうべきだろうかと考えて、身震いした。どこかへ旅するたびにクイーニーになにかを壊されたりなくされたりするくらいなら、いないほうが気が楽だ。キャスリーンも見込みはない。アイルランドを出る気がない以上、彼女をわたしのメイドにするわけにはいかない。わたしは鏡台の前に腰をおろし、髪を梳《と》かしはじめた。

「まあ、お嬢さま、わたしがやります」うしろから声がして、新品のようになったドレスを持ったゲルダが再びそこに立っていた。「これを着るお手伝いをしたら、わたしが髪を整えます」

ドレスを身に着けると、ゲルダが光の速さでボタンを留めた。わたしを鏡台の前に座らせ、髪を整えていく。

「かなり癖がありますね。わたしはいつも髪をまっすぐにするのに特別なポマードを使うんです。伯爵夫人の部屋から借りてきます。お気になさいませんから」

そして、おしゃれな装いの女性ができあがった。彼女は最後にわたしの頰と唇にほんのりと色をつけた。

「できました。よくなりましたよね？」

「とてもよくなったわ。ゲルダ、あなたって天才ね」

その言葉はゲルダを喜ばせたらしい。笑みが浮かんだように見えた。

「ありがとうございます。わたしはただ自分の仕事をしているだけです」

「イタリアの暮らしはどう？」わたしは訊いた。「あなたはオーストリア人でかなり長いあいだロンドンにいたそうね」

「はい、そうです。ロンドンほどイタリアを好きになれるかどうかはわかりませんが、伯爵夫人はとても気持ちのいい方です。それに、前の奥さまが悲劇的な死を遂げられてすぐにこんな仕事を見つけることができて、わたしは幸運でした」

「まあ、気の毒に。その人のことが好きだったの？」

「メイドが雇い主を好きとかどうとか言うべきではありませんが、奥さまはわたしによくしてくださいましたし、興味深いお宅でした。旦那さまは大臣だったんです。お名前は言わないでおきますね。奥さまが自殺なさったときは、わたしも旦那さまと同じくらいショックでした。わたしはいまも責任を感じていますし、自分を責めています」

「彼女の自殺に、どうしてあなたが責任を感じるの？」

「もっと早く様子を見に行くべきだったんです」ゲルダの顔が一瞬、苦痛にゆがんだ。「お風呂にお湯を入れてほしいと頼まれました。わたしは奥さまが好きなラベンダーオイルを入れて準備をして、服を脱ぐのを手伝い、バスタブに入るのに手を貸しました。あがるときには声をかけてくださいと言って寝室に戻り、ボタンつけをしていたんです。しばらくして、ずいぶん長い時間がたっていることに気づいて、お風呂のお湯が冷めているはずだと思いました。バスルームのドアを開けたら、お湯が真っ赤でした。奥さまは手首を切ったのです」

「気の毒に」

「わたしがもう少し早く様子を見に行っていれば、助かったかもしれない」

「自分を責めてはいけないわ、ゲルダ。命を絶とうと決めた人間は、なにがあってもそうするものよ。彼女は落ちこんでいたの？」

「いつもの奥さまではありませんでした。もちろんわたしは奥さまの個人的なことは知りませんが、なにかに悩まれていました。旦那さまはいつも忙しくて、気づいておられませんでした」

「ともあれ、あなたはここでいい仕事につけたわけね。この美しいヴィラとローマの邸宅で」

「はい。わたしにとってこれ以上の仕事はありません。とても感謝しています」

ゲルダは話しながら、衣装ダンスからあれこれ取り出していた。さらにわたしがさっきまで履いていた靴を手に取った。「これを全部きれいにしてきます。ディナーのためのお着替えのときには戻ります。ほかにご用はありませんか？」

「ええ、ないわ。ありがとう、ゲルダ」

彼女は膝を曲げてお辞儀をすると、音を立てることなくドアを閉めて出ていった。わお。彼女のようなメイドが欲しいだろうか？　カミラの言うとおりだ。彼女にはどこかぞっとさせるところがある。

わたしはとてもお腹がすいていたので、お茶が用意されていることを願いながら、藤棚の下に集まっている人たちのところに向かった。フェリー・ターミナルの近くのカフェでペストリーを食べたけれど、イタリアに着いてからというものまともな食事をしていない。テーブルにはフレッシュ・レモネードの入ったクリスタルの水差しが置かれているだけで、オリーブ以外の食べ物はなにもなかった。ヴィラ・フィオーリにはお茶の習慣はないようだ。わたしはがっかりした顔を見せないようにしながら、マックスが引いてくれた椅子に座った。

「とても素敵ね、ジョージー」母が言った。「そのドレス、よく似合っているわ」

わたしは笑みで応じたけれど、内心では母の変化が不思議でたまらなかった。いつもなら母は、わたしの髪はひどいとか、服は時代遅れだとか、お化粧をする必要があるとか、そういうことしか言わないのに。ふた口ほどレモネードを飲んだところで、母が立ちあがった。

「ジョージー、ふたりでお庭を散歩しましょうか。とても素敵なのよ」

母がわたしに手を差し出した。わたしがその手を取って立ちあがると、マックスも立った。

「いい考えだ。ディナーの前には運動が必要だ」

「あなたはだめよ、ダーリン」母はまばゆいばかりの笑顔を彼に向けた。「ジョージーとわたしには女同士の話がたくさんあるの。あなたたち男性は、どこかほかのところで運動してきてちょうだい」

母はわたしの腕に手をからめると、階段をおりはじめた。きれいに刈りこまれた庭木のあいだを抜け、大理石の縁に鳩が止まっている噴水の前を通り過ぎた。片側にはきらきら光るプールがあって、その向こうには白い大理石でできた八角形の小さな建物が見えた。そこにも古典的な彫像が何体も飾られている。母はひとことも発しなかったが、しっかりと腕は組んだままだった。斜面をのぼって平らな庭に出ると、花をつけた植物に覆われた高い塀のある小道を進んだ。反対側に目を向ければ、湖を見おろすことができる。半分ほど進んだところに、人目につかない半円形のあずまやがあった。壁に小さな噴水が作られていて、ぐるりと大理石のベンチが置かれている。母はうしろを振り返った。「よかった」

「なにが?」

「だれもあとをつけてきていないわ」母はわたしの腕を握りしめた。「あなたがいてくれて、本当によかった。どれほどうれしいか、とても言葉にできないくらいよ」

「お母さまはいままで、わたしに会って本当に喜んだことなんてなかったのに。このあいだストレーザの広場で会ったときだって。あのときは、話の途中で消えてしまったんだわ――コーヒーの代金をわたしに払わせたのよ」

「ある人を見かけたからなのよ、ジョージー。二度と会いたくないと思っていた人と」母は大理石のベンチに腰をおろし、わたしを隣に座らせた。背後の壁では石のライオンが口から水を吐きだしている。藤の花のあいだを蜂が音を立てて飛んでいた。

「あなたの助けが必要なのよ、ジョージー」母は低い声で言った。

「なにか困ったことになっているの？」

「とんでもないことになりかねないの。どうしていいかわからないのよ。あなたの助けが必要なの。助けてくれるって約束してちょうだい」

「もちろんわたしにできることはするわ」不安は大きくなるばかりだった。母は悲愴な顔をしている。「なにがあったのか話して」

「あの男よ、ルディ。あなたの手にキスした男。わたしは彼をストレーザで見かけて逃げだしたの。この家に着いて、彼も招待されていることを知ったときには、死ぬかと思ったわ」

「彼に追いかけられているの？　お母さまはいつもどんな男の人だって簡単にあしらっているのに」

「今回はだめなのよ。もちろんわたしは、そうしようと思えばどんな男の人だって寄せつけないようにできるわ。でも、今回はそういうことじゃないの」母は風で乱れて顔に落ちてきた髪を撫でつけ、気持ちを落ち着けてから言葉を継いだ。「あなたも見たとおり、ルディは魅力的な人よ。わたしはベルリンで彼に会ったの。マックスは例によって仕事で留守だったから、ルディとわたしは――罪のないちょっとした火遊びをしたの。少なくともわたしは罪のないちょっとした火遊びだと思っていた。彼がそのとき写した写真を持って現われるまでは。彼は隠しカメラを持っていたのよ。なにか……ほかのことをしているときでも写せるような、タイマー装置も。ある日彼がやってきて、わたしに写真を見せたの。ジョージー、ショックだったわ。このわたしでさえショックを受けた。わたしは多少のことじゃ驚かないって、あなたも知っているでしょう？」

うなずいた。

「相当の額のお金を払わなければ、その写真をマックスに送るって彼は言ったの」

「脅迫されたの？」

母はうなずいた。「彼がそこまでさもしいことをするなんて、考えてもみなかった。紳士だと思っていたのよ。マックスに知られることなく、それだけのお金を用意するのはとても無理だった。それに、脅迫には屈するべきじゃない。でもマックスにあの写真を見られたら……」母はその考えを追い払うように首を振った。「ジョージー、マックスがどんなふうだか知っているでしょう？　厳格なルター派として育てられているから、お堅いのよ。だからあの人は結婚にこだわるの。わたしたちの関係を罪深いものだと思っていて、罪の意識にかられているのね。わたしのことも、ここしばらくは彼ひと筋だと思っているから、もしルディのことを知られたら――すべておしまいだわ。わたしとの関係を解消するでしょうね。そうなったら、大好きな彼のお金とも別れなくてはならないのよ」

「お母さまは本当に彼と結婚したいの？」わたしは訊いた。「彼はお母さまを幸せにしてくれる？　一生彼と過ごす人生を想像できるの？」

にこやかな笑みが浮かぶ直前、その顔にためらいが見えたような気がした。

「もちろん彼はわたしを幸せにしてくれるわ。ベッドでの彼は素晴らしいのよ。会話はまあ限られてはいるけれど、ベルリンも楽しい町よ。イギリスほどではないけれど」

「お母さまには自分のお金がたくさんあるんでしょう？　そうしようと思えば、彼なしでも生きていけるはずよ」

「それなりにはあるわ。ニースに小さなヴィラもあるし、その気になればいつだって舞台にも戻れる。だから世界の終わりというわけではないけれど、でもわたしはマックスといっしょにいるのが好きなの。彼の持っている力を楽しんでいる。あなたの質問に対する答えだけれど、ええ、わたしは彼と結婚したい」母はわたしの手に手を重ねた。「それに、あなたの未来を考えてみて、ジョージー。マックスとわたしのあいだに子供ができるとは考えにくい。あなたが巨万の富を相続することになるのよ。あなたとダーシーのために、彼が豪華な結婚式の費用を払ってくれるかもしれないわ。ひょっとしたら家を買ってくれるかも」

「だれが脅迫しているのかわからないわね」わたしは笑いながら言った。「それで、わたしになにをしろというの？　やめてほしいってルディに頼むの？」

「まさか。写真を盗んでほしいのよ」

「冗談でしょう？　どうしてわたしにそんなことができると思うの？」

「彼はここに写真を持ってきているの。自分でそう言ったわ。タイミングを見計らってそれをマックスに見せるって、わたしを脅したの。どうにかしてお金を払わせようとしているんだわ。しびれが切れた、これ以上はもう待てないって言われた。いますぐ払うか、報いを受けるか、もうそのどちらかしかないのよ」

「憎むべき人ね。あの人、列車のなかでわたしを誘惑しようとしたのよ」わたしは言った。

「本当に憎むべき男よ。彼をどうにかしなきゃいけない、そうでしょう、ジョージー？　あなたはこれまでいくつか秘密の任務をこなしてきたわよね？　殺人事件を解決したり、宝石を取り戻したり。これくらい、わけないことでしょう？」

「わけないこと？」思った以上に大きな声になった。「写真をどこに隠しているのか知っているの？」

「見当もつかないわ」母が答えた。「彼の寝室は、わたしたちみんなと同じで主廊下にあるけれど、そこってあまりにも当たり前すぎると思わない？　あら、そういえば彼は大理石の小さなあずまやにしょっちゅう行っているみたい。理由はわからない。メイドのひとりとあそこで会っているわけでもないでしょうし」

ゲルダの姿がふと脳裏に浮かんだが、ありえないと即座にうち消した。

「でも、こんな家ならどこにだって隠せるわ。書斎に何千冊とある本のなか。山ほどある花瓶や飾りつぼのなかとか、絵画のうしろとか……。見つけにくいところでしょうね。わたしが探すことはわかっているはずだもの」

わたしは母を見つめた。母はわたしの能力を完全に信用しているような顔をしている。

「お母さま、わたしはほかに知っている人もいない初めてのヴィラにやってきたばかりなのよ。そこで家探しなんてできるはずがないでしょう？　どうしてカミラに打ち明けないの？

彼女から使用人に命じてもらえばいいのよ」

「カミラに打ち明けるですって？　あなた、頭がどうかしたんじゃない？　そもそもわたしは彼女をほとんど知らないの。わたしたちが呼ばれたのは、パーティーの参加者のひとりであるパウロのおじさんとマックスが親しいからよ」母はわたしにまた顔を寄せた。「カミラはわたしがこれまで会ったなかでも、一番堅物で近寄りがたい人ね。彼女を見てごらんなさいよ。魅力的なイタリア人伯爵と結婚していなければ、間違いなく村のオールドミスになっていたわね。だめよ、カミラは一〇〇万年たっても理解できない。絶対に助けてなんてくれないわ」母はわたしの手を撫で続けていた。「だからあなたの助けがいるのよ。あなただけが頼りなの。わたしたちの幸せな未来はあなたの肩にかかっているのよ」

母が女優だということがよくわかると思う。普通の人間は、こんな切羽つまった状況でこんなことを口にはできない。これほど深刻な事態でなければ、わたしは笑いだしていただろう。

母は強くわたしの手を握った。「助けてくれるわよね？　かわいそうな母親を絶望と恥ずかしさで死なせたりしないわよね？」

ほかになにが言えるだろう？「できるだけやってみる」わたしは答えた。

11

ヴィラ・フィオーリ
まだ四月二一日　日曜日

口にしたとたんにその言葉を後悔したのは、これが初めてではなかった。

「よかった、これで決まりね。肩の荷がおりた気分よ。あなたにはわからないでしょうね」母は立ちあがり、スカートのしわを伸ばすとわたしの手を引いて立たせた。「もう戻らないと。どこに行ったんだろうってマックスが心配するわ」母は不意に体を凍りつかせ、唇を指で押さえた。「だれかがいる。生垣のうしろでなにか音がしたわ」母の顔がまた真っ青になった。

わたしはあずまやを出て、あたりを見回した。

「庭師のひとりが小道の落ち葉を掃いているだけよ」

「ここには使用人が大勢いるわね。庭はちりひとつないわ。それにあの家――マックスはとても感心しているの。結婚したらベルリン郊外にこんなヴィラを建てるつもりでいるのよ」

母はすっかり陽気になっていた。傾斜のある砂利の小道を進み、芝生の庭へと階段をおりていきながら、わたしは母に顔を寄せて言った。

「わたしにそんなことをさせようと思うのなら、お母さまだって手伝ってくれないと。マックスが湖かどこかにルディを連れ出すように計らってくれる？　そうすれば彼の寝室を調べられるわ」

「それなら簡単にできると思うわ」母が応じた。「そうね、いい考えかもしれない。そうすれば彼が不意にやってくるなんていうことがないもの。でも一番いいのは、マックスが湖で彼とふたりきりになったときに、船から突き落としてくれることなんだけれど。彼、泳げるのかしら？」

「お母さま！」

「そうすればすべてが丸く収まるわ。ちょっとした船の事故よ。だれが疑ったりするかしら？」

わたしは不安まじりに笑った。「公正で高潔なマックスが、お母さまの昔の恋人を船から突き落としてくれるとは思えないわ。それにルディはとてもたくましく見えた。争いになって、船から落ちるのはマックスのほうかもしれない」

「そうね、あなたの言うとおりだわ」母が首を振ると、優美な金色の巻き毛が揺れた。「本当にいらだたしいったら。お金を渡さずに、彼を黙らせる方法があるはずなのよ。でもとりあえずあなたは、あの証拠写真を全力で探してちょうだい。もしも……」

マックスが近づいてくるのが見えたので、母は口をつぐんだ。「ああ、ここにいたのか」彼が言った。「気持ちのいい散歩ができたかい？　わたしはプールを試してみたが、泳ぐには寒いようだね」

「寒すぎるわ」母が応じた。「そんなに水が好きなら、明日みんなで湖に行きましょうよ。島のひとつでピクニックをしようってカミラに頼んでみない？　わたしはベッラ島に行ってみたくて仕方がないのよ。あなたは？」

「明日？」マックスが心配そうな顔になった。

「ほかになにをするの？」母が訊いた。「わたしたちは楽しむためにここに来ているのよ」

「確かにそうだ」マックスはうなずいた。「湖でピクニックをしてはいけない理由はない。まったくない」

妙な言い方だとわたしは思った。

テラスに戻ってみると、そこにはだれもいなかった。ルディもカミラも姿が見えない。レモネードまで片付けられていた。

「みんな、家のなかに入ったみたいね」母が言った。「寒くなってきたわ。湖からけっこうな風が吹いているし、忘れがちだけれどまだ四月なんですもの」

「ここではディナーは何時なの？」わたしは訊いた。「そろそろ着替えをしたほうがいい？」

「急ぐ必要はないわ。ディナーは遅いから。少なくともゆうべはそうだった。八時を過ぎていたわね」

がっかりした。食べ物にありつけるまで、あとまだ三時間もある。お腹が鳴らないことを祈るだけだ。わたしは母とマックスのあとについてヴィラに戻った。

「部屋に戻ってカーディガンを取ってくるのよ」わたしは言った。「寒くなってきたのに、夏のドレスを着るようにメイドに言われたのよ」

「メイドに言われた？」母は片方の眉を吊りあげた。「ジョージー、あなたは使用人を使うことを覚えなきゃだめよ。メイドはただ提案するだけなの」

わたしは首を振った。「彼女は無理。とても手ごわいのよ。カミラのメイドなの。わたしのメイドじゃなくて本当によかったわ」

「ああ、カミラのメイドね。会ったわ。すごい子よね。あなたのメイドはどうしようもない子だったけれど」

「ええ。でもわたしは手ごわいメイドよりは、どうしようもないメイドのほうがいいわ」わたしはそう言うと、居間のひとつに向かうふたりと別れてひとりで階段をあがった。

鏡台の前に座って風で乱れた髪を梳かしながら、混乱する頭のなかを整理しようとした。母から聞かされた話は簡単に受け入れられるものではなかったし、自分が手を貸すと約束したことはそれ以上に信じられなかった。

部屋から出ると、隣の部屋の半分開いたドアの向こうから話し声が聞こえてきた。

「ぼくのささやかな提案をよく考えてみてくれないか？」男の声がした。

「急かさないで。そのうちあなたは度を越してしまうわよ」

男性はくすくす笑った。「ぼくは度を越すのが好きなんだよ。きみもよく知っているとおり」

盗み聞きしていると思われたくなかったから、わたしはそっとその部屋の前を通り過ぎ、急いで階段をおりた。母の声が聞こえ、マックスといっしょに湖が見える背の高い窓のある居間にいるのを見つけた。素晴らしい眺めだった。傾きかけた午後の光が雪に覆われた遠くの山頂を照らし、三角波の立つ湖面を汽船が進んでいく。

わたしが入っていくと、パウロが立ちあがった。「やあ、来たね。外は寒すぎるからね。ぼくの母とおじを紹介するよ、ジョージアナ」

凝った装飾の大理石の暖炉には火が入れられていて、その両側に置かれた背もたれの高い椅子に座っている人がいた。パウロはわたしをふたりの前に連れていった。

「母さん、レディ・ジョージアナ・ラノクを紹介させてください」パウロは仰々しく言った。「デイヴィッド王子の親戚なんですよ」

わたしは、これまで見たことがないくらい（これまで高慢そうな顔は散々見ているにもかかわらず）高慢そうな顔を見つめた。細長い顔にかぎ鼻。驚いたようにいつも吊りあがっている眉。固く結ばれた唇はわたしを見ても緩むことはなかった。ただ骨ばった手を差しだしただけだ。握手をするべきなのか、そこにキスをするべきなのか、わたしは決めかねていた。どう挨拶をすればいいのかもわからない。無難に英語を選んだ。

「はじめまして」そう言って握手をした。「残念ですが、わたしはイタリア語ができません」

「母さんは少し英語が話せるよ」パウロが言った。「もちろんフランス語はとても上手だ」

「もちろんあなたはフランス語ができるのでしょうね」彼女はフランス語で言い、わたしをもっとよく見ようとして、柄付き眼鏡を持ちあげた。

「もちろんです」わたしはフランス語で答えた。「あなたの義理の娘さんといっしょにスイスの学校に通いましたから。会話はほとんどフランス語でした」

「あなたのアクセントは彼女と同じくらい変ね」彼女は窓のそばに座っているカミラをちらりと見て言った。「イギリス人というのは外国語を身につけられないんだと思いますね。その点わたくしたちイタリア人は才能がありますから」

「イギリスは島国で、一〇〇〇年ものあいだ侵略されたことがないからだと思います」わたしは応じた。「覚える必要があまりありませんでしたから」

彼女の眉がさらに持ちあがったのがわかった。

「あなたの行いが殿下より正しいものであることを願いますよ」彼女はなんとか通じる程度の英語で言った。「殿下は既婚女性を連れてきたのです。わたくしは認めません。ですが彼は王子ですからね。わたくしより上の身分ですから、なにも言うことはできません」

応じるべき言葉が見つからなかったが、シンプソン夫人がまだ既婚女性として扱われているることはわかった。彼女とデイヴィッド王子の極秘結婚が予定されているわけではなさそうだ。わたしは小さく安堵のため息をついた。

わたしはパウロに向き直った。「こちらがあなたのおじさま?」

「そうだ。おじのコジモ・ディ・マローラ伯爵。コジモおじさんはヴィットーリオ・エマヌエーレ国王の右腕で、我らが統帥ムッソリーニの相談役でもある。重要人物だからね、仲良くしておいたほうがいい」

コジモの顔立ちはパウロの母親とはまったく違っていた。昔のイタリア人男性のような整った顔をしている。しっかりした顎や鉄灰色の髪は、古代ローマ時代の硬貨のシーザーのようだ。彼は油断のない青い目でじっとわたしを見つめた。イタリア人男性特有の値踏みするような目つきだ。やがてうなずいて言った。

「気に入った。わしの隣に座ってもらおう」

「おじさん、行儀よくしてくださいよ」パウロが言った。「彼女はイギリスの王家の親戚なんです」

「なにも彼女を襲おうというわけじゃない」コジモが言った。「わしはただ、彼女の若さに満ちた顔と体を称賛したいだけだ」

パウロの母親が不快そうに鼻を鳴らした。

「彼女が困っているじゃありませんか、コジモおじさま」カミラが取り澄ました口調で言った。「こっちでわたしといっしょに座るといいわ、ジョージー」

わたしは喜んでそうすることにした。好色なおじさんと非難がましい母親のあいだに座るのはごめんだ。カミラが気の毒になった。このふたりはいつも彼女たちといっしょにいるのだろうか？　カミラのところへ歩いていこうとして部屋の隅に目を向けたわたしは、もう少しでテーブルにつまずくところだった。だれかがいる――全身を黒で包んだ、骸骨のような顔をした人物が、ぼそぼそと口を動かしながらぼんやりとこちらを見つめている。幽霊かと一瞬、思った。

わたしはカミラの腕をつかんだ。「あれはだれ？」

「あれ？　ああ、フランチェスコ司祭よ。プロテスタントの人には理解しにくいでしょうけれど、マティーニ家にはわたしたちのために礼拝をしてくださる家つきの司祭がいるの。ヴィラの端には礼拝堂があるくらいよ。見せてあげたいわ」

「ぜひ見たいわ」

「パウロ、あなたはここで砦《とりで》を守っていてね」カミラは夫に向かって言った。「わたしはジョージーと偵察に行ってくるから」

「守る？　砦？　なんの偵察だ？」パウロは顔をしかめた。

「あなたったら、本当にどうしようもないんだから。彼女にヴィラを案内するっていう意味よ」

「英語にばかげた言い回しが山ほどあるのは、ぼくのせいなのかい？　イタリア語では、言いたいことはそのとおりに言うよ」

カミラは笑っただけで、わたしを連れて部屋を出た。まずは、アンティークの家具や古典的な像や絵画、ペルシャ絨毯といったもので飾られているいくつもの居間を見た。それから長広間、食堂へと進んだ。五〇人は座れるテーブルには、銀の燭台が等間隔で並べられ、天井からは立派なシャンデリアが吊るされていた。舞踏室は窓に厚手のカーテンがかかっていて薄暗く、どこか謎めいて見えた。革装の本が並ぶ図書室にはらせん階段をのぼっていく回廊があり、音楽室にはピアノとハープが置かれていた。パウロの書斎を見たあと、カミラは廊下の突き当たりで足を止め、思わせぶりにわたしを振り返った。

「行ってみればここは、この家の目玉ね」

カミラは狭い通路に入っていき、三段の階段をおりて、鋲《びょう》のついた重たそうなドアを押し開けた。そこは金メッキを施した凝った装飾のバロック様式の祭壇がある小さな礼拝堂で、壁には見事な宗教画が飾られていた。お香のにおいがたちこめていて、ステンドグラスの窓から射しこむ光が床に様々な色の模様を描いている。まるで違う時代に足を踏み入れたかのようだった。それとも違う世界かもしれない。

「すごく古いものみたいね」アーチ形の天井にわたしの声が反響した。「このヴィラは建てられてからどれくらいたつの？」

「ほんの一〇〇年よ」カミラが答えた。「でもパウロの祖先が、トリノにあった昔の宮殿から礼拝堂をここに運んできて、移築したの」

礼拝堂の外に出たときは、わたしは実のところほっとしていた。

「毎朝八時から礼拝をするの。あなたもいつでも来てくれていいのよ」カミラは朗らかに言った。「妙なカトリックの習慣に慣れておいたほうがいいかもしれないわね」

あの小さいけれど圧迫感のある礼拝堂には入りたくないと思いながら、わたしはうなずいた。スコットランド教会で育ったわたしが考える宗教とはかなり違っている。けれどダーシーはこういう教会が落ち着くのかもしれないとふと思い、わたしも慣れなければいけないかもしれないと考えた。

「あなたのところには美しいものがたくさんあるのね」わたしは話題を変えようとして言った。

「ええ、多すぎるくらいに。いつかここでくつろげる日がくるのかしらって思うの。実を言うと、お客さまがいらしてくれるとうれしいのよ。そうでないと、まるで霊廟みたいなんですもの。使用人たちはよく訓練されていて気配も感じさせないし、パウロとわたしだけが取り残されているみたいに感じるの。本当のところ、気が滅入るわ」

ふたりは結婚してどれくらいで、子供はいるのだろうかと考えた。だがそんな気配はないし、その話題も出ていない。尋ねるのも気がひけた。

「それじゃあ、いつもはここにあなたたちふたりだけなの？」わたしは尋ねた。

「パウロのお母さまと。イタリアにいるあいだはいつもいっしょよ」

「あなたのご両親が訪ねてきたことはないの？」

カミラは首を振った。「わたしの両親は〝外国はひどいところだ〟っていう言葉を形にしたみたいな人たちなの」笑いながら言う。「父は世界大戦でフランスに送られて、その経験がイギリス以外の国に対する意見を決定づけたらしいわ。ふたりとも田舎の人間なのよ。馬と犬がいて、自分の家にいれば幸せなの」

「あなたはここが気に入っているの？」

「少しだけね。イギリスらしいものが恋しいわ。街角のお菓子屋。狩り。クランペットのある子供部屋でのお茶」

カミラはどこか悲しそうに微笑んだ。

「イタリアの伯爵と結婚したことの代償ね」わたしは言った。「あなたはとてもいい相手と結婚したって、みんな思っているわよ」

「もちろんいいこともあるのよ。パウロはとても素敵だわ。それに……」気配のない使用人のひとりが前方の廊下から不意に姿を現わしたので、カミラは言葉を切った。かなり年配で、かなり威厳のある執事だった。もしわたしひとりのときに会っていたなら、使用人ではなくおじのひとりだと思っただろう。彼は低い調子で何事かを問いかけ、カミラはうなずいた。

「シ。ヴァ・ベーネ」

彼はまた姿が見えなくなり、彼女はわたしに笑いかけた。「ウンベルトよ。四〇年以上もこの家で働いている。湖の見える部屋に食前酒を運ぶべきか、それともほかの来客を待ったほうがいいのかを訊きにきたのよ。待つ必要はないって答えたわ。あの人たちは、戻ってきたらまずはお風呂に入りたがるでしょうから、あなたは先になにかを飲みたいだろうと思ったの」

わたしはなにかを食べたかったけれど、そうは言えなかった。ほかの人たちのところに戻ると、パウロはおじさんとイタリア語で熱心に話しこんでいて、母とマックスは退屈そうに窓際に座っていた。銀のトレイが運ばれてくるとだれもが顔を輝かせ、わたしたちはそれぞれがカンパリのグラスを受け取った。わたしは腰をおろし、窓の外をぼんやりと眺めながらカンパリを飲んだ。いろいろなことが頭のなかを駆けめぐっている。たとえばカミラ。彼女はあまり幸せそうには見えない。宗教の問題がなければ、この家の女主人はベリンダだったかもしれないと思うと、人生はなんて不公平なんだろうと感じずにはいられなかった。そのとき母が笑い声をあげ、わたしはそちらに目を向けた……絢爛《けんらん》豪華な部屋ばかりのこの家のどこかに、ルディが証拠写真を隠しているという。いったいどうすればそんなものを見つけられるだろう？　ここの使用人は気配を感じさせないうえに有能だと、カミラは言っていた。わたしがなにをしてもそれに気づいて、彼女に報告するだろう。ああ、わたしったらどうしてこんなことを引き受けてしまったんだろう？　母が珍しくわたしを必要としていたから？それともわたしに興味を持っているように見えたから？　母親に必要とされたくない人間なんているかしら？

「さあ、ぐっと空けて、ジョージー」パウロが言い、わたしのグラスにお代わりを注ぐように執事に身振りで命じた。わたしはお礼代わりにうなずいたけれど、本当のところカンパリはあまり好きになれなかったし、空っぽのお腹にあまりアルコールを入れたくはなかった。

大理石の廊下から新たな客の到着を告げる声がした。わたしはシンプソン夫人と顔を合わせる心の準備をした。昔から彼女が苦手だったけれど、ここ最近は言うべきことを言えるようになってきている。けれど部屋に入ってきたのは彼女とデイヴィッド王子ではなく、三人の男性だった。ひとりはルディだ。見るからに上機嫌で、声をあげて笑っている。あとのふたりは典型的なドイツの軍将校で、どちらもモールや勲章がたくさんついた軍服姿だった。垂れた頰に片眼鏡をかけた年配の男性のほうはたくましい体つきで、命令することに慣れている人間らしい足取りだった。金髪ですらりとした若いほうの男性はその二歩うしろを歩いていたが、やはり傲慢そうな雰囲気をたたえている。

「放浪者のお帰りだ」パウロが立ちあがってふたりを出迎えながら、英語で言った。「ちょうど飲みはじめたところですよ」

「よろしい！」年配の男がうなずいた。「長く歩いたので、大変喉が渇いておる。山の中腹までのぼったのだ。湖がよく見えた」彼の英語はマックスのものによく似ていた――ひとことずつ区切るように間を置いて発音するのだ。彼はわたしに気づいた。「おや、新しい訪問者のようだ」

「こちらはレディ・ジョージアナ。デイヴィッド王子の親戚ですよ」パウロが言った。「たまたま近くに滞在中だったので、招待したんです。ジョージー、こちらはドイツのスピッツ＝ブリッツェン将軍だ」

大柄な男はカチリと踵を鳴らし、ぶっきらぼうなお辞儀をした。「レディ・ジョージアナ」

「将軍、お会いできてうれしいです」わたしはうなずき返した。

「彼はわたしの副官のクリンカー中尉だ」

若いほうの男も同じように踵を鳴らし、お辞儀をした。

「あいにくクリンカーは英語ができない」将軍が言った。

クリンカーの淡い青色の目に見つめられて、わたしは落ち着かない気持ちになった。まるで魚の目のようだ。もう少しで結婚させられるところだったジークフリート王子を思い出した。彼もクリンカーと同じような、魚に似た顔つきと世界を不快なものだと思っているような表情をしていた。

「あなたはどこに行っていたの、ルディ?」クリンカーがベルモットのグラスを手に取るのを見ながら、カミラが尋ねた。

「あちこちにね。午後は湖をぶらぶらして、景色を堪能しながら詩を暗唱していたよ」

彼が面白そうな顔で母を見たことに気づいて、ひょっとしたら彼はわたしたちのあとをつけてきて、会話を盗み聞きしていたのだろうかとわたしはいぶかった。もしそうなら、わたしが写真を見つける望みはまったくなくなる。

「わたしたちといっしょに山をのぼればよかったのだ。活動的だし、健康的だ」

「ドイツ人は身体の鍛錬に重きを置きすぎるとわたくしは思いますね」パウロの母親が言った。「いつだって訓練ばかり。いったいなんのための訓練なのです?」

「ラテン語の格言はなんと言いましたかな?」将軍が言った。「コルポレ・サーノ……健全なる精神は健全なる体に宿る? ローマ人の祖先がなにを成し遂げたか、思い出してみるのですな。彼らは非常に壮健で、世界を支配したのですぞ」

「北の野蛮人に倒されるまでのことでしたけれどね」

気まずい沈黙が広がった。

「お代わりはいかがですか？」カミラが訊いた。

わたしは集まった人々を眺めた。共通点がほとんどない、不釣り合いな人たち。いったいだれがハウスパーティーに彼らを呼ぼうと考えたのだろう？　そしてデイヴィッド王子はなぜ、楽しいことをこよなく愛するいつもの友人たちとはまったく違う人々に会おうと思ったのだろう？

12

四月二一日
ヴィラ・フィオーリ

ここに来ることを引き受けるんじゃなかった。思っていた以上に大変なことになっている。いったいどうやって問題の写真を見つければいいの？

ディナーのための着替えをする時間だとカミラが言ったとき、デイヴィッド王子たちはまだ戻ってきていなかった。

寝室に戻ってみると、ゲルダがわたしを待っていた。ベッドの上に、見たこともない黒いドレスが広げてあった。

「わたしのものじゃないわ」わたしは告げた。

「わかっています。伯爵夫人のものです。お嬢さまのベルベットのドレスをどうにかしようと思ったんですが、無理でした。だれかが間違ったやり方でアイロンをかけたせいで、あとが残っているんです」ゲルダはあきれたように首を振った。「そんなドレスは、立派な方々とのディナー・パーティーにふさわしいとは思えません。ほかの奥さまたちはおしゃれに装ってこられます。なのでわたしが伯爵夫人からこのドレスを借りてきたんです」

「まあ、でも、だめよ」わたしは言葉につまった。「毛皮のストールをすれば、あのドレスもそれほどひどくはないわ」

「伯爵夫人は気になさいません。ほかにもたくさんドレスをお持ちですから。アメリカ人女性はパリでドレスを買っているんですよ。もうひとりのイギリス人女性だってそうです。お嬢さまが見劣るようなことがあってはいけません。お嬢さまのほうが身分が上なんですから」

とても反論できる相手ではなかった。わたしはあっという間に服を脱がされていた。わたしの下着を見て、ゲルダは非難がましい声をあげた。

「このドレスはブラジャーが必要なくてよかったです。お嬢さまのご家族は、服を買うお金をくださらないんですか？」

あなたはわたしにそんな口をきく立場にはないと言うべきだったのだろう。けれど彼女はあまりにも堂々としていたので、気がつけばわたしはこう答えていた。

「残念ながら、わたしの家はあまり裕福じゃないのよ。家を出てから、わたしはまったく援助を受けていないの」

「それなら伯爵夫人のようにいい結婚相手を見つけなければいけませんね。友人を紹介してくださるように、伯爵に頼まれるといいです」

「わたしは婚約しているの。わたしの婚約者はアイルランドのお城を受け継ぐことになっているから、いずれわたしもイギリスで大きな地所を持つことになるのよ。だから心配はしていないの。ただ、いまのところ、自由になるお金があまりないというだけ」

「伯爵夫人が着なくなったドレスがないかどうか調べてみますね。もうひとりのイギリス人女性がお嬢さまよりずっと小柄なのが残念です。あの方はお金もきれいなドレスもたくさん持っていらっしゃるのに」

そのイギリス人女性がわたしの母親だということをゲルダは知らないらしい。よかった。教えずにおこうと決めた。

ゲルダは話しながら、わたしに黒いドレスを着せた。絹のような光沢があって、長くて、体にぴったりしている。まったくカミラらしくないドレスだとわたしは思った。両親と同じように、彼女も田舎者だ。乗馬ズボンとブーツのほうがよほど似合うだろう。カミラが背中の開いたこんなドレスを着ているところは想像できなかった。それを着ているわたし自身の姿も。けれど衣装ダンスの鏡に映ったわたしは、なかなかに素敵だった。背の高さとすらりとした体つきがわたしの魅力なのかもしれない。ゲルダですら、満足そうにうなずいた。

「いいですね。あとは髪です。座ってください」

わたしは鏡台の前に腰をおろした。ゲルダはわたしの髪を梳かし、ウェーブをつけ、模造ダイヤのついたクリップに黒い羽根を差して頭に留めた。これも伯爵夫人から借りてきたものなのだろう。本物のダイヤモンドでないことを願った。もっと気になるのは……ディナーの最中にカミラがわたしを見て、「わたしのダイヤモンドのクリップとドレスを着てもいいってだれが言ったの？」とみんなの前で言い出さないことを祈った。

ゲルダはわたしに頬紅をつけ、口紅を塗り、眉を描き加えた。

「できました。よくなりましたね。宝石ケースはどこですか？」

わたしはタンスの上を指さした。ゲルダは宝石ケースを開け、またもや不満そうにうめいた。「ダイヤモンドを持ってきていないんですね」

わたしが持っているダイヤモンドは代々伝わるティアラだけで、結婚するまではつけることを許されていないのだとは言いたくなかった。「メイドなしで旅をするときは、最低限の宝石しか持ってこないことにしているのよ」

「黒いドレスに合うのはダイヤモンドかエメラルドだけなのに。ルビーしかお持ちじゃないんですね」

「真珠もあるわ」わたしは指摘した。

ゲルダは鼻を鳴らした。「真珠は夜にはつけません。ルビーをつけるしかないですね」ゲルダはため息をつくと、宝石ケースからルビーのネックレスを出して、わたしの首に巻いた。

「これで我慢するしかないですね。香水はないんですか？」

「家に置いてきたわ。旅のときはオーデコロンだけよ」

「ディナーにオーデコロンというわけにはいきません」ゲルダはきっぱりと言った。「明日は伯爵夫人がつけなくなった香水を探してきます」

それではまるで、気の毒がられて、あれこれとお下がりを与えられる貧乏な親戚だ。このへんでやめさせなければ。「お願いよ、ゲルダ、あなたがよかれと思ってしてくれているのはわかるけれど、わたしはここにほんの数日滞在するだけなの。本当に、病気の友人に会いに来たのよ」

「伯爵夫人は、お友だちのイギリス人女性がヨーロッパの方々より見劣りするのを絶対に嫌がられるはずです。奥さまはご自分の出自を誇りに思っていらっしゃいます。わたしたちはみんな自分の血筋を誇りに思わなきゃいけないんです。とりわけ、お嬢さまやわたしのようなアーリア人が、アーリア人じゃない人たちのなかにいるときには」

ゲルダはわたしの肩にかけていたタオルを取ると、鏡台に置かれていたブラシで服を何度かはらった。

「さあ、これでいい。もう下に行かれていいですよ。でも階段は気をつけてくださいね。そのスカートはかなり細身ですから」

ようやくわたしは解放された。クイーニーをなつかしく思い出した。確かに彼女はメイドとしてはどうしようもない。ベルベットのドレスに間違ってアイロンを当て、ほかのドレスには焼け焦げを作り、ニットのスカートをほどき、わたしの服のほとんどを台無しにしてくれた。けれど有能なメイドを持つことが子供部屋で子守にお説教されているような気分になるものなら、わたしはクイーニーのほうがいい。

わたしが寝室を出るのと同じくして隣の部屋のドアが開き、恐ろしいことにルディが出てきた。燕尾服姿の彼は息を呑むほどハンサムだった。

「これは偶然だね。隣同士か。今夜ぼくたちは鞘《さや》のなかの二個の豆のように隣り合って眠るんだね。素晴らしいね。なんて都合がいいんだろう」

隣り合って眠ったりしないと言いたかったけれど、顔を赤らめずには言えそうもなかったので口は閉じたままでいた。もっと世慣れた女性なら、ルディとあいびきの約束をして、写真を隠した場所をうまく打ち明けさせることができるのかもしれないと、ふと考えた。試してみるつもりはないけれど。寝室のドアに鍵がついていたかどうかを思い出そうとした。ああ、神さま。ついていますように。

廊下を明るいところまで進むと、ルディはわたしをしげしげと眺めて言った。「とてもきれいだ。洗練された女性のようだ。きみが無垢な女学生だとは、もう信じないよ。本当のきみを隠していたんだね、レディ・ジョージアナ」

「なにも隠してなどいないわ、ルドルフ伯爵」

つかの間、彼は問いかけるようにわたしを見つめた。それから屈託のない笑い声をあげた。

「きみは本当に素晴らしいよ。だからもう少女のふりはやめるんだね。きっときみも、ぼくと同じくらいロマンチックなひとときを楽しむさ。ぼくは本当に上手なんだよ。ここにいる女性たちもそう証言してくれるだろうね」

「わたしは婚約していると言ったはずよ」せいいっぱい曾祖母を真似て言ったつもりだ。ルディはまだ笑っていた。「それがどうしたっていうんだ？　女性が結婚していれば、ますます好都合だ。なにも心配せずにすむからね」

「夫に見つかること以外は」

「心の狭い男がいるのは確かだ」階段までやってきた。ルディはわたしの肘に手を添えて、一段ずつおりていく。振り払おうとすれば階段から落ちるおそれがあったから、彼に触れられていることを我慢しなくてはならなかった。彼がたったいま口にした言葉と、今日、彼の部屋から聞こえてきた会話の断片について考えてみた。この家にいる女性はお母さまとパウロの母親とカミラだけだ。お母さまはわたしといっしょに庭にいた。ということは、ルディの部屋から聞こえてきた声はカミラのものだということになる。カミラとルディ……カミラが堅物だと言ったお母さまは間違っていたわけだ。

右手にある長広間から笑い声が聞こえてきて、現実に引き戻された。ルディはわたしの肘に手を添えたままで、わたしはそれを振り払ううまい方法を思いつけずにいた。長広間に入っていくと、あたかもだれかがスイッチを切ったかのように笑い声が途切れた。全員の目がこちらに向けられたので、わたしはすくみあがった。そのなかにシンプソン夫人がいた。

「驚いたわ、ジョージアナ」彼女が言った。「あなただってわからないところだった。急に大人になったのね。ルドルフ伯爵からなにか教わったのかしら？」

「とても窮屈なスカートで階段をおりなければならなかったので、ルドルフ伯爵は手を貸してくれただけです」わたしはそう答えながら、ドレスを貸してくれるようにゲルダが本当にカミラに頼んだのかどうかを推し量ろうとしていた。「またお会いできてうれしいわ、シンプソン夫人。それにサー、あなたにも」わたしはデイヴィッド王子に会釈した。

「ぼくもうれしいよ、ジョージー。それにとてもいかしているじゃないか。ここ最近、魅力的な女性になってきたね。それにしても、こんなところでなにをしているんだい？　きみも来るという手紙を母さんからもらったときは、ずいぶん驚いたよ」

「わたしも驚いたわ」わたしは笑顔で応じた。「王妃陛下とお茶をしたとき、この近くのクリニックで療養している友人を訪ねるという話をしたの。そうしたら、あなたと会うと楽しいだろうって陛下は思われたらしくて。わたしはなにも言えなかったの」

「王妃陛下には言えないわよね」シンプソン夫人が言った。「なんでも思い通りにしたい人ですもの。わたしを崖から突き落とすように言われなかった？」

ほかの人たちはぎこちなく笑ったが、わたしはどう返事をすればいいのかわからなかったので、デイヴィッド王子が答えてくれたときにはほっとした。

「母さんはきっときみを好きになるよ、ウォリス。ただ頑固なだけなんだ」

「でもあなたはまだミスター・シンプソンと結婚していますよね？」パウロの母親が訊いた。

だれもがはっと息を呑んだ。つかの間の沈黙のあと、シンプソン夫人が硬い声で答えた。

「離婚が円満に成立するまで、わたしたちは正式に別居しています。彼もわたしと同じく、結婚生活を続けるつもりはないんです。彼は祖国のアメリカに帰り、わたしはここに残ったというわけです。ひとりで自由に」彼女は、愛情をこめたまなざしをデイヴィッド王子に向けた。

わたしは安堵のため息をついた。彼女たちは法的にはまだ離婚していない。ひそかに結婚式が行われるおそれはないということだ。王妃陛下がわたしをここに送りこんだのは意味のないことだったのだ。いつになったら適当な言い訳を作って、ベリンダのところに戻れるだろう？　そう考えたところで母のことを思い出した。くそっ（こんな言葉を思い浮かべたりしてはいけないことはわかっている。けれどこの言葉がいまの気持ちにもっともふさわしかった）。母のことを考えたちょうどそのとき、大理石を歩く音がして、マックスの腕に手をからませた母が階段をおりてきた。どちらもとても美しくて、お似合いのカップルだ。マックスは燕尾服に白いネクタイ、母は赤いシルクのパジャマドレスに真っ赤な羽根の髪飾りという装いだった。母はもう一方の手に白いミンクのストールをからませていた。

「まあ、まあ、女優その人じゃないの」シンプソン夫人が言った。「ごきげんいかが、クレア？　年の割には素敵じゃないの」

「あなたも年の割には悪くないわね、ウォリス」優れた女優にしかできない含みを持った口調で母は応じた。「いま、とてもいい気分なのよ。わたしは理想の人を見つけて、結婚することになったの。これ以上のことがあるかしら？」

「おめでとう。ドイツ語は話せるようになったの？」

「レッスンを受けているところよ。それにマックスの英語も大きな一歩を踏み出したわ」

「大きな一歩？　散歩かね？」ドイツ人の将軍が尋ねた。

英語という言語のばかばかしさに話題が移り、ディナーを知らせる銅鑼《どら》が鳴ったときにはわたしはほっとした。デイヴィッド王子とシンプソン夫人のあとについて、全員が食堂へと入っていく。わたしの席はデイヴィッド王子と物静かなドイツ人将校クリンカーのあいだだったので、ますますほっとした。ルディはテーブルの向こう側でシンプソン夫人と司祭にはさまれて座っている。彼の罪に対する罰に違いないと思った。テーブルを見回すと、そこに一三人いることがわかった。悪い兆しだ。わたしはやっぱり来るべきではなかったのだ。

ディナーは、次々と運ばれてくる前菜から始まった。プロシュート、小さなムール貝とハマグリ、詰め物をしたプチトマト、スパイシーなソーセージ。その後マッシュルームのリゾット、子牛のクリームソースがけと続いて、デザートは濃厚なスポンジケーキとフルーツ、最後が最高においしいチーズの盛り合わせだった。料理ごとによく合うワインが注がれて、食べ終えるころにはわたしは少し頭がくらくらしていた。

食後酒のレモンリキュールとチョコレートが運ばれてきたときには、酔いはますますまわっていた。シンプソン夫人が、今日は戸外に長い時間いたのでそろそろ部屋に引き取りたいと言い出したので、わたしもそれに乗じて失礼することにした。ルディがあとを追ってこようとしなかったので、ほっとしながら部屋に入ると、だれかがぬっと近づいてきたので飛びあがりそうになった。ゲルダだ。暗い部屋のなかで待っていたのだ。

「楽しい夜でしたか？」ゲルダはルビーのネックレスをはずし、髪からピンを抜きながら尋ねた。

「ええ、とても楽しかったわ、ありがとう。ドレスをとてもほめてもらったの。貸してくれたお礼を伯爵夫人に言っておいてね」

返事がなかったので、ゲルダは伯爵夫人になにも断っていないのだろうとわたしは思った。カミラはひどく腹を立てているかもしれない。ゲルダは恐ろしいほどてきぱきとわたしの服を脱がせていき、気づいたときには履いていた靴は衣装ダンスの上に片付けられ、ドレスは吊るされていた。「また着たいと思うかもしれませんから」

それからゲルダはわたしが寝間着を着るのを手伝い、シーツをめくった。

「ほかになにかありませんか、お嬢さま？　よく眠れるようにホットミルクをお持ちしましょうか？」

「けっこうよ、ありがとう。よく眠れそうだわ。ちゃんと世話をしてもらえるのはいいものね」

「それがわたしの仕事ですから。そのために訓練を受けています。朝は紅茶をお飲みになるんですよね。それがイギリスの方の習慣のようですから」

「ええ、お願い。朝は紅茶がいいわ」

「何時にお持ちしますか？」

「朝食はいつも何時なの？」

「九時頃です。八時に紅茶をお持ちしますか？」

「ええ、そうしてちょうだい」

「それでは、おやすみなさいませ」ゲルダは軽くお辞儀をすると部屋を出ていった。わたしはドアに近づき、鍵をかけた。これで少なくとも、ルドルフ伯爵が夜中に訪れてくる心配はしなくてすむ！

13

四月二一日の夜
ヴィラ・フィオーリのわたしの部屋

眠ろうとしたけれど、神経がぴりぴりしていた。ここを抜け出してベリンダのところに戻れるものならそうするのに。でもお母さまと約束してしまった……まったく。

わたしは明かりを消したくなくて、しばらく部屋のなかをうろうろと歩きまわっていた。なんだか不安で落ち着かない。フレンチドアに近づいて開けた。子供のころから、たとえ風が吹き荒れる夜でも、ラノク城では窓を開けて眠っていたものだ。小さなバルコニーに出てみた。夜気に漂うジャスミンの香りにめまいがしそうだ。眼下の庭園は闇に沈んでいる。まるで荒野の真っただ中にいるみたいな気がした。わたしは不意に押しつぶされそうな孤独を感じた。ベリンダとおしゃべりしているはずだったのに、ここでなにをしているの？　アイルランドでキレニー卿といっしょにいてもよかったのに。ここでないところならどこでもよかった。王妃陛下が早合点をしたのだということははっきりしていた。デイヴィッド王子とシンプソン夫人は極秘に結婚するつもりはない。わたしがここにいる理由はないということだ。お母さまにあんなことを押しつけられていなければ。自業自得よ、とわたしは思った。マックスに誠実でいなければならないときにほかの人と浮気をしたなら、その報いは受けなければいけない。わたしは荷造りをして、朝になったらここを出て、クリニックのそばの居心地のいい小さな部屋に戻ればいい。

けれどもちろん、困っている母を見捨てることはできない。結局、助けることになるのはわかっていた。よちよち歩きができるようになったときから徹底的に叩きこまれてきた、ラノク家の義務感というやつだ。こんな大邸宅で問題の写真をどうやって見つければいいのか、見当もつかなかったけれど。

「まったくくそったれなんだから」念のため言っておくと、わたしはひとりのときにしか悪態はつかない。これもやはりしつけのせいだ。一度〝畜生〟と口走ったら、子守に石鹸《せっけん》で口を洗われたことがあった。

夜風が吹いてきて、わたしはガウンをいっそう強く体に巻きつけた。ルディの部屋のほうに目をやり、彼がバルコニーからこちらを見ていないことを確かめた。飛び移れないくらいバルコニーの距離が離れていることがわかったので、ほっとした。少なくともこれで心配せずに、窓を開けておける。

最後にもう一度庭を見た。ダーシーがここにいたなら、さぞロマンチックだっただろうに。どうして彼はいつも遠くにいるんだろう？

「家に帰りたい」わたしはつぶやいたが、問題はどこが自分の家なのかがわからないことだった。いつかはわたしとダーシーにも家ができて、そこで安心して幸せに暮らすのだ。もう少しの辛抱だ。

フレンチドアを半分だけ閉めて部屋に戻り、ベッドに潜りこんで明かりを消した。こってりした食事をたっぷりといただいたせいでまだ胃がむかむかしていたので、眠れることを祈るばかりだった。窓の外からはそよぐ風の音や、木のざわめきや、遠くで鳴くふくろうの声が聞こえてくる。階下からは話し声やドアが閉まる音。わたしはベッドに横たわったまま神経をとがらせ、鍵がかかっているかどうかを確かめようとしてだれかがノブをまわすのを待った。けれどやがて音は途絶え、あたりは完全に静かになった。

「大丈夫」わたしは自分に言い聞かせた。「この廊下にはほかの人の部屋もあるんだから」

いつしかうとうとしていたらしく、ごく小さな物音で目が覚めた。さっと体を起こし、警戒心を研ぎ澄ました。ドアに目を向ける。床とのわずかな隙間から入ってくる光を見るかぎり、ドアの外にはだれもいないようだ。それでも、油断はできなかった。武器になるものはあるかしら？　洗面台の水差しは？　ベッドの上のくぼみに飾られている像は？　そのどちらかを彼の頭に叩きつけたらさぞせいせいするだろうとは思ったが、危険すぎると考え直した。彼は憎むべき男だが、あの像は大理石だ。殺すわけにはいかない。そこでわたしは静かにベッドを出ると、ドアに近づいた。すぐに回せるように鍵を握り、必要とあらば悲鳴をあげながら逃げだせるように身構えた。もしもだれかが部屋に入ってきていたとしても、わたしを見つけられずにいるはずだ。わたしにも彼の姿が見えないのだから。

永遠にも思えるほどの時間わたしはそこに立ちつくしていた。なにも変わったことはない。わたしの勘違いだったのかもしれないと思った。風のせいでフレンチドアが開いたに違いない。ベッドに戻ったほうがいい。そう決めてドアノブから手を離そうとしたまさにそのとき、床板がきしむ音がした。だれかが「ジョージー」とささやいた気がした。不意にこみあげてきた怒りが恐怖を脇へ押しのけた。ルドルフ伯爵のような、人を脅す好色な男を怖がることはない。ドアノブから手を離し、明かりのスイッチを探った。スイッチに手が触れたところで、大きく息を吸った。スイッチを入れると同時に、せいいっぱいヴィクトリア女王を真似た声で言った。

「人の寝室に入ってくるなんて、よくもそんなことができたものね。いますぐ、入ってきたところから出ていってちょうだい。でないとこのドアを開けて、家じゅうの人間を起こすわ。見下げ果てた人間としてあなたを放り出してもらうから！」

高い天井からの電球の明かりに、わたしは目をしばたたいた。フレンチドアの近くにはだれもいない。反対側の壁に置かれたベッドに視線を向けると、思わず小さな声が漏れた。ベッドに座っている。わたしがそこにいると思ったに違いない。

「もう逃げられないわよ！　後悔するといいわ！」

わたしが鍵を回すと同時に、彼は立ちあがって言った。

「待って、ジョージー。ぼくだ、ダーシーだ」

わたしは体を凍りつかせ、幽霊を見ているかのように彼を見つめた。風に乱れた黒い髪に黒いジャージと黒いズボンという格好で、ダーシーがそこに立っている。

「いったいここでなにをしているの？」わたしは彼に近づきながら訊いた。ダーシーは静かにと言うように、わたしの唇に指を当てた。

「〝会えてうれしいわ、ダーリン〟とは言ってくれないのかい？」ダーシーがささやいた。

「もちろん会えてうれしいわ。でもどうしてこんなふうにこっそり忍びこんでくるの？　てっきり憎むべきルドルフ伯爵だと思ったのよ。あなたは危うくあの像で殴られるところだったんだから。そうしようって思っていたの」

「ルドルフ？　あいつはきみの部屋に忍びこんだのか？」

「ここで夜を過ごすのは今夜が初めてだけれど、わたしたちの部屋が隣同士で都合がよかったって彼が言ったの。隣り合って眠るとかなんとか言っていたわ」

「殺してやる」ダーシーがつぶやいた。

「心配ないわ。ドアには鍵をかけたし、家じゅうに聞こえるような悲鳴をあげるつもりだったから」

「そうみたいだね」ダーシーはにやりと笑った。

わたしたちはベッドの脇に向かい合って立っていた。彼の腕のなかに飛びこみたくてたまらなかったけれど、恐怖のあまり心臓はまだ早鐘のように打っていたし、こんな思いをさせた彼に怒りも感じていた。

「ここに来ることをどうしてもっと普通のやり方で教えてくれなかったの？ 手紙を書いてくれればよかったのに。電報だってよかった。それともあなたには夜中に女性の寝室に忍びこむ習慣でもあるわけ？」

「必要なときにはね」ダーシーが答えた。「ぼくがここにいることは、だれにも知られるわけにはいかないんだ。ここをひそかに見張っていたんだよ。今日きみが来たのを見たときは、本当に驚いたよ。きみが関わっているとはまったく知らなかった。ここでなにをしているんだ？」

「わたしの考えじゃないのよ。わたしはベリンダに会いにきたの。赤ちゃんがもうすぐ生まれるから。そうしたら、デイヴィッド王子を見張ってほしいって王妃陛下に頼まれたの。シンプソン夫人と極秘に結婚するつもりじゃないかって考えていらしたみたいで。それで、このハウスパーティーにわたしが招待されるように手を回したというわけ。それよりも、あなたはここでなにをしているの？」

ダーシーは黙って部屋の向こうまで歩いていき、フレンチドアを閉めた。

「あいにく、それよりもっと深刻なことなんだ」戻ってきたダーシーが言った。「身を隠したまま、ぼくがここにいることをきみに知らせずにいようかとも思ったんだが、実際に家のなかにいて、会話を聞ける人間がいてくれれば助かると考え直した」

わたしがベッドに腰をおろすと、ダーシーは隣に座った。

「いったい、なにが起きているの、ダーシー？」

「それを探るためにぼくは送りこまれたんだ。ストレーザで重要な会議が行われたのを、知っているかい？　イギリスとフランスとイタリアの首脳が集まって、ヨーロッパにおけるナチスの脅威について話し合った」

「その話なら、聞いたわ」

ダーシーはうなずいた。「その会議の直後に、ムッソリーニの一番の相談役であるディ・マローラ伯爵とデイヴィッド王子までいるハウスパーティーに、ドイツの高官が出席するというのは、偶然すぎるように思える」

「みんな、パウロとカミラの友人なのかもしれない」

「可能性はあるが、そうは思えない。ドイツ人たちはベルリンの社交界で知り合ったんだろうが、彼らがイタリア人やデイヴィッド王子と以前に出会ったという痕跡はない。それなのになぜいまなんだ？　それを突き止めるために、ぼくが来たというわけだ」

「でもハウスパーティーに出席していないあなたが、どうやって調べるというの？」

「ぼくはできるかぎり近くで、彼らに目を光らせていたんだよ」

わたしはじっと彼を見つめ、不意にひらめいた。

「わたしを見ていた庭師はあなただったのね」

彼はうなずいた。「そうだ。きみを見たときは、もう少しで熊手を落とすところだったよ」

「シャツを着ていないあなたはなんて素敵なんだろうって思ったのよ。わたしはもうすぐ結婚するんだからって自分を叱りつけたの」

「いずれ庭師を雇うときは六〇歳以上に限ることにしよう」ダーシーは冷ややかに言った。

「どうやってイタリア人庭師のふりをしたの？　それほどイタリア語は得意じゃないでしょう？」

「簡単なことさ。イギリスのカミラ伯爵夫人の実家から来たと言ったんだ。伯爵夫人が庭をもっとイギリスっぽくしたがっているからと。庭師のような人たちは、もっともらしい話であればなんでも信じるみたいだな。ただひとつの難点は、実際に庭師として働かなきゃならないことだった」

「その結果、筋肉がついたわけね」わたしはダーシーに笑いかけた。「でもどうしてそんなことまで？　カミラに手紙を書いて、招待してくれって頼めばよかったんじゃないの？　たしかあなたとは遠い親戚よね？」

「だからなのさ。彼女はぼくが何者かを知っている。どうしてぼくが来たのか、不思議に思う人間もいるだろう。そうしたら、計画を変更するかもしれない」

「どんな計画？」

「それを探りに来たんだよ」

わたしは混乱する頭のなかを整理しようとした。こんな真夜中には、うまく頭が働かない。

ワインを何杯も飲んだあとだったし、愛する人がすぐ目の前にいるのだからなおさらだ。

「ドイツの高官？　ルドルフ伯爵はドイツの高官なの？」

「ヒトラーの近いところにいる人間、とだけ言っておこうか。それに彼はベルリンでなにが起きているかを知る立場にいる。情報を集めてナチスに報告していることは間違いない。彼らは非情だからね。彼らを怒らせた人間は、いつのまかいなくなってしまうんだ」

「ルディはヒトラーのスパイだっていうこと？　驚かないわ」わたしはもう少しで、彼が母を脅迫していることを口走るところだったが、直前で考え直した。ダーシーはあまり母を評価していない。それはわたしも同じだけれど、子供としての義務感からいまは黙っていることにした。「まさかあの退屈なドイツ人の将軍まで、重要人物だって言うんじゃないでしょうね？」

「ヒトラーの軍事戦略家だと聞いている」

わたしは顔をしかめた。「軍事戦略家？　でも世界大戦のあと、ドイツは武装解除したでしょう？　どんなものであれ、軍事活動は計画できないはずよ」

「いま異常なほどの速さで、再軍備を進めている。実を言えば、きみのお母さんの恋人のマックス・フォン・ストローハイムは……」

「彼はナチスじゃないでしょう？」

「一員ではないかもしれないが、戦車や銃を製造することで恐ろしいほどの金を稼いでいるんだ」

わたしはぞっとして彼を見た。「間違いない？　彼の工場は機械とかバイクとか、そういったものを作っているんだとばかり思っていたのに」

「確かに作っているよ。だがそういった合法の企業は、武器の隠れ蓑《みの》だとぼくたちはにらんでいる」

「わお」その言葉を禁じていたことを思い出す前に、わたしはつぶやいていた。「お母さまは知っているのかしら？　おじいちゃんは——娘がナチスの支持者と結婚したりしたら、おじいちゃんは死んでしまうわ。わたしのおじにあたるひとりきりの息子がソンムで死んだせいで、いまでもドイツ人を憎んでいるのよ」

「フォン・ストローハイムは、ナチスの支持者というよりは日和見主義者というべきだろうな」ダーシーが言った。「だが、ドイツがここに招待するくらいには重要な人物であることは確かだ」

「よくわからない。ナチスの脅威と戦う方法を話し合うためにイギリスはイタリアと会ったって、いまあなたは言ったわよね？　つまりイタリアはこちら側ということだわ。ドイツ人を嫌っているはずなのに」

「ムッソリーニがファシストだということをきみは忘れているよ。ヒトラーは彼を尊敬しているんだ」

考えてみた。「ダーシー、あなたはさっきから、ヒトラーがこうだ、ヒトラーがああだって言っているけれど、わたしには滑稽《こっけい》な小男にしか見えないのよ。それほど危険な人物のはずがないわ」

「いや、彼を過小評価してはいけない。彼はドイツ人のことをよくわかっているよ。一九一八年の敗北で、彼らの誇りがどれほど傷ついたのかを理解している。賠償金の支払いで苦しんでいることも、通貨の引き下げで蓄えを失ったこともね。彼らはだれかを信じたがっている。ドイツを再び偉大な国にするとヒトラーが約束すれば、国民はついていくだろう」

「それじゃあ、このハウスパーティーは、ヒトラーの側近とムッソリーニの部下の真剣な会合だってあなたは考えているのね？」

「そうだ」

ふと思いついて尋ねた。「でもデイヴィッド王子は？　彼はどう関わってくるの？」

ダーシーは首を振った。「それはわからない。彼がここに来ると知ったときは、きみと同じくらいぼくたちも不思議に思った。今回は、彼がいつも行くような上流社会の人たちの華やかなパーティーではないからね。出席者のだれとも親しいとは思えないし。そこできみの存在が重要になってくるんだよ。ぼくは、庭や開いている窓のそばで交わされる会話の一部しか聞くことができない。だがきみは全部聞ける。きみを警戒する人間はだれもいない。図書室から見当たらなくなった本を探しているとか言って、どの部屋だって入っていけるんだ」

〝わお〟と言いたくなったが、ぐっとこらえた。「わたしにスパイをしろというのね」と言うのがせいいっぱいだった。

「そんなところだ」ダーシーはわたしの手を取った。「なにも危険はないはずだ。そうでなければ、頼んだりしないよ。それにぼくが近くにいる。ぼくはほかの下働きの使用人たちといっしょに、地所の裏手にあるコテージで寝泊まりしている。ここのバルコニーからぼくのコテージの屋根が見えるよ。実は、だからここがきみの部屋だってわかったんだ。さっききみがバルコニーに出ていたのが見えた。かなりの薄着でね。寝間着でバルコニーに出るときは、もっと気をつけなきゃいけないよ、お嬢さん。だれが見ているかわからないんだから」ダーシーの手がわたしの手をかすめた。ほんのわずかに触れただけだったけれど、わたしは背筋がぞくりとした。

わたしは彼の目を見つめた。「会いたかったよ」彼が言った。「ああ、今夜のきみはとても魅力的だ」わたしの手の甲をゆっくりと指でなぞりながら、ダーシーはため息をついた。「だがもう戻らなくては。きみもぼくも睡眠が必要だからね。地元の庭師はあまり熱心に働いているとは言えないんだが。一日の大部分をシャベルにもたれかかったり、煙草を吸ったりして過ごしている気がするよ。それでも六時には起きなくてはいけないんだ」

ダーシーがここにいる。わたしの隣にいて、温かな息を頰に感じることができると思うと、彼を行かせたくなかった。「あなたと連絡を取りたくなったら、どうすればいいの？」わたしは訊いた。「庭師の小屋をふらりと訪ねていくわけにはいかないわ」

「バルコニーの椅子にタオルかなにかをかけておくというのはどうだい？　そうすれば、わかる」

そう言われて思い出した。「あなたはどうやってここに入ってきたの?」

「藤をのぼった。しっかりした木だったよ」

「なんてこと。ダーシー、お願いだから気をつけて」言ったあとで、気づいたことがあった。

「いやだ。あなたが藤をのぼってバルコニーに入れたなら、ほかの人もできるっていうことよね。あのいやらしいルドルフも」

ダーシーはうなずいた。「フレンチドアは閉めておいたほうがいいね――うん、きみが窓を開けて眠るように育てられたことは知っているよ。だが万一……」

「あなたの言うとおりね。でもフレンチドアを閉めたら、あなたはどうやって入ってくるの?」

「そっとノックするさ。きみが呼んだときにだけ、来ることにする」

わたしは彼の顔に触れた。「あなたが近くにいることがわかって、ぐっと気分がよくなったわ。わたしになにかしようとしたら、婚約者を呼んで決闘してもらうってルドルフに言えるもの」

「それはやめてくれ」ダーシーがあわてて言った。「彼はベルリンとパリで何度も決闘していて、だいたい勝っているという話を聞いたよ。剣も銃もいい腕だそうだ」

「そうなのね。そう言えば、決闘は好きだって言っていたわ。あなたのほうが上手なことってなにかしら?」

「コンカーズ(トチの実に紐を通し、相手のものにぶつけて割る子供の遊び)だ。キレニーにいたころ、村のチャンピオンだった」

「それじゃあ、夜明けの決闘じゃなくて、夜明けのコンカーズね」わたしは笑った。

ダーシーがいきなりわたしの顔を両手ではさみ、キスをしてきた。離れていたあいだの恋しさと渇望があふれてきそうなキスだった。わたしたちは枕の上に倒れこんだ。彼の心臓の鼓動が胸に直接響いてくる。頭のなかで欲望が渦巻いていた。ほかのことはどうでもいい。ダーシーに抱かれたい、いま考えられるのはそれだけだった。けれど同時に、これ以上進んだら後戻りできなくなるというラノク家の義務をささやく声が、頭のなかに聞こえてきた。

ダーシーが唇を離した。

「ここまでだ。そうしないと止められなくなる」ダーシーは息を切らしながら言った。「いまはふさわしいときじゃない。この場所もね。ごめんよ、我を忘れてしまった」

「あなただけじゃないわ」わたしは落ち着きなく笑った。

「そうみたいだね」ダーシーは面白そうな顔でわたしを見た。「ぼくがいないあいだ、きみにはお目付け役が必要かもしれないと思い始めてきたよ」

「わたしにはあなただけよ、ダーシー。結婚するのが待ちきれないわ」

「ぼくもだよ。ああ、そうか、これは脅迫だったんだな。そうだろう?」

わたしは体を起こし、がっかりして彼を見た。ルドルフがしていることにダーシーは薄々感づいていたんだろうか? わたしの声は低くなった。どうしてわかったの?

「脅迫?」わたしの声は低くなった。「どういう意味?」

「きみがここにきた理由さ。きみが頼まれたことをすれば、王妃陛下が結婚の許可を与えるというわけだ。交換条件だな」

「そうかもしれないってわたしも思ったわ」

ダーシーはベッドをおりて立ちあがった。

「もう行かないと。きみは気をつけるんだよ」

わたしはうなずいたけれど、本当はまだ彼を行かせたくなかった。

「あなたも気をつけて。ドイツのファシストが非情なら、イタリアのファシストだってきっとそうだわ。正体を隠して忍びこんでいる人がほかにもいるかもしれないのよ」

「確かに。だが心配いらないよ。ぼくはいつも注意深いからね」

わたしは彼といっしょに部屋の反対側へ行き、フレンチドアを開けた。出ようとする彼を止めて、わたしは外を眺めた。どこにも明かりは見えない。月の光に浮かびあがるバルコニーはどこもがらんとしている。うなずいた。ダーシーはわたしの頬にキスをすると、やすやすと手すりを乗り越えた。彼が藤を伝いおりていき、葉が地面に落ちる音が聞こえた。やがて砂利を踏みしめるかすかな足音がした。わたしは小さくため息をついて、部屋に戻った。

14

四月二二日　月曜日

ダーシーが近くにいることがわかって、ぐっと気分がよくなった。

ドアノブががたがたいう音で目が覚めた。憎むべきルディを追い払うつもりで即座に飛び起きたけれど、外がすっかり明るくなっていることに気づいた。やがてだれかがドアをノックした。わたしはドアに近づいて鍵を開けた。不満そうなゲルダが立っていた。

「起こしてしまってすみません、レディ・ジョージアナ」彼女が言った。「ドアに鍵がかかっているなんて思っていなくて。朝の紅茶をお持ちしました」ベッド脇のテーブルにトレイを置くと、フレンチドアに歩み寄ってカーテンを開けた。「いいお天気になりそうですよ。今朝は少し霧がありますが、暖かくなると思います」ゲルダは次に衣装ダンスを開けた。「今朝はブラウスとスカートがいいでしょう」そう言いながら、ハンガーを二本取り出した。「ズボンを持ってこなかったのが残念ですね。最近、おしゃれな方はズボンをはくんです。ここのようなお屋敷でも。ボートに乗るときに便利ですからね」

「わたしはおしゃれなズボンは持っていないわ。狩りのとき、ヘザーをかきわけて歩くのにふさわしいツイードのズボンだけよ」

ゲルダは非難がましく鼻を鳴らした。

「それならスカートでいいでしょう。ゆっくり紅茶を飲んでください。着替えをするときは、呼んでくだされればお手伝いに来ます」

ブラウスとスカートに着替えるのに彼女を呼ぶ必要などない。イギリスの基準からするととても薄い紅茶を飲んでから、廊下の先のバスルームに向かった。幸い、ガウン姿をルディにもだれにも見られることはなかった。それどころか、ほかの人たちはまだ眠っているようだ。わたしは着替えて髪を梳かすと、階下におりた。食堂はがらんとしている。朝食は並べられておらず、どこでいただくのだろうとわたしはいぶかった。母のために家探しをするいいチャンスだと気づいた。使用人に見つかったら、朝食をいただく部屋を探していたのだと言えばいい。

急いで食堂を調べたけれど、なにかを隠せる場所はくぼみに置かれた像のうしろしかなかった。使用人が掃除をするようなところに、ルディは写真を隠したりしないだろう。隠すのなら、だれにも見つかりそうもないもっと気の利いた場所のはずだ。わたしは優雅な応接室に入り、花瓶のなかや壁にかかった絵の裏側やサイドテーブルの下を調べた。

次に図書室に向かった。気が遠くなるような部屋だ。何百冊とあるどの本のあいだにも写真を隠すことができる。けれど彼自身もどの本かを覚えておかなくてはいけないのだから、そこにはなにかの理由があるはずだ。棚の一番端とか、彼の好きな色とか、彼にとってなにか意味のあるタイトルとか。わたしは本のタイトルを眺めた。どれもイタリア語かラテン語だ。ダンテの『神曲』はなんとか理解できた。ルディが選ぶとしたら、こういう単純なものかもしれないと思い、棚から引っ張り出してみた。古くてかび臭いにおいがしただけで、なかにはなにもはさまれていなかった。棚に戻し、さらに本を眺めたけれど、じきにあきらめた。一冊ずつ調べていくわけにはいかない。もっと考える必要があった。なにより、空腹が我慢できなくなっていた。

大切なものは自分の部屋に隠すのではないかと思えてきた。わたしの部屋のドアに鍵がかかるのなら、彼の部屋もそうだろう。今日、お母さまが彼を湖に連れ出すことができれば、調べるチャンスがあるかもしれない。ほかの人たちが起きたかどうかを確かめようと廊下に出てみると、フォークやナイフが当たる音が聞こえてきた。その音をたどっていくと、湖の見える部屋に出た。テーブルにコーヒーと様々な種類のロールパンが並べられている。温かい朝食は食べさせてもらえないようだ。

さくさくしたロールパンにバターとアプリコットジャムを塗ったところで近づいてくる足音が聞こえ、パウロが母親を連れて現われた。

「礼拝が終わったところなんだ」パウロが言った。

「あなたは出席しなかったのですね」例によって非難がましく眉間にしわを寄せながら彼の母親が言った。

「わたしはカトリック教徒ではないので」わたしは答えた。

「ですが、カトリック教徒と結婚すると聞きましたよ。わたくしたちの習慣を理解しておくのはいいことです。もう教えは受けたのですか？」

「教え？」

「もちろんです。結婚前に信仰の教えを受けておくことが必要です。あなたがここにいるあいだに、わたくしたちの司祭から教えを受けるといいでしょう」

あのぞっとするような司祭とふたりきりになりたいとは思えなかったし、毎日朝の礼拝に出席するダーシーを想像することもできなかった。「改宗するかどうかはまだわかりません」そう答えると、彼女の顔にぎょっとした表情が浮かんだ。

「夫の宗教に従わないのですか？」

「決めていないんです」わたしはあわてて言った。

パウロが母親を座らせてコーヒーを注いだので、それ以上問いつめられずにすんだ。コジモがやってきてイタリア語で伯爵未亡人と話を始めると、パウロはわたしを出窓へといざなった。

「ぼくらの友人のベリンダは、近頃どうしている？」だれかに聞かれていないことを確かめるように、あたりに目をやりながらパウロが尋ねた。「よく彼女のことを思い出すんだ。楽しむことが好きな人だよね？」

わたしはうなずいた。「ええ、そうね」

「もう結婚しているだろうね？　どこかの男がさらっていったんだろうな」

「いいえ、まだ独身よ。ふさわしい人を見つけていないみたい」

「残念だよ」パウロはわたしの背後に広がる、霧に覆われたままの湖に視線を向けた。「彼女がぼくの家にふさわしくなかったのが残念だ。彼女のことはとても好きだったんだ。楽しい人生が送れるだろうと思っていた。宗教っていうのは、面倒なものだね。そう思わないかい？」

「わたしと婚約者にとってはそうでないことを願うわ」

「誤解しないでほしいんだ」彼の母親とおじが黙りこんでいたので、パウロはあわてて言い添えた。「カミラはいい人だ。信心深い人だよ。でも楽しい人だとは言えない」

ルディの寝室で聞いた会話を思い出した。パウロは、ほかの男性によろめいた妻を簡単に許すような人間には見えない。そんなことを考えていると、カミラその人がやってきた。紺色のリネンのズボンにストライプのシャツ、白いジャケットというマリンルックだ。張りつめた表情だったが、わたしを見ると笑顔になった。

「ジョージー、もう起きていたのね。よかった。なにか食べた？　卵をゆでるように料理人に言いましょうか？」

ぜひ食べたいところだったが、ロールパンで十分だと答えた。

「わたしもヨーロッパの習慣に慣れるには、しばらくかかったわ」カミラは言った。「おはよう、あなた《ミオ・カロ》」そう声をかけて、パウロの肩に手を置いた。「今朝は礼拝に出られなくてごめんなさい。寝過ごしてしまったの」

わたしは再びちらりとカミラを見た。彼女が寝過ごしたことに理由はあるのだろうか？顔色は悪いし、疲れているように見える。ひょっとしたらほかに理由があるのかもしれない――たとえばお腹に赤ちゃんがいるとか。ふたりが結婚してどれくらいになるのかは知らないが、由緒ある家にとって跡継ぎを産むのはなにより大切なことだ。

カミラはコーヒーを注ぐと、わたしたちがいる出窓にやってきた。

「霧が晴れるといいんだけれど。島のひとつにピクニックに行きたいと言っている人がいるのよ」

「いい考えだ」パウロが言った。「様子を見よう。景色が見えなければ、行っても仕方がないからね」

「そのとおりね」カミラはわたしに向き直った。「あなたはベッラ島にまだ行ったことがないでしょう？」わたしはうなずいた。「庭園がとてもきれいなのよ。それに海岸の景色ときたら――絶景よ」

ピクニックに行かない理由を見つけなければならないことに気づいた。けれど、具合が悪いといま言ってしまえば、よくなるまで延期しようと彼女が言いだすかもしれない。そこでわたしは期待に満ちた笑顔を作り、再びロールパンを食べ始めた。ひとり、またひとりと客たちがやってきて、島にピクニックに行くかもしれないと、カミラが彼らに告げた。

全員が歓迎の声をあげたわけではなかった。「ハニー、わたしたちは昨日ほとんどずっと船に乗っていたのよ」シンプソン夫人が言った。「また水辺で過ごしたいとは思わないわ」

「あら、でもベッラ島は見ていないんでしょう？」わたしはカミラを援護しようとして言った。「素晴らしいそうですよ」

「わたしはショッピングに行くほうがいいわ」シンプソン夫人はデイヴィッド王子に向き直った。「この近くに、買い物ができるようなところはないの？　靴とか手袋とかよ。わたしはイタリアの革が大好きなの」

「一番近い大きな町はミラノになります」カミラが答えた。

「ウォリス、きみの靴を買うためにミラノまで車を運転するつもりはないよ」デイヴィッド王子が言った。「そもそも、靴なら一〇〇〇足は持っているじゃないか」

「でも、ショッピングはわたしを幸せにしてくれるのよ、デイヴィッド」シンプソン夫人は手を伸ばして、彼の脚を撫でた。

「わたしがきみを幸せにしているんだと思っていたよ」

「もちろんよ、ダーリン。でもショッピングもなの」

伯爵未亡人がばかにしたように鼻を鳴らしたのが聞こえた気がした。

「帰る途中でミラノに寄ろう」デイヴィッド王子が約束した。

「でもあなたのお父さまは急いで帰るように言っていたんじゃなかった？　今度はなにがあ

るのか知らないけれど」シンプソン夫人の口調はいらだっていた。

「わたしには果たすべき義務があるのだよ。父はあまり具合がよくない。わたしには一家の一員としての責任がある」

「湖に船を出すにはあまりいい日だとは思えんね」将軍が霧に目をこらしながら言った。「霧が濃い。危険だ」

「いずれ晴れるはずです」カミラが応じた。「いつもそうなんです。でも行くことが決まるまでは、料理人にピクニックの用意はさせないでおきますね」

「きみたち女性が行けばいいのではないか？」マックスが言った。「きみが言いだしたことだろう？」

「あら、素敵。あなたったら、わたしたちだけを霧のなかに追い払おうというのね」母が辛辣な口調で言った。「それがあなたの騎士道なのね」

全員が笑いだし、張りつめていた空気がほどけた。朝食のあとはそれぞれが時間をつぶしていたが、だれかが部屋を出入りしたり、妙なところで新聞を読んでいたりしたので、とても探し物をすることはできなかった。霧が晴れて、みんなが出かけてくれることを祈るばかりだ。けれど一時になっても外はまだひんやりとして霧に覆われていたので、今日はもうなにもできそうにないとあきらめた。ところが奇跡が起きた。正午になると、最後まで残っていた霧も消え、真っ青な空に太陽が輝き始めたのだ。

「ほら、やっぱり行けるじゃないの」母が立ちあがり、湖を眺めた。「大丈夫だってわかっていたのよ」

「料理人に言ってきますね」カミラが言った。「それからパウロ、あなたはどちらのボートも必要だってマルコに言ってきてちょうだい。全員が一艘には乗れないわ」

「きみがどうしてもと言うのならね」

「どうしてだめなの？　このあたりがどれほど美しいかをお客さまに見せる絶好のチャンスだわ」カミラはむっとして部屋を出ていった。

食べ物が入ったバスケットが波止場に運ばれていった。最初のグループが私道を遠ざかるのを待ってから、わたしはこっそりとカミラに話しかけた。

「わたしが行かなくても、気を悪くしないでくれるかしら。いつもの頭痛が始まってしまったのよ。収まるまで暗い部屋で横になっているしか、できることはないの」

カミラは心配そうな顔になった。「まあ、かわいそうに。わたしも時々片頭痛がするのよ。辛いわよね？　なにか欲しいものはある？」

「いいえ、大丈夫。ありがとう」わたしはできるだけ辛そうな弱々しい声を出した。「わたしのことは心配しないで。あなたはお客さまの面倒を見てあげてね。わたしはひとりで休んでいれば大丈夫だから」

「本当に？　わたしなら残ってあなたといっしょにいてもいいのよ。あの島へはもう何百回となく行っているんですもの」

「いいのよ、お願いだから行ってちょうだい。本当になにもできることはないし、あなたの一日を台無しにしたくない。しばらく休んでいれば、わたしは大丈夫だから。本当よ」

「わかったわ」カミラはうなずいて、ほかの人たちを探しに行った。

彼らがチーク材でできた流線形のボートに手を貸してもらいながらひとりずつ乗り移り、出発していくのをわたしは窓から眺めていた。これで自由に任務がこなせる。まずはルディの部屋だ。二階にあがり、彼の部屋の前に立ったところで、ゲルダが背後から音も立てずに近づいてきた。

「レディ・ジョージアナ」

わたしはうしろめたそうな顔にならないようにしながら、振り返った。

「あら、ゲルダ。わたしはあまり具合がよくないから行かなかったの。いまから横になるわ」

「伯爵夫人から聞きました。スープかなにかお持ちしましょうか？　それとも卵を？」

いま食べておかなければ、ディナーまでなにもないことに気づいた。

「ありがとう。なにか栄養のつくものを食べておいたほうがいいわね」わたしは自分の部屋のドアを開けながら言った。「スープと卵をお願い」

「すぐにお持ちします」ゲルダは足早に廊下を遠ざかっていった。わたしは部屋に入り、カーテンを閉めてから『椿姫』になったつもりでベッドに横たわった。ゲルダは澄んだスープの入った小さなボウルとゆで卵、薄く切ったパンを持って戻ってきた。ゲルダが出ていくやいなや、わたしはむさぼるようにして食べた。健康な若い女性の空腹を満たすには足りなかったけれど、これで我慢するほかはない。

しばらくして皿をさげに来たゲルダは、わたしが全部食べているのを見て、満足そうにうなずいた。「きっとじきによくなりますよ」

「そうだといいんだけれど。家のなかが静かなうちに横になるわ。だれにも邪魔されないでしょうから」さりげないほのめかしを彼女が理解してくれることを願った。

ゲルダがいなくなるのを待って、わたしは忍び足でルディの部屋の前に立った。ドアノブは回らなかった。彼は鍵をかけていったらしい。わたしの部屋の鍵が使えるかもしれないと思いつき、持ってきて試してみたけれどだめだった。よく本に出てくるように、どうしてわたしもヘアピンで鍵を開ける技術を身につけておかなかったんだろう？　どちらにしろこの鍵はとても古くて頑丈だったから、ヘアピン程度ではどうにもならなかっただろうけれど。わたしはがっかりしてルディの部屋を離れた。彼が自分の部屋に証拠写真を隠している可能性は大いにあると考えていたのだ。

それでも探し続けるほかはなかった。しばらく待ってゲルダが戻ってこないことを確かめたあと、使用人たちを警戒しながら音を立てないようにして階段をおりた。運がよければ、主人の留守をいいことに使用人たちは自分の部屋で昼寝をしているかもしれない。わたしはこっそり図書室に入り、地図が入った引き出しを開けてみたり、回廊にあがってみたりしたけれど、一時間あまり探してもなにも見つけることはできなかった。

このあとはどうすればいい？　地所にある小さな大理石の建物のことを思いだしたのはそ

のときだった。ルディはよくそこに行っていると母が言っていた。ヴィラから都合よく離れたところにある。わたしはフレンチドアからテラスに出て、上の階のバルコニーを眺めた。ダーシーがのぼったという藤の木を確かめてみると、ルディのバルコニーに伸びているツルはなかった。わたしは胸を撫でおろした。彼が藤を伝ってわたしの部屋に忍びこんでくる心配はしなくてすむということだ。けれどそれは同時に、わたしが彼の部屋に入るすべがないということでもあった。たとえよろい戸が閉まっていなかったとしても。万一だれかに見られていたときのために、わたしは花を眺めながらあてもなく散歩しているふりをして、小さな八角形の建物に少しずつ近づいていった。

幸いにもその建物は、プールの片側にあるきれいに刈りこんだ背の高い四角い生垣の向こうにあった。入り口はプールに面していて、ヴィラからは見えないはずだ。そのうえ、鍵がかかっていなかった。ノブはすんなり回ったので、なかに入った。豪華なヴィラとは対照的に、ここはこれ以上ないほど簡素だった。細長いアーチ形の窓から光が入る八角形の部屋で、壁も床も白い大理石でできている。ぞっとするほど寒々しくて、少しじっとりしていた。部屋の中央には鮮やかな色の織布がかかった大きな丸テーブル、ところどころに背もたれのまっすぐな椅子がいくつか、そしてひとつの壁の前に浅い棚が置かれていた。棚には中身がいっぱいに入ったデキャンタとグラス、テーブルには灰皿とマッチ箱とトランプがのっている。だれかが時々ここに来ているということだ。なんのための場所なのか、わたしにはわからなかった。ベッドもソファもないから、あいびきには役に立たない。煙草のにおいがしていたから、男性の客たちが邪魔されずに煙草を吸いたいときに使う場所なのかもしれないと思った。

テーブルクロスの下を見た。小さな棚の引き出しもすべて開けてみたけれど、予備の灰皿とトランプが入っていただけだった。椅子のクッションまで持ちあげてみたものの、写真はなかった。隠す場所がほとんどないこんなところに、ルディは写真を隠したりしないだろうから、これ以上は時間の無駄だと考えたとき、話し声が聞こえてきた。男の声だ。低い笑い声。窓の外を見ると、男性のグループが生垣の向こうからやってくるのが見えた。最初は庭師だろうと思った。それならここにいても大丈夫だ。けれど彼らの姿がはっきり見えてくると、わたしはすくみあがった。先頭を歩いているのはパウロのおじとふたりのドイツ人将校、そのうしろにルディとマックスとデイヴィッド王子がいる。彼らはまっすぐこの建物に向かっていた。

15

四月二二日　月曜日
ヴィラ・フィオーリの小さな大理石の建物のなか

助けて！　ダーシーのスパイを引き受けたときには、こんなことに巻きこまれるなんて想像もしていなかった！

ピクニックからどうしてこんなに早く戻ってきたのかと、考えている時間はなかった。それどころか、まともにものを考える時間すらなかった。もしわたしがもっとドアの近くにいたなら、外に出て彼らを出迎え、軽い口調で適当なことを言ってごまかしていたかもしれない。

「あら、お帰りなさい。戻ってきたのね。楽しかった？　ゆっくりするにはいいかもしれないと思って来てみたんだけれど、ここはずいぶんとわびしいところなのね」

けれど彼らがドアにたどり着くほうが早いだろうし、こんなにどぎまぎしているところを見られたくもない。あのなかにはマックスとデイヴィッド王子もいるのだ。そのうえ、頭痛がしているはずのわたしが、葉巻のにおいがするじっとりして寒い大理石の部屋にいた理由もカミラに説明しなくてはならなくなる。わたしは罠にとらわれた動物のように、部屋のなかを見回した。細いアーチ形の窓にカーテンはかかっていない。衣装ダンスもない。隠れるところはない。最後の最後になって、テーブルクロスが床に届くほど長いことに気づいた。わたしはドアが開くのとほぼ同時に、その下に潜りこんだ。

「ふむ、グート」スピッツ＝ブリッツェン将軍が最初に入ってきた。「ここはいいアイディアだ。使用人たちに聞かれる心配がない、ニヒト？」

「ボートを買うつもりでいるから、どれくらいスピードが出るものかを知りたいと言ったのも素晴らしいアイディアだったね、マックス？」デイヴィッド王子が言った。「女性たちが髪型を台無しにされるのをいやがることは、よくわかっていたわけだ」

「島に行けば、何時間も庭園を散策するでしょうしね」ルディが付け足した。

「英語はやめていただきたい」将軍が言った。「副官のクリンカーは英語がわからんのだ」

「だが、わたしはドイツ語があまりできない」デイヴィッド王子が言った。

「イタリア語はどうですか？」パウロのおじが訊いた。

彼らが話せないのは明らかだった。

「心配いりません。ぼくが通訳しますよ」ルディが言った。「彼以外はみんな英語で大丈夫なようですから」

「よろしい。それで手間が省ける。さて、ここで葉巻を吸っていることになっているようだから、火をつけたほうがよさそうですね。これはいったいどういうことなのか、よくわかるように説明してもらいましょうか」デイヴィッド王子が言った。

「みなさん、座ってください」ルディが言った。

恐ろしいことに、彼らは椅子を持ってきてテーブルのまわりに座った。テーブルはそれほど大きいものではなく、中心に脚が一本だけあるタイプだったので、わたしはその脚にぴったりと体を寄せた。男たちの脚と足がぐるりとわたしを取り囲む。将軍とクリンカーのぴかぴかに磨きあげられた黒いブーツ、ルディのイタリア製のスエードの靴、デイヴィッド王子のチャーチの靴、マックスは歩きやすそうなウォーキングシューズだったが、パウロのおじはあまり実用的とは言えない、明らかにイタリア製とわかる先のとがった靴だった。将軍は即座に両脚を伸ばし、靴の先端がわたしの太腿に触れた。

「失礼《フェアツァイウング》」将軍が謝った。

全員が同時に脚を伸ばさないことを祈るほかはなかった。こんなところで見つかったら、どれほどばつの悪い思いをすることか。テーブルの下に隠れているのがわかったら、頭がおかしくなったのかと思われるに違いない！

「煙草ですか、それとも葉巻を？」ルディが尋ねた。箱を開ける音がして、マッチがすられたのがわかった。

「いや、わたしはライターを持っている」デイヴィッド王子が言った。「しまった、落とした」

金色のライターが床に落ち、テーブルの下に転がってきた。だれかが拾おうとして体をかがめれば、見つかってしまう。わたしはライターをつかむと、急いでテーブルクロスの縁へと押しやった。

「ぼくが拾いますよ、サー」ルディの声がして、彼のすらりとした手が伸びてきた。わたしの足首のすぐ近くだ。わたしはテーブルの脚にいっそう強く体を押しつけた。手はわたしの脚に触れることなくライターをつかんだ。

「ありましたよ、サー」

「ありがとう」デイヴィッド王子がお礼を言った。「わたしが火をつけましょう、将軍」

葉巻に火をつけているのか全員が黙りこみ、やがて草っぽいにおいがわたしのところまで漂ってきた。

「パウロ伯爵はいないんですね」マックスが言った。「わたしたちがここにいる理由を彼は知らないんですか？」

「ああ、知らない」パウロのおじが答えた。「彼は女性たちの面倒を見るために島に残っている。友人を招待してくれるように、わしが彼に頼んだのだ。妙に思っているかもしれないが、彼は信用できる」

「そうだといいのだが」将軍が言った。「これは危険を冒すには、あまりに重大すぎる事案だ」

「それで、口実を作ってわたしを呼んだのはどなたです？」デイヴィッド王子が訊いた。「このちょっとしたパーティーに友人がだれも招待されていないことを知って、ウォリスが機嫌を損ねていましてね」

「だますことになって申し訳ありません、殿下」将軍が言った。「ですがこれはどうしても必要なことだったのです。コジモ伯爵が説明します」

コジモ伯爵が咳払いをした。「ストレーザで重要な会議が行われたばかりだということはご存じですね？」彼はためらいつつ切りだした。「イギリス、フランス、イタリア。各国の代表団が、ナチスの脅威にどう対抗するかを話し合ったのです」

「その会議に出て話し合いに参加するように父に言われましたよ」デイヴィッド王子が応じた。「断ったら、ひどく怒っていた。だがはっきり言って、わたしになにかできるとは思えない」

「ごもっともです。その会議が完全に間違っていることを殿下はおわかりだ。そもそも、間違った国同士の会議だったのです」将軍の声だった。「どうしてイギリスとイタリアは、かつての敵であるフランスと手を組もうとするのです？　イギリスとドイツのあいだには歴史的なつながりがある。あなたの家族はドイツ人ではないですか、殿下？　二〇〇年ものあいだ、イギリス国王はドイツ人だったのではないですか？」

「確かにそのとおりだ」デイヴィッド王子が言った。「だが世界大戦のことでは、まだかなりの悪感情が残っている。若い男性を大勢失いましたからね」

「それは我々も同じです」マックスが言った。「あれはばかげた戦争だった。どちらの側も望んでいなかったし、そもそも始めるべきではなかった。大公の暗殺をめぐって、何百万という命が失われたんです」

「あれは口実ですよ」デイヴィッド王子が指摘した。「残念ながら、裏には父のいとこの皇帝がいた。彼が野心を抱いていたんです」

「そのとおりです、殿下」将軍が言った。「皇帝の野心とプライドのせいで、偉大なる国家がひざまずくことになったのです」

「わしの国はフランスと同盟など結びたがってはおりません。敬愛する我らが指導者ムッソリーニ総統は、ヘル・ヒトラーを心から尊敬しているのです」パウロのおじが言った。「彼がいまドイツでしていることを称賛しています」

ルディの声が聞こえるのは、クリンカーに通訳しているのだろう。

「殿下も我々の指導者ヘル・ヒトラーを尊敬していると聞いています」将軍が言った。

「わたしがこれまで見たかぎりでは、彼は自分がなにをしているのかわかっているようですね」デイヴィッド王子が言った。「ドイツをもう一度世界に知らしめようとしているのは確かだ。彼は素晴らしいとウォリスは考えていますよ」

「彼女の言うとおりです」将軍が言った。「彼は素晴らしい男だ。彼がなにか言えば、何百万という国民がついてくる。彼はドイツを再び偉大な国にするでしょう」

「わたしをここに連れてきたのはそのためですか？」デイヴィッド王子が用心深く尋ねた。「ヒトラーの存在はドイツにとっていいことだと、わたしに認めさせるため？」

「それだけではありません、殿下」パウロのおじが言った。「もっと重要なことです。わしらの国とドイツと殿下の国が同盟を結ぶべきだと、ムッソリーニは考えています。わしらはいまここで、本当に意味のある会議をしているのです」

なんてこと、わたしは息を呑んだ。たったいままで、テーブルの下に隠れているのを見つかったら気まずい思いをするとしか考えていなかった。けれどこれはかなり危険な状況かもしれない。いまここで起きていることが、世界の未来を左右するかもしれないのだ。わたしがだれかに話す危険を見過ごすわけにはいかないだろう。デイヴィッド王子がいれば大丈夫、わたしは自分に言い聞かせた。けれどほかの人たちは――彼がいないときにわたしの口をふさごうとするかもしれない。階段から突き落としたり、飲み物に毒を入れたりして。

デイヴィッド王子が咳払いをした。「イタリアとドイツと秘密の同盟を結ぶために、わたしをここに連れてきたんですか？」どこか不安そうな口調だ。

「そういうことです」将軍が答えた。

デイヴィッド王子は気まずそうに小さく笑った。「あなた方はわたしの力を過大評価しているようだ。あなたはムッソリーニに話を聞いてもらえますね、伯爵。そして将軍、あなたはヒトラーに軍事的なアドバイスをしている。わたしにはなんの力もないんですよ。あちこちをまわり、病院や工場を訪問し、いい仕事をしていますねとそこにいる人たちに声をかける。特別な日に親といっしょに馬車に乗ってロンドンをめぐれば、人々が歓声をあげる。操り人形みたいなものだ」

「ですが、殿下の父上は体調を崩されていると聞いています」コジモが言った。「もう長くないかもしれない。そうすれば殿下が国王になります」

「それはそうだが、国王になっても議会には従わなくてはならない」

「だが首相と定期的に会うことになりますよね？　アドバイスをされるんでしょう？」将軍が言った。「殿下は賢明な人だとお見受けします。我々三つの国の未来にとって最善の策は手を結ぶことです。共通の敵は共産主義なのです。イタリアでは共産党はまだ力を持っている。そうですよね、コジモ伯爵？」

「そのとおり」パウロのおじが応じた。

「ドイツでもそうだ。イギリスでは共産党は脅威ではないのですか？」

「労働者階級をあおっている扇動家は、多少はいるようだ」デイヴィッド王子が答えた。

「ロシアは賢い。過小評価してはいけません」将軍が言った。「政府を倒し、共産主義にしてしまおうとして、ロシアの諜報員が我々の国それぞれで画策しているのです。だからこそ我々は共に立ちあがらねばならない。我々の手でヨーロッパを支配するのです。ロシアを食い止めるのです。我々は争ってはならない。これ以上の血が流されるのを止めるのです」

デイヴィッド王子はまた咳払いをした。「確かに利点はあるようですが、議会はわたしの意見に耳を傾けないでしょうね」

「だがイギリス国民は殿下を敬愛しているはずです」将軍が言葉を継いだ。「殿下が国民を味方につければ、国民は自分たちの望みを議会に訴えるでしょう」

長い沈黙のあとで、デイヴィッド王子が口を開いた。

「マックス、きみはずいぶん静かだね。きみの意見は?」

「わたしは工場を持っています」マックスが答えた。「自動車と機械を作って稼いでいる。国を動かすのはわたしの仕事ではありません。ですが、共産主義はわたしたち全員にとっていいものではない。ロシアの人々は貧しい。車も持っていなければ、高級品もない。そういうのはごめんです。共に戦わなくてはいけません」

「イギリスには、それほど深刻な共産主義の脅威はない」デイヴィッド王子がきっぱりと言った。

「ロシア皇帝は自分の身に危険が迫っているとは思っていなかった。その彼がどうなりましたか?」将軍が言った。

再び長い沈黙。「ヒトラーとムッソリーニがわたしと会うためにあなた方をよこしたんですか?」デイヴィッド王子が訊いた。

「いいえ、彼らはわしらが会っていることを知りません」とパウロのおじ。「ですが今日わしらがしたことを聞いたら、きっと喜ぶでしょう。そう、大喜びするに違いありませんよ」

「それで、具体的にわたしになにをしろと?」デイヴィッド王子が訊いた。

「ヒトラーとムッソリーニと親しくするのがイギリスにとっていいことだと、お父上を説得していただきたいのです」将軍が言った。「イギリスには強い仲間が必要だと言ってください。いっしょになって共産主義を食い止めるんです。お父上にそう言ってくださいますね?」

「話してみよう」デイヴィッド王子が言った。「父が耳を傾けるかどうかは別の話だが」

葉巻の煙がどんどん濃くなって、煙が目にしみたし、鼻をくすぐった。けれどテーブルの脚にしがみついている手を動かすわけにはいかない。くしゃみをしちゃだめ、わたしは自分に言い聞かせた。なにがあろうと、くしゃみだけはだめ。

当然のように、そう考えたとたんに鼻のむずむずがひどくなった。テーブルの脚から片手を離し、鼻を押さえた。

これ以上息を止めていられない、盛大なくしゃみが出そうだと思ったとき、マックスが言った。

「あまり長いあいだここにいるわけにはいきません。女性たちが戻ってくるかもしれない」

「静かなところで葉巻を楽しみながら、おしゃべりをしていたと言えばいい」デイヴィッド王子が言った。「それで、今後はどうするんです?」

「なにもしません。この会合はなかったふりをするのです。ですがそのときが来たら、殿下が期待に応えてくださったことがわかるでしょう」

「そのときとは?」

「ヨーロッパを守るため、外からの脅威を食い止めるための同盟が結ばれるときです」

「なるほど。そのときが来ると思っているのですね?」

「はい。そう思っています」ドイツなまりの返事だった。それが将軍なのかマックスなのか、判然としなかった。

椅子が大理石の床にこすれる音がした。男たちが立ちあがり、テーブルが揺れた。

「いっしょに出ていかないほうがいいでしょう」コジモが言った。「きみたちは散歩をするといい。わしはヴィラに戻る。いっしょに行きますか、将軍?」

「そうしよう」

「行こう、クリンカー」ルディが言った。「ぶらぶらしよう」

彼らはマックスとデイヴィッド王子を残して出ていった。わたしは慎重に、テーブルクロスを少しだけめくった。ドアのほうへと歩いていきながら、デイヴィッド王子が声を潜めて言った。「ルドルフ伯爵はなんのためにいたんだ? クリンカーの通訳をしていただけで、なにも言わなかったじゃないか」

マックスはくすくす笑った。「ドイツがどういうことになっているか、ご存じないようですね。ヒトラーはだれも信用していない。ルドルフは将軍の言動を見張って、報告するためにここにいると思って間違いないですよ」

「彼はヒトラーのスパイなのか?」

「おそらく」マックスが答えた。「そうでなければ、リヴィエラやパリでいつものように楽しく過ごせるのに、どうしてこんなところにいるんです?」

ふたりは砂利の小道を遠ざかっていき、やがてその声も聞こえなくなった。

16

四月二二日　月曜日
ヴィラ・フィオーリ

刻一刻と事態はますます複雑になっていく!

忘れ物をしたと言ってだれかが戻ってくるかもしれなかったから、わたしは充分すぎるほど待った。それからヨガのような姿勢で隠れていたテーブルの下からはい出し、手足を伸ばした。部屋にはまだ葉巻の煙が充満していた。けれどたとえ空気がどれほど澄んでいたとしても、息をするのは難しかっただろう。耳にした話にわたしはすっかりすくみあがっていた。デイヴィッド王子が乗り気だという事実にいっそう動揺した。ヒトラーのドイツと同盟を組むなんて、いいことのはずがない。そうでしょう？　ナチスの突撃隊員は、ごろつきや殺し屋のような振る舞いをすると聞いている。それにムッソリーニ？　彼は独裁者だ。わたしが知っている独裁者はみんな、非業の死を遂げている。

ダーシーに話さなければと思った。危険ではあるけれど、庭をぶらぶらしていれば彼を見つけられるかもしれない。けれどわたしはここの敷地がどれほど広大であるかを理解していなかった。木立や背の高い生垣で仕切られた区域が数えきれないほどあった。家庭菜園で作業をしている庭師をふたり見かけたけれど、どちらもがっしりしたイタリア人だった。ひょっとしたらダーシーの居場所を知っているかもしれないと思い、彼らに近づいてイギリス人庭師はどこにいるのかと身振りたっぷりで尋ねてみた。

初めのうちふたりは、頭のおかしな女性を見るような目でわたしを見ていたが、やがてうなずいた。「ああ、リングレーゼ」そうつぶやくと、彼がどこにいようとどうでもいいと言うように肩をすくめた。ひとりが軽蔑したように唇をゆがめてなにかをつぶやき、もうひとりがうなずいた。ふたりに背を向けて歩きだしながら、わたしは彼らがなにを言っているのかがわかった気がした。おそらくダーシーは働きすぎるのだろう。彼のほうが優秀だから気に食わないのだ。思わず頬が緩んだ。今日初めて浮かべた笑みだった。

わたしは幾何学的な庭園を離れ、斜面をのぼって背の高い木々やシャクナゲの茂みがある緑地庭園に向かった。不意に木立のあいだを冷たい風が吹き抜け、枝を揺らした。わたしはあたりを見回し、警戒心を募らせた。尾行されていたんだろうか？　走りたくなる気持ちをぐっとこらえながら、地所のなかでもより人の手が入っているほうへと戻った。芝生に出たところで、ほっとため息をついた。ばかみたいと心のなかでつぶやく。テーブルの下で盗み聞きしていたことはだれも知らないのに。危険なことなんてなにもない。

ひょっとしたらダーシーはいま休憩中で、コテージにいるのかもしれない。地所の反対側に向かって進んでいくと、やがて赤いタイルの屋根の石造りのコテージ群にたどり着いた。どれも、馬小屋より小さい。ヴィラはあれほど豪勢なのに、使用人たちはわびしい暮らしをさせられているようだ。かわいそうなダーシー。そう思ったところで、彼は気にしていないかもしれないと考え直した。彼は冒険を楽しめる人だ。わたしはその場に立ちつくし、ダーシーのコテージはどれだろうと思いながらずらりと並んだドアを見つめていた。緑色に塗られたドアはどれも閉まっている。ほとんどのよろい戸も。ドアをノックするわけにはいかない。庭師と親しげに話をしていたなどということがヴィラにいる人たちの耳に入ったら、妙な誤解を受けかねない。

「まったく」どうして人生はいつもこんなに複雑なんだろう？　今夜バルコニーに合図のタオルをかけて、ダーシーが来るのを待つほかはなさそうだ。

ヴィラに戻ろうとして歩いている途中で砂利を熊手で掃く音が聞こえ、刈りこんだ生垣を曲がると、そこに作業中のダーシーがいた。

「ダーシー」わたしは彼に近づきながら小声で呼びかけた。「話したいことがあるの。たったいま驚くことを聞いたのよ。信じられないと思うけれど……」

彼は今日も顔全体が影で覆われるほどの大きな帽子をかぶり、ゆったりした青いスモックを着ていた。顔をあげて「スクージ・シニョリーナ」とだけ言うと、再び熊手を使い始めた。

「ここにはだれもいないわ」わたしは小さな声で言った。「話がしたいのよ。ついさっきある会合があったの。信じられないと思うけれど……」

「おや、ここにいたのか、レディ・ジョージアナ」生垣の向こうからルディが現われたので、わたしは危うく飛びあがるところだった。「きみのメイドが心配していたよ。具合が悪いのに外出するとは思わなかったようだ。きみを探しに来たんだよ」

「新鮮な空気が吸いたかったの」わたしは応じた。「部屋のなかはむっとしていたし、地元にいたころは頭痛がしたときは荒地を散歩することにしていたから」

「散歩はちょっとまずいね」彼が言った。

ルディはなにかをほのめかしているのだろうかと思いながら、わたしは驚いて彼の顔を見た。「いまにも雨が降りそうだ。びしょ濡れになってしまうよ」

空を見あげると、湖の上に黒い雲がかかっていた。風も強くなっている。

「ぼくがヴィラまでエスコートしよう、レディ・ジョージアナ」ルディが腕を差し出した。

断れるはずもない。

「ありがとう、ルドルフ伯爵」わたしはダーシーを見ないようにしながら、彼に連れられて歩きだした。

わたしがダーシーに話しかけたのを聞かれただろうか？　疑わしく思った？　でもなにを疑うというの？　わたしは庭師のひとりに話しかけただけ。外働きの使用人に心を引かれたレディはこれまでだっていたでしょう？　わたしは禁書になった『チャタレイ夫人の恋人』

を読んでいた。学生の頃、ベリンダが一冊手に入れて、わたしたちはそれにカバーをかけて読んだのだ。寮監だったカミラが夜遅く不意打ちの検査にやってきて、危うく見つかるところだったことを思い出した。幸いベリンダは機転がきいたので、わたしのベッドにノミがいるような気がすると彼女に告げた。もちろんカミラはノミを探したりしたくはなかったから、あわてて帰っていった。そのときのことを思い出して、思わず笑みが浮かんだ。ああ、ベリンダ、いまあなたといっしょにいられたなら。

前日の午後にほかの客に初めて会ったあずまやのなかにいることに気づくまで、ルディがわたしをどこに連れていこうとしているのか、少しも気に留めていなかったから、彼がいきなりわたしを抱きすくめて、唇を重ねてきたときには完全に不意をつかれた格好だった。振りほどこうとしたけれど、彼はものすごく力が強く、その腕はまるで大蛇のようにわたしにからみついていた。ダーシーがまだ近くにいて助けに来てくれるだろうかと思ったけれど、ルディがわたしを大理石の柱の一本に押しつけて体をぴったりと寄せてきたときも、だれも現われてはくれなかった。

ようやく唇を離すことができた。「いますぐ離してちょうだい」

ルディは笑った。「きみは小さな虎のように抗うね。征服するのがますます楽しいよ。ぼくは必ずきみをものにするからね。今週が終わるまでには、きみはぼくのベッドでぼくの腕のなかにいるだろう」

「絶対にありえないから。いまの話をこの家の女主人に言えば、あなたはここから放り出されるわよ」

彼はまだ笑っていた。「そうは思わないな。ここの女主人とぼくは古い友人なんだ。だが、抵抗を続けてほしいね、ダーリン。追いかけるのは本当に楽しいよ」

悲鳴をあげたくてたまらなかった。ダーシーが聞きつけて、助けに来てくれるだろう。けれどそうすれば彼の正体が明らかになってしまい、彼自身が危険にさらされるかもしれない。このあとどうなるのだろうと思ったそのとき、近くで声がした。心配そうな女性の声だ。ルディがわたしから離れ、あずまやを出たところで、カミラ、母、シンプソン夫人が帽子を押さえながら小道を小走りに駆けてきた。一番うしろにパウロもいる。

「まあ、こんなところにいたのね、悪い子だこと」母が、劇場の最上階まで届くあの声で言った。「あなたが戻ってくるのを島で待っていたのよ!」

「わたしたちを置き去りにするなんて、たいした騎士道だこと」シンプソン夫人はひどく不機嫌そうだ。「気がつけば嵐が近づいていて、それなのにあなたたちのボートは影も形も見えなかったんだから」

「心配したのよ」カミラが言った。「波が高くなっていたし、あなたたちのボートになにかあったんじゃないかと思ったの。ボートがどれくらい速いかをマックスが試そうとして転覆したんじゃないかって。でもそうじゃなかった。波止場に戻ってみたら、あなたたちのボートがすでに係留されていたから、わたしたちより先に帰ってきたんだってわかったの」

「わたしたちが嵐のなかでおぼれようが凍え死にしようが、まったく気にかけることもなしにね」シンプソン夫人が付け加えた。

「本当に申し訳なかった」ルディが言った。「だがぼくを責めないでほしいね。仕切っていたのはぼくじゃない。きみのご主人のおじさんが空を見て、嵐になる前に戻ったほうがいいと言ったんだ。きみたちのボートの操舵手もきっと天気の変化に気づいて、帰るように助言するはずだってね。きみたちのボートがないことに気づいたときは、驚いたよ。だがいまはそれもどうでもいい。早く避難しないと……」

ルディが最後まで言い終えるより早く、雷がゴロゴロと鳴り始め、大粒の雨が落ちてきた。わたしたちはヴィラに向かって走ったが――シンプソン夫人とお母さまが先頭だった――大理石のロビーにたどり着くころにはすっかりびしょ濡れになっていた。わたしたちが濡れたのは自分のせいであるかのように、使用人たちが口々に謝りながら心配そうに近づいてきた。カミラが指示を与えると、彼らはあわてて散っていった。

「熱いお風呂が必要ですね」カミラが言った。「あいにくバスルームは三つしかないんです。ですからお客さまに先に使っていただきます。どなたかはわたしのバスルームを使ってください。わたしのメイドがお世話をしますから」

「いいえ、けっこうです、伯爵夫人」わたしはこの場にふさわしいかしこまった口調で言った。「わたしは庭にほんのしばらくいただけですから。みなさんみたいに凍えてはいません。タオルで拭くだけで大丈夫です」

「あなたは本当に親切なのね、ジョージアナ。お言葉に甘えさせていただくわ」カミラが言った。「実は骨の髄《ずい》まで凍えているのよ。スープを温めるように料理人には指示したし、ブランデーを持ってくるように執事には言ってあるから」

わたしは廊下でルディと会わないうちに、急いで自分の部屋に戻った。フレンチドアから外を見ると、雨が滝のように降っていて、庭にはだれもいない。稲光が走り、思わず一歩あとずさった。その直後、激しい雷鳴がとどろいて、雹《ひょう》がバルコニーに落ちてきた。このままなら、今夜ダーシーにここに来てもらうのは無理だ。いつ、どうすれば彼に連絡が取れるだろう?

17

まだ四月二二日　月曜日
ヴィラ・フィオーリ

陰謀にスパイに誘惑。だれもわたしの人生を退屈だとは言えないはず！　ルディがどうにかしてわたしの部屋に忍びこんできたらどうしようと不安だった。こんな嵐のなかではだれにも悲鳴は聞こえないだろう。

わたしはゲルダが現われる前に体を拭き、セーターとスカートに着替えてスープを飲んだ。姿が見えないということは、カミラの世話をしているに違いない。ほっとした。朝にふさわしい服を午後になってから着ることにいい顔をされないだろうと思ったが、いまはとにかく暖かい格好をしたかった。階段をおりながら廊下の鏡に目をやると、ルディがひとりで手紙を書いているのが見えた。また脅迫の手紙を書いているのかしら？　うまく角度をつければ、鏡ごしに彼がなにを書いているのか見えるかもしれないと思った。そういうわけで、わたしはなにげなさそうに応接室のなかを歩きまわり、彼の手元の紙が鏡に映って見える場所を見つけた。けれど彼が書いていたのはドイツ語というだけでなく、ドイツ文字でもあったので、まったく読むことができなかった。

ともあれ、母宛の脅迫の手紙でないことはわかった。母にドイツ文字が読めるはずがないのだから。マックスが言っていたとおり、今日の会合についてヘル・ヒトラーに報告書を書いているのだろう。カメラを持っていれば写真を撮れたのに。そうすれば手紙が読めるくらいに引き伸ばすこともできたのに。わたしはちゃんとしたスパイにはなれそうもない。なりたいわけじゃないけれど。テーブルの下で過ごしたときのことを思いだすと、いまでもぞっとする。見つからずにすんだのは、信じられないくらい運がよかったのだ。けれどルディが手紙を書いているのを見て、思いついたことがあった。ダーシーに手紙を書いて、庭師のだれかにことづければいい。

便せんはどこだろうと考え、もちろんパウロの書斎にあると気づいた。入ろうとしたところで、なかから声が聞こえてきた。男の声。抑揚のあるイタリア語だ。パウロとおじさんに違いない。なにを話しているのか、わたしにはさっぱりわからなかった。八角形の建物で話し合ったことをおじが甥に聞かせているのだろうか？　そうは思えない。けれど、どちらかが明らかに動揺している。わたしは単語のひとつでも聞き取ろうとしたけれど、ふたりはあまりに早口で話していたので、あきらめてその場を離れた。

だれの姿も見えず、話し声も聞こえなかったので、どこに行けばいいのかわからなかった。長広間に入ってみると、うれしいことにコーヒーとケーキが用意されていた。黒い大理石の暖炉には火が入れられ、部屋は気持ちよく暖められている。テーブルに近づき、コーヒーとケーキを取って暖炉のそばのソファに座ろうとしたところで、声をかけられた。

「それで？　よくなったのですか？」膝かけをして手にコーヒーカップを持ったパウロの母親が隅に座っていた。彼女は、鳥のような目でわたしを見ながら言った。「頭痛がするといって寝ていたはずですよね。それなのにこうしてここにいる。外を歩けるくらい元気だったのですね。義理の娘はあなたのことを心配していたんですよ」

「よくなりました、ありがとうございます。近づいてくる嵐のせいで頭痛がしていたんだと思います。わたしは天候の変化の影響を受けやすいんです」

「それはわたくしのような年寄りだけのことかと思っていましたよ。雨のひと粒でも骨までしみますからね。ですがあなたは驚くほど元気になったようでよかったです」

彼女がわたしに向けたまなざしには不審の色があって、わたしがほかの人たちといっしょに島に行かなかったのは、なにか隠れた目的があったのではないかと疑われている気がした。彼女も家に残っていたことに気づいてぞっとしたのはそのときだ。わたしが家のなかを必死に探し回っているのを、隅の椅子に座って見ていたのかもしれない。なにか高価なものを持ち去ろうとしていると思ったのだろうか。言うべき言葉が見つからなかったので、彼女ににこやかに微笑みかけてからコーヒーを飲んだ。

幸いなことに、そのとき階段をおりてくる声がして、シンプソン夫人と腕を組んだデイヴィッド王子が現われた。恋人同士でないふりをするのはもうやめたらしい。

「まあ、コーヒーね。ありがたいこと」シンプソン夫人が言った。「ちょうど欲しかったのよ。注いでちょうだい、デイヴィッド」

イギリスの人間がいまの言葉を聞いたら、ショックのあまり卒倒しただろう。王位継承者に命令しただけでなく、サーともつけず、家族だけに許された名前で彼を呼んだのだ。けれどデイヴィッド王子は少しも気にしていないようだった。「わかった」聞き分けのいい少年のようにテーブルに近づいていく。

シンプソン夫人はソファに座っているわたしの隣に腰をおろした。

「具合はどうなの、ジョージアナ？」

「よくなりました、ありがとうございます。頭痛は収まりました」

彼女はうなずいた。「行かなくてよかったわよ。島には古いヴィラがいくつかと塀があるだけだったわ。はっきり言って、だれもがイタリアを買いかぶっているとわたしは思うわね。わたしは断然フランスのほうがいいわ。食事はずっとおいしいし、町もきれいよ。モンテカルロでヨットに乗ろうと友人たちから招待されていたのに、こんなところに来たのがいまだに信じられないわ。ここの人たちって、信じられないくらい退屈なんですもの」デイヴィッド王子がコーヒーカップを差し出すと、彼女は顔をあげた。「あなたは楽しんでいるなんて、言わないでちょうだいね、デイヴィッド。なにか言い訳を作って、帰ることはできないの？

緊急の仕事ができて、家に帰らなくてはならなくなったとか。お父さまの具合が急に悪くなったとか。なにか考えてちょうだい。わたしは荷造りするようにメイドに言ってくるから」

「落ち着いて、ウォリス」デイヴィッド王子が言った。「たった一日いただけで、ハウスパーティーから帰るなんていうことはできないよ。それは無理だ」

「ハニー、あなたは王家の人間なのよ。事実上の国王よ。たとえ一日でも、あなたを招くことができて、あの人たちはとんでもなく幸運なの。これから何年も、ディナーの席でこのことを話題にするでしょうね。〝デイヴィッド王子は、わたしたちの家に滞在なさったことがあるんですよ〟〝デイヴィッド王子が？　なんてうらやましい〟って」

デイヴィッドは彼女のすぐ脇のソファの肘掛けに腰かけた。「明日きみがミラノにショッピングに行けるように、車を手配しよう。それで満足かい？」

「モンテカルロとベンダーのヨットまで連れていってくれる車があれば満足よ」彼女は言った。「でもミラノでショッピングをすれば、いらだちも少しは収まると思うわ」シンプソン夫人は、ガトーを頬張ったばかりのわたしを振り返った。「あなたもさぞ退屈でしょうね、ジョージー。若い人はいない。ダンスも音楽もない。頭痛のふりをしたのも無理ないわね」

口のなかにはまだチョコレートクリームが残っていて、飲みこもうとしているところだったので、わたしは微笑み返しただけだった。

「あなたをデイヴィッドと会わせるためにこんなところまでよこすなんて、メアリ王妃はいったいなにを考えていたのかしら」シンプソン夫人はデイヴィッド王子の膝に手を乗せた。

「あなたの結婚相手にふさわしい人がいると思ったとか？　あら、ドイツ人の伯爵がいるわね。彼はなかなかいい男だと思うわ。でも家に資産はなさそうね。それどころか、わたしが聞いたところでは……」

まず母が、続いてカミラと言葉を交わしながらマックスが入ってきたので、彼女がなにを聞いたのかはわからずじまいだった。

「あら、よかった、もうコーヒーとケーキをいただいているのね」カミラが言った。「わたしたちは島でのピクニックを途中で切りあげたし、かわいそうなジョージアナはお昼にスープを飲んだだけだから、なにか食べるものがいると思ったのよ。間に合うように帰ってこられて、運がよかったと思わない？　いま屋根のないボートに乗っていたら、どうなっていたか想像できる？」

その言葉を再確認するかのように、すさまじい雷が轟《とどろ》いた。母は小さな悲鳴をあげ、伯爵未亡人は十字を切った。

「心配ないよ」母に腕を回してマックスが言った。「山の嵐は激しいものだが、長く続くことはめったにない。それにここにいれば安全だ」

「わたしは雷が大嫌いなの。昔からよ。子供のころはベッドの下に隠れたわ」

「きみは繊細だからね、愛しい人《マイン・シャッツ》」マックスはさも愛しそうに母の肩に手を触れた。

繊細ね、わたしは笑いたくなるのをこらえた。母は古いブーツみたいに頑健だ。わたしは母を眺め、マックスと結婚して一生ドイツで過ごすところを想像してみた。それが本当に母の望み？　わたしなら、どれほどお金と特権があろうと、ひとつも共通点のない人たちに囲まれて一生を過ごすのはごめんだ。ダーシーとわたしがお金持ちになることはないだろうけれど、少なくともわたしたちはいっしょに笑い、子供たちに馬に乗ることや狩りを教え、トチの実を集め、お城でかくれんぼができる。そんなことを考えただけで、故郷が恋しくなった。彼がこれほどすぐ近くにいることがわかっていながら話もできないなんて、とても耐えられない。こんなことはさっさと終わらせて家に帰ろうと思った。

「ケーキはどうだい、シャッツ？」マックスが母に訊いた。

「いいえ、けっこうよ、ダーリン。わたしは自分の体に目を光らせていなくてはならないの」

「それはわたしに任せてほしいね。いつでもきみの体を見つめていたいよ」マックスの英語は間違いなく各段に進歩している。

「ばかな人ね」母はじゃれあうように彼の手を叩いてから、こちらに近づいてきてわたしの脇の肘掛けに座った。デイヴィッド王子とふたりでブックエンドのようにソファをはさんでいる格好だ。「具合はよくなったの、ジョージー？」母はわたしの肩に手を回した。「いつもの頭痛がするから家に残るってカミラから聞いたときは、とても心配したのよ。ひどくなることがあるって知っていたから。本当に辛いわよね。それでうまくいったの？」

　よくもみんながいるところでそんなことが訊けるものだと思いながら、わたしは顔をあげた。

「うまくいった?」

「いつものひどい頭痛を追い払えたの?」

「いいえ、完全には」わたしは答えた。母がなにを訊きたいのかはわかっている。「よくなるようにいろいろやってみたんだけれど、まだうまくいっていないの」

母はうなずいた。「残念ね。いらだつわよね……その頭痛は。母であるわたしが介抱してあげないといけないようね」

「こんなに献身的なお母さまがいてうらやましいわ」カミラが言った。「わたしの母は、わたしが雷に打たれでもしないかぎり、眉ひとつ動かさないわ」

「お願いだから雷の話はやめてちょうだい」母が身震いした。「いまも外でごろごろ言っているんだから」

「すぐに過ぎ去りますよ。でも急に寒くなってきましたね? 食堂の暖炉に火を入れさせますね。食後のコーヒーは応接室ではなくて、ここにしましょう。トランプでもしましょうか。パウロが大好きなんです。それにあなたはブリッジがお上手だと聞いています、シンプソン夫人」

「ええ、とても好きよ」シンプソン夫人はそう言わざるを得なかった。

「わたしはルーレットのほうがいいわ」母が言った。「運が左右するゲーム。そのほうがぞくぞくするもの」ルディが部屋に入ってきたので、母は唐突に言葉を切った。

「なにがぞくぞくするって、愛しいクレア?」ルディは落ち着いた優雅な足取りで、食べ物が置かれているテーブルに近づいた。「ぼくはきみの告白を聞き逃したようだ」

「運が左右するゲームよ、ルディ。わたしは運が左右するゲームが好きなの」

「そのゲームで、きみは勝つのかな？」

「満足できる程度には」

「ぼくの好みの女性だ」ルディはコーヒーを持って、暖炉のまわりにいるわたしたちのほうへとやってきた。「ぼくも運が左右するゲームは好きだし、たいていは勝つよ」

ふたりのあいだの空気がぴりぴりしているのが感じられ、ほかの人たちは気づいているのだろうかとわたしはいぶかった。

「ここにはルーレットはないんですよ」カミラが言った。「ブリッジかホイストをしてもらうしかありませんね。あまりぞくぞくはしませんけれど、三組できるだけの人数はそろっていますね」


ケーキを食べ、コーヒーを飲み終えると、そこにいた人たちはひとり、またひとりと着替えのために部屋に戻っていった。わたしもそれにならって階段をあがろうとしたところで、母が飛び出してきてわたしをつかんだ。

「それで？」押し殺した声で言う。

あたりを見回した。だれもいない。「できることはしたわ」わたしは答えた。「考えつくところは全部探した。図書室の本も調べようと思ったくらいだけれど、何千冊もあるんですもの。彼の部屋に入ろうとしたら、ドアに鍵がかかっていたの。それって、なにかを隠しているっていうことじゃない？　普通の人は、友だちと外出しているときに部屋に鍵をかけたりしないもの」

「友だちなんかじゃないわ、ジョージー。彼はここにいる人たちのことを知らないと思うの。それはわたしたちも同じよ。はっきり言って、だれも知り合いじゃない。あの将軍の機嫌を取ることが目的だったならともかく、マックスがどうしてここに来ることにこだわったのか、わたしにはさっぱりわからないわ。普段のマックスはそういうことはしないのよ。彼は頼みごとはしない。頼まれるほうだもの」

「とにかく、わたしはパウロの書斎以外はあらゆるところを探したの。でもルディとパウロは親しい友人というわけじゃないから、彼がそこに写真を隠すとは思えない。違う？」

母は長い爪を食いこませるようにして、わたしの腕をつかんでいた。「あの小さな建物はどう？　彼がよくあそこに行っているって話したでしょう？」

「葉巻を吸いに行っているだけだと思うわ。調べてみたけれど、煙のにおいがすごかったの。あそこにはなにかを隠せるようなところはなにもなかった」テーブルの下以外はと、心のなかでつぶやいた。

「まったく」母はいっそう強くわたしの腕を握った。「それじゃあ、どうするの？　どうやって彼の部屋に入る？　合う鍵を探してみる？」

「わたしの部屋の鍵を試してみたけれど、だめだった」わたしは言った。「メイドは掃除のために入っていると思うけれど」

「あなたがメイドに変装したらどうかしら」

わたしはあきれた。「お母さま、ルディの部屋の掃除をするから鍵を貸してくださいって執事に頼みに行ったとして、わたしだって気づかれずにすむと思うの？」

「わたしは必死なのよ、ダーリン。なにかしないと。バルコニーから入れない？」

「忍びこみ泥棒じゃあるまいし、答えはノーよ。よじのぼれるような壁じゃないし、わたしの部屋のバルコニーに伸びているような藤の木もないわ。そもそもドアに鍵をかけているくらいなんだから、フレンチドアも閉めたままにしているでしょうね」

母は芝居がかったため息をついた。「どうすればいいのかわからないわ。あなたがきっとなにか見つけてくれるって、信じていたのよ」

母は昔から、わたしをどうしようもないできそこないのような気分にさせるすべを心得ていた。わたしはいらだちを感じ始めていた。

「言われたとおりここに残って探したじゃないの。できることは全部したのよ」

さらに芝居がかったため息。「ええ、そうね。でもわたしは破滅の危機にあるのよ。幸せが終わろうとしているの」

「その写真って、お母さまが考えているほどひどいものなの？」

「そうなのよ。相当、ひどいわ。まったくもって恥ずべき写真よ。あなたが見たら、顔を赤らめるでしょうね」

「それなら、お母さまにできるのはマックスに打ち明けることしかないわね。ルディにだまされてお酒や薬を飲まされた、マックスを裏切ったのはこのとき一度だけだって訴えるのよ」

母は考えているようだったが、やがて首を振った。「だめよ。それはできない。マックスを深く傷つけてしまうわ。どうにかしてルディの部屋に入らなくてはいけないわ。真夜中にこっそり使用人たちの部屋に行って、合鍵を探してくれる気はないわよね？」

「はっきり言って、ないわ」

「それなら、わたしが自分でするほかはないわね」母はそう言うと、全身で怒りを表わしながら階段をあがっていった。

18

月曜日、そして四月二三日　火曜日
ヴィラ・フィオーリ

ああ、今日という日が永遠に続くように感じられる。いまはただ自分の部屋に鍵をかけ、ベッドに入って眠りたいだけ。でも嵐が収まってダーシーがやってくるかもしれないから、起きていなくてはならない。

ゲルダが別のドレスを持ってやってきた。今度は背中が大きく開いた濃紺のドレスだ。もう伯爵夫人のドレスを着るわけにはいかないと言うと、ゲルダは首を振った。

「でも持っていらしたあのベルベットのドレスを着るわけにはいきません。あれはもうだめです。伯爵夫人にはわたしから言っておきましたし、あなたの親戚とその友人がいるところでは、優雅に見えなくてはいけないと、伯爵夫人もおっしゃっていました」

そういうわけでわたしは再び、優雅で魅惑的に装うことになった。鏡のなかの姿を見ながら、ダーシーに見せたかったとわたしは思った。その夜のディナーも、野生キノコのスープ、湖で獲れた魚、鹿肉、ティラミス、そして最後がフルーツとチーズという、贅沢でよく考えられたメニューだった。母はテーブルの一番向こうで、せいいっぱい明るく振る舞っている。シンプソン夫人は明らかに退屈そうに、むっつりと黙りこんでいた。

「カミラ、ウォリスが明日ショッピングに行きたがっているんだ」デイヴィッド王子が言った。「ミラノへ行くための車を借りることはできるだろうか？」

「もちろんです」カミラが答えた。「よろしければ、わたしも行きます。どの店がいいのか知っていますから。探しているのは革製品ですか？」

「革でも金でも、わたしの気分をあげてくれるものならなんでもいいわ」シンプソン夫人が答えた。

「高ければ高いほど、彼女は喜ぶんだ」デイヴィッド王子が言った。

わたしはお皿から飛び出さないように注意して鹿肉を切りながら、黙って客たちを観察していた。気づいたことがふたつある。ひとつめは今夜は司祭がいないので、一三人ではなくなったということ。これっていい兆候かしら？　もうひとつは、デイヴィッド王子が冗談を言ったとき、クリンカーが微笑んだことだった。つまり彼は英語がわかるということだ。ほかのドイツ人たちを見張るために、ヘル・ヒトラーが送りこんできたのは彼だったのかもしれないとわたしは思った。

気持ちよく暖められた長広間でコーヒーとリキュールをいただいたあと、トランプ用のテーブルが並べられた。デイヴィッド王子とシンプソン夫人はカミラとパウロのふたりと対戦することになった。将軍とクリンカーの相手は、母とマックスの組だ。残ったのはルディ、コジモ伯爵、伯爵未亡人、ディナーのあとでやってきた司祭、そしてわたしだった。伯爵未亡人がいきなり、トランプなどというのは罪深い遊びだと言って司祭をにらみつけたので、司祭もトランプはしないと言うほかはなくなった。残りはわたしたち三人。三人でホイストをしようかという話も出たが、コジモ伯爵はピノクルのほうがいいと言った。わたしはピノクルを知らなかったので、ルディとふたりで遊んでもらうことにした。

わたしは眠気を覚えながらしばらく暖炉の火を見つめていたが、やがてほかの全員がゲームに夢中になったところで、こっそり長広間を出て自分の部屋に戻った。長くて疲れる一日だった。嵐はまだ収まっていない。バルコニーに雨が打ちつけ、風がよろい戸を揺すぶる音が聞こえた。稲光で一瞬、部屋が明るくなった。今夜ダーシーがやってくるとは思えない。ずぶ濡れになるうえ、バルコニーをのぼっているときに雷に打たれるおそれもある。彼に会うのは朝まで待たなければならないだろう。

小さなライティングデスクに便せんと封筒があったので、大切な話があるからできるだけ早く会いに来てほしいと彼宛の手紙を書いた。ほかの人に見られたときのことを考えてくわしいことは書かずに、〝緊急〟とだけ記した。着替えようとしたところで、くしゃみが出た。濡れたせいで風邪をひいたのではないといいのだけれど。ハンカチが見当たらず、コーヒーを飲んだときにバッグを長広間に置いてきてしまったことに気づいた。ああ、もう。だれにも気づかれずに取ってくることはできるかしら？

わたしがドアを開けたのと同時に、すぐ隣の部屋のドアが閉まった。わたしは戸口で固まった。人目を避けるように、だれかが壁際をそろそろと遠ざかっていく。初めはメイドかと思ったが、廊下の突き当たりまで進んだところで、ランプの明かりで顔が見えた。カミラだ。たったいまルディの部屋から出てきたのだと気づいた。

充分な時間を置いてから、彼女を追って階下におりた。ルディも自分の部屋にいたのだろうかと思ったが、彼はパウロのおじとのゲームに夢中になっていた。のみならず、カミラもテーブルに戻って、落ち着いた様子でブリッジをしている。少なくとも落ち着いているように見えた。「どうしてキングを出したんだ、カミラ？　ふたりがエースを持っているのはわかっていたじゃないか！」パウロが怒ったように言うまでは。

「ごめんなさい。今夜は疲れているみたい」カミラが言った。

だれもバッグを取りに戻ったわたしに注意を向けることはなかった。カミラはルディがいないあいだに、彼の部屋に忍びこんだことになる。どうして？　そしてどうやって？　カミラが入ってこられるように、彼がドアを開けたままにしていたんだろうか？　そして、カミラは何時に来るからとメモを残していった？　堅物で正直なカミラがそんなことをするとは、とても思えない。けれど、彼女に合鍵が見つけられたなら、わたしにも見つけられるかもしれない。

いまいましいお母さま。いまわたしが一番したくないのが、ルディの部屋に入ることなのに。再び部屋に戻って服を脱ごうとしたまさにそのとき、ドアをノックする音がした。鍵をかけ忘れていたことに気づいて、侵入者に備えて身構えたけれど、入ってきたのはカップとソーサーを持ったゲルダだった。

「呼んでくださらないと。メイドのひとりからお嬢さまが階段をあがるのを見たと聞くまでは、お嬢さまがお部屋に引き取られたとは知りませんでした。ハーブティーをお持ちしましたよ。頭痛のあと頭をすっきりさせるのにいいんです」

「ありがとう」わたしは言い、ゲルダはわたしの横のテーブルにハーブティーを置いた。わたしは疑わしげににおいを嗅いだ。ハーブティーが好きだったことはないし、あまりおいしそうにも見えない。

「熱いうちに飲んでください」ゲルダがさらに勧めてきた。

彼女をがっかりさせたくなくて、わたしは少しだけ飲んでみた。見た目どおりひどい味だ。

「伯爵夫人が頭痛のときは、いつもこれを作るように言われるんです」ゲルダはわたしが飲み終えるまで見張っていた。「いいですね。さあ、着替えましょう」

ゲルダは素晴らしい手際のよさでわたしの服を脱がせると、頭から寝間着を着せて、ベッドにわたしを押しこんだ。窓の外は激しい風雨だ。あんな小さな馬小屋のようなコテージでダーシーは大丈夫だろうかと考えた。実を言えば、わたしも少しばかり怯えていた。嵐に対する恐怖を母から受け継いでいるのだと思う。わたしたちはどちらも、スコットランドの荒野を襲う嵐の恐ろしさはよく知っていた。わたしはベッドの上で小さく体を丸め、こんな状態で眠れるだろうかと考え、早く嵐が過ぎてくれることを願った。

次に気づいたときは、だれかがベッドの脇に立っていた。わたしは思わず息を吞んで、体を起こそうとした。

「わたしです、お嬢さま」落ち着いた声がした。

その人物が視界に入ってきて、外がすっかり明るくなっていることに気づくまでに一瞬の間があった。

「朝の紅茶をお持ちしました、お嬢さま」ゲルダが言った。「お天気はまだ完全には回復していません、残念ですけれど。ツイードのスカートとセーターが必要だと思います。伯爵夫人とシンプソン夫人といっしょにミラノに行かれるのなら、そろそろ起きられたほうが」

「いま何時なの？」わたしは尋ねた。

「もうすぐ九時になります。嵐のせいであまり眠れなかったんですね。わたしが育ったオーストリアにもひどい嵐は来ますが、ゆうべの嵐は経験したことがないほどでしたね」

わたしは体を起こし、紅茶を飲んだ。

「お風呂の用意をしましょうか、お嬢さま？」ゲルダが言った。

「ええ、お願い」ゆうべは遅くまで起きていたせいで、今朝は本当に頭痛がしていた。それにいつになくお酒をたくさん飲んだこともある。着替えをしたら、頭をすっきりさせるために散歩に行こうと決めた。そのあとは、ダーシーにメッセージを渡す方法を考えなければ。

お風呂に入って着替えを終えたわたしは階下におりた。湖の見える部屋から声が聞こえる。ほかの人たちはもう朝食のテーブルについているらしい。シンプソン夫人といっしょにミラノにショッピングに行くのかとゲルダに訊かれたことを思いだした。一番したくないことがそれだ。自分がなにも買えないでいるときに無尽蔵にお金のある人といっしょに高級品店に行くほど、気持ちを落ちこませることはない。客のほとんどが彼女といっしょに出かけてくれることを願った。そうすれば、わたしがダーシーと会っているところを見られるおそれも減るからだ。散歩に出かける前にショッピングには行かないことを伝えておいたほうがいいだろうと思い、湖の見える部屋に向かった。デイヴィッド王子とシンプソン夫人は窓辺の椅子に腰をおろし、ドイツの軍人たちは背もたれの高い椅子に座っていた。パウロは母親とおじといっしょに部屋の隅にいて、カミラはテーブルの前に立ってロールパンにジャムを塗っているところだった。母とマックスとルディはいない。とりあえず、わたしが最後ではなかったようだ。

朝の挨拶をしながらテーブルに近づき、クロワッサンを取った。

「わたしたちはミラノに行くことになったのよ、ジョージアナ」カミラが振り返って言った。「あなたがここで楽しい時間を過ごしてくれるといいんだけれど。もちろんあなたも誘いたいの。でも、そんなに車に乗れないのよ」

「いいのよ、気にしないで」

「ジョージーが行きたいのなら、わたしが残ってもいいんだよ」デイヴィッド王子が人懐っこい笑顔で言った。

「とんでもない。わたしなら大丈夫。それほどショッピングは好きではないの」

「わたしはあなたにいてほしいわ、デイヴィッド」シンプソン夫人がきっぱりと言った。「わたしが買うものには、あなたの意見を聞きたいもの。あなたのためにきれいでいたいし、あなたの意見を尊重していることはわかっているでしょう?」

「ウォリス、これがいいとわたしが言うと、きみは即座に全然よくないと言って却下するじゃないか」デイヴィッド王子は笑顔のまま言った。シンプソン夫人が彼をにらむのを見て、わたしは彼が気の毒になったし、心配にもなった。ふたりの関係がこのまま続くとして、どちらが主導権を握るのかは明らかだ。彼女はデイヴィッド王子が国王になったら、結婚して王妃になるつもりなんだろうか? ありえない。英国国教会は絶対に彼女とは結婚させないだろう。それでも恋人のままでいることはできるから、彼女が陰の実力者であることに変わりはない。ジョージ国王がずっとずっと生きていてくださることを祈るだけだ。

ロールパンを食べ終わったところで、ロイヤルブルーのツーピースと同じ色の粋な帽子というおしゃれないでたちの母がやってきた。

「吹き飛ばされないといいんだけれど」自分もショッピングに行くつもりだと宣言したようなものだ。「それに、ミラノまで無事にたどり着けることを祈るわ」

「倒木でもないかぎり、問題はないはずですよ」パウロが言った。「今朝見たところでは、我が家の敷地にはかなりの枝が落ちていた。庭師は大変だ」

「彼らに仕事を与えるいい機会ですよ」パウロの母親はいつものごとく、非難がましい表情を浮かべていた。「たいしてすることもないのに、どうしてあれほど大勢の庭師を雇っているのです？　一日中、ぼんやりと熊手にもたれているだけじゃありませんか。もしくは茂みの向こうで煙草を吸っているか。情けない。わたくしの時代には、使用人は仕事をしたものですよ」

「庭はいつも素晴らしいですから、庭師たちはいい仕事をしていると思います」カミラが言った。「それに大勢の人間を雇うということですけれど、近頃はこのあたりも不況です。わたしたちは働き口を提供しているんです」

「ちょっと外を散歩してくるわ」わたしは言った。「ミラノで楽しんできてね」

「あなたをひとりで残していくのはいやなのよ。でもここでもきっといいことがあるわ」母は思わせぶりにわたしを見た。「ミラノであなたになにを買ってくればいいかしら、ジョージー？」

よく気がつく新しい母がいた。欲しいものを長々と並べ立てたかったけれど、笑顔でこう答えるだけにした。

「わたしに似合うとお母さまが思うものなら、なんでもいいわ。お母さまはとてもセンスがいいんですもの。わたしはおしゃれな服なんてほとんど持っていないのよ」

「ふた晩ともあなたはとても素敵だったわよ」シンプソン夫人が言った。「とても粋だったから、驚いたのよ」

「伯爵夫人のメイドのおかげです」わたしはあわてて言った。「散歩に行くのなら傘がいるよ」パウロは灰色に波立つ湖を窓越しに眺めた。

「まだ雨が降っているし、このあともかなり降りそうだ」

それって、ダーシーは今日も庭に出ていないということ？

「スコットランドで雨には慣れているから」

「やめてちょうだい。思い出させないで」母が声をあげた。「あのいまいましいお城で過ごした日々は、とにかく雨と風ばかりだったわ。薄暗い廊下をうなりをあげて吹き抜けていた。南へと逃げ出した日は、わたしの人生で最良の日だったわね」

「ひとりきりの子供を見捨ててね」止める間もなく、言葉が口からこぼれていた。

わたしを見た母の目がきらりと光った。「ダーリン、あなたには子守がいたし、小さすぎてわたしを恋しがることもなかったはずよ。不満ばかりの毎日を過ごしていたら、わたしはきっとひどい母親になっていたわ。でも、見てごらんなさいな――いまのわたしたちはとても仲良しじゃないの」母はにこやかにわたしに微笑みかけたが、その表情の意味はよくわかっていた。その話はもうやめて。

わたしは自分の部屋にレインコートを取りに戻ることにした。廊下の傘立てに、数本の傘が入れてあることはわかっていた。掃除道具を手にしたメイドとすれ違った。全員が起き出したところで、寝室の掃除を始めているのだろう。メイドは足を止め、膝を曲げてお辞儀をした。巨大な衣装ダンスからレインコートを取り出し、階下におりて傘を選んでいると遠くから雷鳴が聞こえてきた。わたしはためらった。雨のなかの散歩は平気だけれど、雷が鳴っているときに高い木々のあいだを傘を持って歩くのは、あまり気が進まない。けれどいまは、どんな困難があろうともダーシーに会わなければならなかった。雷が近づいてきたら帰ってこようと決めて、大きな傘を持って玄関を出た。雨粒混じりの湖からの風がまともに顔に吹きつけてきて、傘を持っていかれそうになった。よっぽど引き返そうかと思った。こんなお天気のなかを散歩するなんて頭がどうかしていると、きっとだれもが考えるだろう。

庭に出てみると、ゆうべの嵐がどれほど激しいものだったのかがよくわかった。枝は折れ、花壇はつぶれ、チューリップは軒並み倒れてしまっている。私道の脇にヤシの木の大きな葉が落ちていた。声が聞こえたので、そちらに行ってみた。服の上から古いずだ袋をかぶった庭師のひとりが手押し車を引き、もうふたりの庭師がそこに枝や木の葉など落ちているごみを入れていた。そのうちのひとりがダーシーだった。

わたしが近づいていくと、彼らは作業の手を止めた。ダーシーだけをここから連れ出すにはどうしたらいいだろうと考えたわたしは、ヴィクトリア女王の真似をすることにした。

「ちょっと。散歩をしようと思った道に枝が落ちていたわ。危ないじゃないの」そこで言葉を切り、傲慢そうな口調で言い添えた。「枝。危ないの。だれか英語ができる人はいないの？」

「わたしができます、マイ・レディ」ダーシーが答えた。「イギリスの屋敷から来た庭師です」

「いいでしょう、こっちよ。それほど太い枝ではないけれど、道をふさいでいるの」

わたしが先に立って歩きだすと、ほかの庭師たちは気の毒そうな顔でダーシーを見た。いくつもの大きな生垣が彼らとわたしたちを隔てたところで、わたしは笑顔で振り返った。

「さっきはごめんなさいね。あなたに偉そうに命令するのは、あれで最後だから」

「それはどうだろうね」ダーシーもにやりと笑った。「でもきみには言いたいことがあるんだ。きみは昨日なにかを見つけたのか、興奮してぼくのところに来ただろう？　だからぼくは、さぞ重大なことなんだろうと思った。嵐であろうとバルコニーをよじのぼるのに値するくらいに。だが全身ずぶ濡れで、危うく雷に打たれそうになりながらバルコニーにたどり着いてみたら、きみはよろい戸と窓に鍵をかけていた。何度かノックしたんだが、嵐の音のせいできみには聞こえなかったというわけだ」

「まあ、ダーシー、ごめんなさい。わたしは、わざと合図を出さなかったのよ、嵐のなかで危険を冒してほしくなかったから。いくらあなたでも、雷が鳴っているときに鉄製のバルコニーをよじのぼろうとするほど、ばかなことはしないだろうって思っていたのに。ノックの音も聞こえないなんて、わたしはよほどぐっすり眠っていたのね」

「あっと言う間に眠りに落ちたみたいだね」ダーシーが言った。「きみの部屋の明かりが消えてすぐに行ったんだよ」

「ごめんなさい」わたしは再度謝った。

「まあ、生き延びたからね」ダーシーはにこやかに笑った。「ちょっとばかり濡れただけだ。

「とにかく、これ以上時間を無駄にしていちゃいけないわ。話すことがたくさんあるの」わたしは塀の向こうから伸びている藤の枝の下に半分隠れるようにしながら、ダーシーに傘を差しかけた。「ここであの人たちがなにをしているのかがわかったの。昨日、あの小さな大理石の建物でわたしがなにを聞いたのか、あなたはきっと信じないと思うわ」わたしはさらに声を潜めた。「すごく危険なのよ、ダーシー。陰謀が……」

その先は、家から響いてきた大きな悲鳴にかき消された。女性が何度も何度も叫んでいる。ネズミを見たときのような悲鳴ではなく、激しい恐怖にさらされている声だ。わたしはダーシーを見た。「あとで話すわ」そう言って家を目指して走った。

玄関を入ると、ばたばたと走る足音や大きな声が聞こえてきた。「医者を呼べ」だれかが叫び、「手遅れだ」とだれかが応じた。

声は二階から聞こえてくる。わたしはパニックを起こしそうになりながら、傘を放り出して、階段を駆けあがった。あの悲鳴が母のものだったらどうしようと、不安でたまらなかった。ここにいる人たちのなかで、一番通る声の持ち主は母だ。そういうわけで、早くも黒いミンクのコートとおそろいの帽子を身につけて寝室から出てきた母と鉢合わせしたときはほっとした。

「いったいなにごとなの、ジョージー？　ルディがメイドを襲ったのかしら？　彼ならやりかねないわね」

無意識のうちに、ルディの部屋に目が向いた。ドアが開いている。近づいた。戸口に数人が立っている。そのあいだからなかをのぞくと、パウロが細くて色黒のメイドの体に腕を回していた。メイドは全身を震わせながら、すすり泣いている。やがてわたしの視線はベッドに吸い寄せられた。ルディが横たわっている。ルディだろうと思った。顔が吹き飛ばされていたから、はっきりとはわからない。右手には銃が握られたままだった。

19

四月二三日　火曜日

わたしたち全員が彫像のように体をこわばらせながら、茫然としてベッドの上を見つめていた。聞こえるのは、メイドのすすり泣きだけだ。もちろん、沈黙を破ったのは母だった。母は大げさに息を呑んで言った。

「信じられない！　どうしてルディが。あれほど楽しいことが好きで、いつも活気にあふれていたのに。人生をあれほど楽しんでいたのに。どうして彼がこんなことを？」

パウロが母を振り返った。顔は死人のように真っ青で、ショックのあまり目を大きく見開いている。

「人はときに、陽気な仮面で内なる苦しみを隠すことがありますよ。ぼくたちはだれも本当の彼がわかっていなかったのかもしれない。彼が演じていた屈託のない、気楽な男を見ていただけなのかもしれない」パウロは部屋を出ようという身振りをした。「さあ、もう出たほくてはならない。レディにふさわしい光景じゃない。医者を呼んで、死亡証明書を書いてもらうがいい。

パウロが話しているあいだ、わたしはぞっとしながらもルディから目を離せずにいた。これまでも遺体を見たことはあるけれど、何度見ても決して慣れることはない。そのうえ、この遺体はとりわけ悲惨だった。傷のまわりに血が固まっているのを見ると、死んでから数時間がたっているようだ。でもわたしはなにも耳にしていなかった。隣の部屋にいたら、銃声が聞こえるはずでしょう？　あのルドルフ伯爵が自殺したという事実を受け入れようとした。どうにも理解できなかった。あれほど自信に満ちた人だったのに。様々な考えが頭を駆け巡った。不治の病に侵されていることがわかったのかもしれない。あるいは大金を失ったとか、逮捕されそうだとか。けれどゆうべも彼は、落ちこんでいるような様子はなかった。真夜中に、悪い知らせの電報が届いたというのはありえることだろうか？　だがそうだとしても、いまはもうどうでもいいことだ。彼は死んだ。

夢から覚めたかのように、ひとりまたひとりと我に返って部屋を出ていった。わたしは遺体を見つめ続けていた。なにかがおかしい。彼が人生を愛していたことだけではなく、なにか気にかかることがある。わたしはそれがなんなのかを見極めようとした。いま、目にしているなにかだ。血まみれの枕、ベッドのうしろの壁や絨毯に飛び散った血、そして銃を握ったままだらりと床に垂れているルディの手。ふと脳裏に浮かんだ光景があった。長広間に座って手紙――ドイツ文字だったので、わたしには読めなかった手紙――を書いていたルディの姿だった。あのとき彼は左手でペンを持っていた。それなのに銃は右手に握られている。部屋にだれもいなくなると、パウロはベッドに近づいて銃を手に取ろうとした。

「触らないで！」わたしは叫び、その声の強さに自分で驚いた。「いますぐここから出ていかないと。これは犯罪現場だわ」

パウロは驚いた顔をした。「気の毒なこの男は自殺したんだ。教会からすれば罪なんだろうが、フランチェスコ司祭が彼のために祈ってくれることを願うよ」

ほかの人たちは戸口に立ちつくしたまま、わたしを見つめている。わたしは頬が熱くなるのを感じたが、できるかぎり落ち着いた声で言った。「これは自殺じゃないと思うの、パウロ」

「どういう意味だ？　部屋のドアは鍵がかかっていた。手には銃が握られている。これのどこが自殺じゃないというんだ？」

「確かに彼の手には銃が握られている」わたしは言った。「でも、それって右手よね。わたしは昨日、彼が左手にペンを持って、左手で字を書いているのを見たわ」

部屋に戻ってきただれかが、小さく息を呑む音がした。「そうだったわ」母が言った。「彼は左ききだった。一度そんな話をしたことがある。左ききの人間は腹黒いっていう話をしていたのよ。彼、くすくす笑っていた」母は口を手でおおい、小さくすすり泣いた。「笑っていたの」

マックスが母の肩を抱いて言った。「行こう、愛する人《リーブリン》。これ以上、辛い思いをすることはない」

「ああ、マックス、あの光景を記憶から消すことは一生できないと思うわ。絶対に。ここから連れ出して」母はマックスに連れられて、再び部屋を出ていった。パウロ、カミラ、ドイツ人の将軍、そしてデイヴィッド王子はわたしを見つめている。

「つまり、これは殺人だときみは言っているんだね、ジョージー？」デイヴィッド王子が震える声で言った。

「彼は右手で自分を撃ったはずがないと言っているんです。警察を呼ぶべきだと思います」

「いや、それはどうだろう」パウロが言った。「きみたちは地元の警察の実情を知らない。ここは法律的には、ストレーザの町の一部ではないんだ。憲兵隊は、弱い者いじめをするだけの南部の田舎者の集団にすぎない。殺人犯が目の前にいて、銃を手渡しながら自白しても事件を解決できないような役立たずどもだ。残念ながら、自治体警察も同じようなものだよ。この件は自殺ということで片付けてしまわないか？　ぼくたちがなにをしようと、なにを言おうと、死んだ者は戻ってこない」彼はカミラを見た。「きみはそんなことは望まないだろう、愛する人《カラ・ミーア》？　招待客が尋問されるんだぞ？　きみの家が田舎者に引っかき回されるんだぞ？」

デイヴィッド王子が咳払いをした。「いいかい、パウロ、もしこの男の死が自らの手によるものでないとしたら、わたしたちのなかに殺人犯がいるかもしれないということだ。闇に葬るわけにはいかない」

「どこの闇に葬るというのです？」スピッツ＝ブリッツェン将軍が困惑したように言った。

「わたしも殿下に賛成だ。このことは当局に報告しなければならん。真実を暴き、正義をなさなくてはいけない」

パウロはため息をついた。「いいでしょう。自治体警察に電話しますよ。ですが、ぼくは警告しましたからね」

彼はわたしたちを押しのけるようにして部屋を出ていった。

「ドアを閉めて、だれもなかに入らないようにしなくては」将軍が言った。「従僕のひとりにここを見張らせていただきたい、伯爵夫人」

「え？ ええ、そうね。ええ、もちろんですとも。いい考えだわ」カミラはひどく動揺しているようだ。「みなさん、下に行きましょう。ウンベルトにブランデーを持ってこさせます。こんなショックのあとは、だれもが必要としているでしょうから」

デイヴィッド王子がカミラの肩に手を回した。「元気をだして」優しく声をかける。「気持ちをしっかり持つんだ」

カミラは弱々しく微笑んだ。「ありがとうございます、サー。そうですね、わたしたちみんな、しっかりしなくちゃいけませんね。ただ……こんなことがわたしの家で、わたしの友人のひとりの身に起きたなんて信じられなくて」カミラは夢遊病者のような足取りで廊下を遠ざかっていった。

わたしは戸口に立ったまま、部屋を眺めていた。ロープがなくてはバルコニーによじのぼれないことはわかっていたけれど、フレンチドアに鍵がかかっているかどうかを確かめたくて仕方がなかった。いかにも男性が滞在中といった部屋だった。それも、趣味がよくて規律正しい男性だ。背が銀のブラシとひげ剃り道具が鏡台の上にきちんと並べられ、ゆうべ着ていた服はすでに片付けられている。ベッドの脇には、靴とスリッパが整然と並んでいた。椅子の背にはガウンがかかっている。それ以外、この部屋に人の気配は感じられなかった。新聞も本も写真もない。そのとき、ベッドから数十センチのところに白い羽根が落ちていることに気づいた。妙だと思った。なかに入って手に取ってみようかと思ったとき、うしろから声がした。

「鍵を持っているメイドはどうしたんでしょうな?」スピッツ゠ブリッツェン将軍だった。「警察が来るまで、この部屋には鍵をかけておかなくてはなりません。そう思いませんか、レディ・ジョージアナ?」

「え?」わたしは振り返った。彼がまだそこにいることに、たったいままで気づいていなかった。「ええ、そうですね。もちろん、鍵をかけなくては」

わたしは部屋を出た。

将軍はじっとわたしを見つめている。廊下にはもうほかにだれもいないのに、彼はわたしに顔を寄せて言った。

「あなたはずいぶんと観察眼の鋭い人だ、レディ・ジョージアナ。だが、観察しすぎるのはときによくないこともある」

わたしは驚いて彼を見た。「真実と正義が行われなくてはいけないと言ったのは、あなたなのに」

彼はうなずいた。「確かに。だがこの家にいる何者かがなんらかの理由によって殺人を犯し、それを自殺に見せかけようとしたのだ。その人物は、あなたの観察眼を面白く思わないかもしれない」

「わお。気をつけるように忠告してくださっているんですね」

彼はうなずいた。「そういうことだ。その人物は、あなたがほかのどんな手がかりに気づいただろうと考えているかもしれない」

将軍はドアをしっかりと閉めた。カチリという音が廊下に響いた。

「クリンカーを呼んで、ここを警護させよう。彼は信頼のできる男だ。頼りになる」

わたしはあたりを見回した。「どこにいるんでしょう?」

「雨のなかの散歩だろう。あなたのように。彼は自分の引き締まったからだをとても誇りに思っている。我々の総統は、健康な肉体の育成を奨励しているのでね」

わたしは彼のでっぷりしたお腹を見つめただけで、なにも言わなかった。

わたしたちは並んで廊下を進み、階段をおりた。ほかの人たちがいる湖の見える部屋に入ろうとしたところで、シンプソン夫人が家の裏手から現われた。

「さっきの騒ぎはなんだったの?」いらだたしげにまわりを見ながら尋ねる。「だれかがヒステリーでも起こしたの? みんなはどこ? ミラノに行く準備はできているのよ」

20

四月二三日　火曜日
ヴィラ・フィオーリ

なにもかもが刻一刻と恐ろしいものになっていく。こんなところに来なければよかった！　いますぐダーシーを見つけなければ。

今日はだれもミラノに行くつもりがないことを知って、シンプソン夫人は機嫌が悪かった。「わたしたちが滞在している家で自殺するなんて、なんて軽率なことをするのかしら」わたしといっしょに湖の見える部屋に入ったところで、彼女が言った。「妙なスキャンダルにならないといいけれど。いますぐ荷造りをして、マスコミが来る前にさっさとここを出ていきましょうよ」

デイヴィッド王子は眉間にしわを寄せた。

「いや、そういうわけにはいかないんだ、ウォリス。彼の死は自殺ではない可能性がある。彼は左ききなのに、銃は右手に握られていたことにジョージーが気づいたんだ」

ショッピングに行くはずだった一日を台無しにしたのがわたしであるかのように、ウォリス・シンプソンは憎々しげにわたしをにらんだ。

「ジョージーは犯罪に巻きこまれたり、犯罪のことを考えたりしすぎなのよ。いい加減結婚して、もっとセックスや赤ん坊のことを考えていればいいのに」

火の入っていない暖炉の脇の肘掛け椅子に座っているパウロの母親が、ぎょっとして息を呑んだ。

「とにかく、警察が来るまではどこにも行くわけにはいかない。残念だがここから動けないよ。それに天気をごらん。ショッピングにふさわしいとは言えない。毛皮が濡れて、ひどい有様になってしまうよ」デイヴィッド王子が言った。

ちょうどそのとき、デキャンタとブランデーグラスを持った執事がやってきた。それでいくらか皆の気分が上向いたようだ。彼らがブランデーに気を取られているすきに、わたしはこっそり部屋を抜け出した。わたしも飲みたいのはやまやまだったけれど、それよりもなにがあったのかをダーシーに話さなくてはいけない。気がつけば濡れたレインコートを着たままだったし、さっき玄関のドアの脇に放り投げた傘もそこにあった。あたりを見てだれもいないことを確認してから、再び外に出た。ダーシーはほかの庭師たちのところに戻ってしまっただろうかと思いながら歩いていくと、プールの脇を通り過ぎたところで彼がささやく声がした。「ジョージー、こっちだ」

ダーシーはあの小さな八角形の建物の脇にいた。

「なんだったんだ？」ダーシーは低い声で尋ねた。

「来客のひとりが殺されたの。ルドルフ伯爵よ」

「殺された？　ルドルフが？」ダーシーは驚愕した。

わたしはうなずいた。ダーシーがドアを開き、なかに入るようにわたしを促した。そこは、昨日以上に陰鬱に感じられた。じっとりして、まだ葉巻の煙のにおいが残っている。わたしは体を震わせた。ショックがようやく襲ってきたのだろう。冷静さを失わないようにしながら、ヴィラで起きたことを彼に語った。鍵のかかったドア、顔を吹き飛ばされたルドルフをメイドが見つけたこと、手に銃が握られたままだったこと。

「彼の手に？　それじゃあ、自殺か」ダーシーが言った。

わたしは強く首を振った。「犯人がそう思わせようとしたのよ。でも彼は過ちを犯した。ルドルフは左ききだったのに、銃は右手に握られていた」

「だれがそのことに気づいたんだ？」

「わたしよ」

ダーシーはわたしを見つめた。「きみは時々、観察力がありすぎるね」

「変ね、ドイツ人の将軍にも同じことを言われたわ」

「きみを脅したのか？」ダーシーの顔に怒りが浮かんだ。

「いいえ、その逆よ。わたしを心配してくれたの。犯人は、わたしがほかのことにも気づいたと思っているかもしれないって」

「いますぐきみをここから連れ出さないといけないな。病気の友人からメッセージが届いて、すぐに彼女のところに行くことになったと言うわけにはいかないかい？　いまからでもベリンダのところに滞在できるんだろう？」

つかの間、気持ちが明るくなった。陰謀と悪巧みの渦巻く場所から逃げ出して、ベリンダのところに戻れたら。けれど、すぐに首を振った。

「出ていくわけにはいかないのよ、ダーシー。ルドルフは殺されたの。逃げだしたりすれば、疑われるわ。なによりも、この家にいるだれかが人殺しなのよ」

「ルドルフが殺されたと聞いても、驚きはしないね」ダーシーが言った。「彼は危険を冒すのが好きだった。嫉妬に狂った夫の仕業だよ」

彼の言葉を聞いて、わたしが真っ先に思い浮かべたのは当然ながらマックスだった。母が事情を打ち明けて、彼がルドルフに復讐したに違いない。けれどこれは、マックスらしくない気がした。彼はどちらかと言うと単純な人間だ。自殺に見えるように人を殺し、内側から鍵をかけるようなずるがしこい真似ができるだろうか？

「どうかしら。妻帯者はパウロしかいないし、彼はとてもショックを受けていたわ。いまにも吐きそうだった。近々妻帯者になりそうな人はふたり——マックスとデイヴィッド王子がいるけれど、でもどちらかの仕業だとは……」

「ここにいる人間とは限らない」ダーシーがさらに言った。「不当な扱いを受けた夫がルドルフを追ってきて彼が泊まっている部屋を突き止め、夜中に忍びこんだか、バルコニーをよじのぼったんだ」

「だとしたらその男性は、ものすごく優れた登山家ね。わたしの部屋のバルコニーのような都合のいい藤は、あの部屋にはないのよ」

ダーシーはうなずいた。「悲鳴が聞こえたとき、きみはなにか話そうとしていたね」

「そうだったわ」ショックがあまりに大きすぎて、すっかり忘れていた。「実は昨日、あることを聞いたの。それもこの部屋で。とても信じられないと思うわ、ダーシー」わたしは聞いたことをすべて伝えた。

「くそっ」下品な言葉を使うのはわたしだけではないことがよくわかった。「そういうことだったのか。だからここに集まったんだな……ドイツとイタリアとの密約にデイヴィッド王子を巻きこむために。やつらが王子を誘いこもうとしたのは意外ではないよ。デイヴィッド王子は、ヘル・ヒトラーやドイツに関わるものすべてにいい印象を抱いているからね」

「でも彼はまだ国王にもなっていないのよ。ジョージ国王はまだまだ長生きするかもしれない。それにもしデイヴィッドが国王になったとしても、実際の権力はないわ。そうでしょう？」

「国民に愛されているということ以外はね。イギリスの未来はドイツと共にあると彼がはっきり口にすれば、国民は信じるかもしれない」

「わお。ドイツは本当に脅威になると思う？」

ダーシーはうなずいた。「ああ、残念ながらそう思っている」

「それじゃあ、どうすればいいの？　あなたはこのことをロンドンに報告するの？」

「そのうちに。いま考えなくてはいけないのは、ルドルフが殺された。昨日のその会合に、彼もいたのかい？」

「ええ、いたわ。でも英語をドイツ人の若い将校クリンカーに通訳していただけで、話し合いに加わってはいなかった」

「なるほど」

屋根を打ち、薄い窓を叩く雨の音だけが聞こえていた。嵐がまたやってくるようだ。ダーシーはわたしの肩越しに雨に濡れた庭園を見つめていたが、不意にわたしに目を向けた。

「きみはいったいどうやってその話を聞いたんだ？　まさか彼らのあとをつけて、窓の外で耳を澄ましていたんじゃないだろうな？」

わたしはぎこちなく微笑んだ。「もっと大変な状況だったのよ。わたしはテーブルの下にいたの」

「なんだって？」ダーシーは愕然とした。「きみは頭がおかしくなったのか？」

「わざとじゃないのよ。敷地を散歩していたら、この小さな建物が見えたから入ってみたの。そうしたら急に話し声が聞こえて、男の人たちがこちらに向かってくるのが見えたのよ。頭痛で寝ていることになっていたから、ここにいるのを気づかれたくなかった。だから、真っ先に頭に浮かんだことをしたの。それがテーブルの下に飛びこむことだったわけ」

ダーシーはいらだったように言った。「驚いたふりをして、〝あら、こんにちは。静かなところを探してここに来てみたんです〟みたいなことを言えばよかったんじゃないのか?」

「そうね、そのほうが賢明だったわね。でもあの人たちがここで会合をするつもりだったなんで、わからなかったんですもの。全員がテーブルを囲んで座ったのよ。足がわたしからほんの数センチのところにあったの。恐ろしかったわ、ダーシー」

ダーシーは思わず笑ってしまったようだ。「そんな目にあうのはきみくらいのものだよ」

「それに、途中でくしゃみがしたくなったの。我慢できてよかったわ」

「本当によかった。ここには冷酷な人間もいたんだぞ、ジョージー。そこにいることを知られていたら、いまごろきみは生きていなかったかもしれない」

そう言われて思いついたことがあった。「ルドルフの死はこのこととなにか関係があるかしら?」わたしはテーブルを示した。「彼はヒトラーと親しいってあなたは言ったし……」

自分の名前が呼ばれるのを聞いて、わたしは言葉を切った。

「もう行かなくちゃ。庭師とふたりでこんなところにいるのを見つかるわけにはいかないわ」

ダーシーはうなずいた。「今夜きみの部屋のバルコニーに行くよ。今度は鍵をかけないでほしいな」

「わかった」

「気をつけるんだよ。だれかといっしょにいるようにするんだ。寝室のドアには鍵をかけて」

「気の毒なルドルフにはそれも役には立たなかったわ」つかの間、わたしは泣き出しそうになった。彼は不愉快な人だったけれど、あんなふうに死んでいい人間なんていない。

「ジョージアナ？」再び、だれかがわたしを呼んだ。外を見ると、大きな傘に半分隠れたマックスが芝生をこちらに近づいてきている。

「行かないと」わたしが繰り返すと、ダーシーは自分の指にキスをして、その指をわたしの唇に当てた。「だれにもなにも言うんじゃないよ。よく考えてみるから、それまではなにも知らないふりをしているんだ。なにかあったら、ぼくの居場所は知っているよね？」

「どのコテージなの？」

「右から三番目だ」マックスが近づいてきたので、ダーシーはドアの外へとわたしを押し出した。

「ああ、ここにいたのか」マックスが言った。「きみのお母さんが探していたよ。きみになにかあったんじゃないかと心配していた。みんなで家じゅうを探しているところだ」

「ごめんなさい、マックス。心配させるつもりじゃなかったの。ただ目にしたものがあまりにショックだったから、ひとりになりたくて。だれにも泣いているところを見られたくなかったの」

マックスは大きな傘をわたしに差しかけ、太い腕をわたしの肩にまわした。八角形の建物のなかに傘を置いてきてしまったことに気づいたのは、そのときだった。

「泣かなくていい、ジョージアナ。わたしがちゃんときみの面倒は見るから。約束する」

思いがけない彼の優しさにわたしは胸がつまりそうになった。たったいままで、マックスにはなんの感情も抱いていなかったのに。はっきり言って、母が彼のどこに惹かれているのか、わたしにはさっぱりわからなかった。もちろん、素晴らしい体とお金は別として。たいていの女性には、そのふたつがあればきっと充分なのだろう。

「優しいんですね、マックス」わたしはかろうじてそう言った。「お母さまはあなたがいて幸せだわ」そして、彼にいざなわれてヴィラへと戻った。

21

四月二三日　火曜日
ヴィラ・フィオーリ

　湖の見える部屋から声が聞こえていた。わたしは濡れた服を着替えなくてはいけないとマックスに言って、部屋に戻った。ルドルフの部屋の外には、遺体のすぐそばにいることが嫌でたまらないという顔をした従僕が立っている。彼は違う方向を見ていたので、背後からわたしが近づいていくと大きく飛びあがり、いかにもドアを守っていましたというふりをした。恥ずかしそうに弱々しく笑いかける彼の前を通って、わたしは自分の部屋に入った。いつものごとく、即座にゲルダが現われたのは気味が悪いほどだった。

「レディ・ジョージアナ、外にいらしたのですか？　こんな天気に、それもこんなときに外出なんて、賢明とは言えませんね」

「動揺していたの。ひとりになりたかったのよ」

ゲルダはうなずいた。「使用人たちもその話でもちきりです。お気の毒に。自殺なさるなんて、悲しすぎます。あの方はとても陽気で、活気にあふれているように見えましたのに。でもだれにもわかりませんよね。お嬢さまが動揺なさったのも無理はありません。熱い牛乳をお持ちしましょうか？」

「いいえ、けっこうよ。ほかの人たちといっしょにいなきゃいけないと思うの。でもまずは服と靴を着替えないと」

「お手伝いしましょう」ゲルダはわたしの靴を脱がせると、舌打ちをした。

「こんな天気のときに、散歩になんて行くものではありません。泥は革をだめにするんです」

わたしが履いていたブローグ（普段履きの短靴）はこれまで散々泥まみれになってきたし、相当履きこんでいるものだとは言わなかった。

「大丈夫です。わたしがきれいにしておきます」ゲルダが言った。「セーターも襟のあたりがかなり濡れていますね。風邪をひかれないといいんですけれど」

ゲルダはあっと言う間にハンガーからブラウスを取り、わたしのセーターを脱がせ、まるで小さな子供にするようにわたしにブラウスを着せてボタンを留めた。抵抗しても無駄だ。彼女には人を従わせる力がある。カミラは、以前のメイドがロンドンでバスに轢《ひ》かれたあと、彼女を雇ったことを後悔していないのだろうかといぶかった。でもカミラは裕福な家で育っている。本当のレディズ・メイドはみんな、こんなふうに恐ろしいくらい有能なのかもしれない。

「クイーニー」わたしはため息まじりにつぶやいた。なにも考えていないような笑みを浮かべて大きな体でよたよたと近づいてきては、「なんですか、お嬢さん」と声をかける彼女が恋しかった。ルドルフの死にどれほどショックを受けているかがよくわかるというものだ。

ゲルダに髪を乾かして整えてもらったところで、わたしは階下におりた。ゲルダはわたしの靴をどこかに持っていった。なにか奇跡を起こすのだろう。湖の見える部屋では、執事がブランデーに続いてコーヒーを配っていた。わたしは温かいコーヒーカップを両手で包むようにして持ち、熱い液体が体を温めてくれるのを感じながらありがたく飲んだ。まだ体が震えている。だれも話をする気にはなれないようだ。母はぼんやりとイタリアのファッション雑誌のページをめくっていたが、なにも見ていないことは明らかだ。パウロの母親は声を出すことなく、ロザリオを手に祈りをささげている。シンプソン夫人はふくれっ面で窓の外を眺めながら煙草をふかし、デイヴィッド王子は彼女が機嫌を損ねたのは自分のせいであるかのように、そんな彼女を不安げな顔で眺めていた。背の高い窓の外に見える湖も、わたしたちの気分を反映していた――どんよりとした灰色で、向こう側に見えるはずの湖は霧のベールに隠れていた。

母はわたしが戻ったことに気づいたようだ。「まあ、ダーリン、無事に戻ってきたのね。あなたの身になにかあったんじゃないかと思って、ひどく心配したのよ。マックスが見つけてくれてよかったわ」

「ひとりになりたかったの。あまりに恐ろしすぎて」

「そうね、とりわけわたしたちみたいな繊細な者にとっては」母はシンプソン夫人を見ながら言った。「実を言うと、部屋に戻って横になりたいの。ブランデーをいただいたけれど、まだ気を失いそうなのよ。わたしを部屋まで連れていってくれるかしら、ダーリン？」母はわたしに手を差し出した。

「わたしが行こう。ジョージアナはコーヒーを飲んでいるといい」マックスが言った。

母は巻き毛を揺らしながら、芝居がかった素振りで首を振った。「いいえ、あなた。いまはかわいい娘にそばにいてほしいのよ。わたしの小さな宝物に」

母がわたしを小さな宝物と呼んだことはない。この二四年間で一度たりとも。母は立ちあがり、おぼれかけている女性のようにわたしの腕をつかんだ。ドアのほうへとわたしを連れていきながら、母は小声で言った。「例の写真。ルディの部屋にあるのなら、警察より先に見つけないと」

「でもドアには見張りがいるわよ」わたしはささやき返した。

「気を逸らす必要があるわね。わたしがありったけの魅力を振りまくから、そのあいだにあなたがなかに入って。そうしないと……」

けたたましく鳴り響くベルがパトカーの到着を告げたとき、わたしたちはまだ階段にすらたどり着いていなかった。

「手遅れね」母が嘆いた。「あとは奇跡を祈るほかないわ」

砂利を踏みしめるタイヤの音がして、執事が玄関に歩み寄った。母とわたしはしぶしぶ湖の見える部屋に戻った。玄関から話し声が聞こえ、再び執事がやってきた。「警察が来ました」彼はわたしにもわかるイタリア語で言った。ずんぐりした小柄な男性が執事を押しのけるようにして、部屋に入ってきた。顔は真ん丸で、薄くなりかけた黒髪を真ん中から分けている。きつすぎる制服の襟からは首の肉がこぼれていたが、彼自身はいたって誇らしげだった。

「ボンジョルノ」彼はそう言いながら会釈をした。「急いで来ました。わたしはストレーザ基礎自治体のロミオ・ストラティアセッリ副部長です」彼はまるで舞台上の俳優のように、〝ロミオ〟のRを巻き舌で発音した。大げさな仕草と力強い言葉のおかげで、わたしにもそのイタリア語が理解できた。「これは細心の注意を要する問題ですからな、わたしが来たのはそういうわけです。憲兵隊などに任せるわけにはいかん」

ロミオ。これほど名前にふさわしくないロミオを見たのは初めてだ。わたしは急に笑いたくなった。神経がぴりぴりしているせいだろう。パウロが立ちあがり、彼に挨拶し、わたしたちを順に紹介していった。カミラがわたしの隣に座った。

「副部長が来てくれたのね」わたしは小声で彼女に言った。「地位が上の人だわ。よかったじゃない」

カミラは首を振った。「とんでもない。副部長っていうのは、ここの警察では下っ端よ。イギリスで言うただの巡査のひとつ上なだけ。刑事としての訓練はなにも受けていないと思うわ」副部長に見つめられていることに気づいて、カミラは言葉を切った。自分が紹介されたのだとわかって、礼儀正しく会釈をした。

「ストラティアセッリ副部長、ミラノに応援を要請するんですか？」カミラが訊いた。「警部とか、警視とか？」

「その必要はありませんな、伯爵夫人」彼はイタリア語で言った。「こんな簡単な事件はわたしひとりで十分です。わたしとわたしのチームで。尊敬すべきファルコ先生を連れてきましたから、遺体を調べてもらいます。それからわたしの部下たちが部屋を見て証拠を探し、この家にいる人間全員の指紋をとります。ご心配なく。今日中には、この不愉快な事件は解決していますよ」

彼がなにを言ったのかわたしはよくわからなかったが、カミラが通訳してくれ、最後に「いけ好かない小男ね」と言い添えた。

「あなた方には次のことをお願いしておきます」ストラティアセッリはさらに言った。「この恐ろしい事件をわたしが解決するまでは、わたしが許可しないかぎりこの家から出ないでください。どなたも新聞社に電話をしないように。被害者の部屋にも近づいてはいけません。おわかりですかな？」

パウロが通訳した。「お客さまのほとんどはイタリア語がわからないんだ」彼はストラティアセッリに言った。「きみは英語ができるかい？」

「英語？　少しは」彼はわたしたちに向き直った。「家、出ない。死んだ男の部屋、行かない。わかりますか《カピスコノ》？」

いつもの椅子に座って、黙ってじっとなにかを考えていたパウロのおじが咳払いをした。

「副部長、言っておいたほうがいいだろうが、ここにはとても重要な人たちがいる。イギリスの次期国王。ヘル・ヒトラーの信頼厚い将軍。わたし自身もムッソリーニとは親しい立場だ。少しでも誤ったことをすれば、彼に報告が行くことになると承知していてもらいたい」

副部長の顔が少し青ざめた。固い襟を上下させながらごくりと唾を飲んだが、ブルドッグのような小男はけんか腰の態度を改めることはなかった。

「たとえあなたがローマ教皇であっても、わたしは同じことをします。殺人は殺人で、正義は正義だ。それがナポリの裏通りであろうと、ここのような大邸宅であろうと」彼はパウロのおじを無視して、パウロに言った。「さて、マティーニ伯爵、犯罪現場に案内してください」

大理石の階段をあがる彼の足音が聞こえてくるやいなや、カミラは夫のおじに歩み寄った。

「コジモおじさま、ミラノに電話をしてだれかほかの人をよこしてもらうことはできませんか？　あの人はだめです。自分を買いかぶっている小柄な男の人は、たいてい危険です」

コジモは肩をすくめ、カミラの腕に手を乗せた。「彼が墓穴を掘るのを待ったらどうだ？　きっとすぐにそういうことになる」

カミラはわたしの隣に戻ってきた。「だれかがルディを殺したんだって、ようやく実感がわいてきたわ。この家にいるだれかが。信じられない」カミラはそこにいる人々の顔をひとりずつ順番に眺めた。

「そういう状況になれば、だれにでも殺人は犯せるものですよ」パウロの母親がロザリオから顔をあげ、暗い声で言った。

再びぎこちない沈黙が広がった。わたしも部屋を見回した。もちろん母にはルドルフの死を望む充分な理由がある。もしルドルフがなにをしようとしているのかにマックスが気づいていたなら、彼にも理由があったことになる。それに、昨日の夜、カミラはどうしてルドルフの部屋に忍びこんでいたんだろう？ ルドルフは、母だけでなくここに滞在しているほかの人物を脅す材料を持っていたのかもしれない。けれど彼らはみな力のある人間だ。汚い仕事は人を雇ってやらせるだろう。昨日、ボートからルドルフを突き落とすことだってできたはずだ。

階段をおりてくる足音が聞こえたので、わたしは顔をあげた。ストラティアセッリ副部長がパウロを従えて戻ってきた。

「あなたたちは虚偽の通報をしましたね」彼はイタリア語で言い、パウロが通訳した。「あの男性は殺されたのではない。自殺です。手に銃が握られていることに気づかなかったのですか？」

「もちろん気づきましたよ」パウロが応じた。「ですが、銃は右手に握られているのにルドルフ伯爵は左ききだということを指摘した人間がいたんです」

副部長は薄笑いを浮かべた。「両手ききの人間の話を聞いたことはないのですかな？ 一方の手で字を書き、もう一方の手で銃を撃てる人間がいるんですよ。さて、これで問題は解決ですね？」

部屋にいる人々の顔に安堵の表情が浮かんだのがわかった。

「それでは、遺体を移動しますよ。医者が調べて、死亡推定時刻を割り出します。部下が銃にほかの指紋が残っていないかを確かめます。もしなければ、犯罪は行われていないということです。神に対するもの以外は」副部長は英語に変えて言い添えた。「心配ありません。すべてうまくいっています。彼は自殺したのです。彼の魂が救われますように」

そう言い残し、副部長は足音も高らかに部屋を出ていった。

22

まだ四月二三日　火曜日
ヴィラ・フィオーリ

ぴりついた聴取の時間が続いている。なにがあったのかは考えないようにしている。

しばらく、だれもなにも言おうとはしなかった。やがて母がためらいがちに切りだした。

「彼が両手ききだっていうのは、ありうることかもしれないわね。そういう人もいるでしょう？」

「いますね」カミラがうなずいた。

シンプソン夫人が立ちあがった。「よかったわ。それじゃあ、これで解決ね。不愉快な時間はおしまい」彼女は手首にはめた金のカルティエの時計を見た。「ミラノに行く時間は充分あるわ。クレア、あなたはまだ行く気がある？」

デイヴィッド王子もさすがに驚いたようだ。「ウォリス、この家で人が死んだんだ。それに許可なしにここから出ないようにと警察の人間に言われているだろう？」

「それは、これが殺人だと思っていたときの話よ、デイヴィッド。自殺だという結論が出たんだから、わたしたちは好きなときにどこへだって行けるんだわ」

デイヴィッド王子は咳払いをした。「いまショッピングに行くのはいいことだとは思わないね。悪い印象を与えることになる」

「あら、いい印象を与えると思うわよ。彼の死はわたしたちとはなんの関係もないことを、マスコミに教えるわけだから」

「どうして彼の死がわたしたちに関係あるんです？」カミラが鋭い口調で尋ねた。「彼は単なる知り合いにすぎないのに」

「あなたが彼を招待したのよ、カミラ」ウォリスがさらりと指摘した。

「わたしは招待なんてしていません」カミラが答えた。「それどころか、どうして彼が招待されたのかもよくわからないわ。もちろん彼は、わたしの友人なんかじゃありません。ドイツ人の方が何人か来られるとパウロに言われたので、わたしはメイドに部屋を用意させただけです」

「ドイツから来た友人を招待してほしいとコジモおじさんに言われたんだ」パウロが言った。

「ルドルフはおじさまのお友だちですか？」カミラが訊いた。

コジモは肩をすくめた。「わしは親しい友人である将軍を招待した。彼が自分の友人を連れてきたんだ」

　スピッツ＝ブリッツェン将軍が不意に立ちあがった。

「あの若者はわたしの友人ではない。だれが招待されているのかを知って、勝手に押しかけてきたのではないのか。わたしがつれてきたのはクリンカーだけだ。彼はわたしの副官だから、どこへでもいっしょに行くのだ。実を言うと、クリンカーが心配なのだ。だれか彼を見なかったかね？　しばらく前から姿が見えない」

　だれもクリンカーを見ていないことが判明した。そこにいる人たちがなにを考えているのか、わたしにはよくわかっていた――ルドルフの死にクリンカーが関わっていて、ドイツに逃げ帰ったのだ。素晴らしく都合のいい話だった。

「どこに行くとは言っていなかったのですか？」パウロが訊いた。

「散歩に行ったのだとばかり思っていた」将軍が答えた。「彼はとてもたくましい男だ。自分の引き締まったからだをとても誇りに思っているのだよ」

「庭師に敷地内を探させましょう」パウロが言った。「その先の丘に行ってしまっているのなら、帰ってくるのを待つほかはありませんが」

「突然、帰ったということはないのかしら？」母が愛らしい声で言い、全員の視線が向けられたところで、無邪気そうに言葉を継いだ。「偶然すぎると思いません？　だれかが殺されて、そのあとクリンカーの姿が見えなくなるなんて。ストレーザからなら、列車でバーゼルを経由してドイツまで行くのは簡単だわ」

スピッツ＝ブリッツェン将軍の顔が真っ赤になった。

「クリンカーがそんなことをするわけがない。彼は信義を重んじる、高潔な男だ。だからこそわたしは彼を副官に選んだのだ。そもそも、彼にルドルフ伯爵を殺すどんな動機があるというのだ？　ここに来るまで会ったこともなかったのだぞ」

「落ち着いてくださいな、将軍」シンプソン夫人がいつものゆっくりした口調で言った。ドアの側柱にもたれ、煙草の煙を吐いている。「両手ききのルディが自分を撃ったということで、みんな納得したんじゃなかったのかしら？」ぐるりと全員の顔を見まわした。「ばかみたいにここに座っているんじゃなくて、なにかほかのことをしましょうよ。デイヴィッドがショッピングに行かせてくれないみたいだから、ほかに楽しめることがあるといいんだけれど。なにかあるかしら、カミラ？」

「トランプとか？　ボウリングもできるし、舞踏室でバドミントンをしてもいいけれど」カミラはまだ落ち着かない様子だった。

「舞踏室でボウリング。いいわね」シンプソン夫人の口調があまりに皮肉めいていたので、デイヴィッド王子は立ちあがってあわてて言った。「楽しそうだね。行こうか、ウォリス。ほら、早く。やってみようじゃないか」

デイヴィッド王子は彼女に近づいて腕を取った。部屋を出ていきながら、シンプソン夫人は全員に聞こえるような声で言った。

「どうしてこんなうっとうしい場所にわたしを連れてきたのよ、デイヴィッド。着いた瞬間からずっと退屈でたまらないわ。いますぐ帰りましょうよ。ディナーに間に合うようにリヴィエラに戻れるわ」長い廊下を遠ざかっていくにつれ、彼女の声も小さくなった。

「わたしも帰りたいわ」母が言った。「ハウスパーティーは中止になったみたいだし、わたしたちもヴィラに帰ってもいいんじゃないかしら。どう思う？」

マックスは眉間にしわを寄せた。「まだどこにも行くべきではないと思うね、マイン・リーブリング。伯爵夫妻が助けを必要としているときに、見捨ててはいけない。こういうときこそ、友人はいっしょにいるべきだろう？」

カミラは笑顔でマックスを見た。「ご親切にありがとうございます、マックス。こんな情けないホステスで申し訳ないと思っているんですけれど、ルドルフの死はとてもショックだったんです。自分の家で……まさかこんなこと……が起きるなんてだれも思いませんよね？」

パウロがカミラに歩み寄り、彼女の肩に手を回した。

「心配ないよ。なにもかもすぐに解決するさ。さあ、舞踏室でゲームを始めましょうか？」

「あなたも来るの、ジョージー？」母が手を差しだして、わたしを立たせた。「先に行っていてちょうだい、マックス。わたしはジョージーを元気づけてあげたいの。まだ動揺しているみたいだから」母はわたしが動けないように、ものすごい力で手を握りしめていた。「どうしたの、ダーリン？　気分が悪いのね。無理もないわ」劇場用の声が廊下に響き渡った。「あなたみたいな若い娘は、あんなおそろしいものを見てはいけないのよ。わたしですら気分が悪いんですもの。部屋に戻って横になる？　わたしが連れていってあげるわ」ほかの客が全員廊下の先に見えなくなると、母は小声で言った。「急いで。みんなは舞踏室でゲームをするわ。警察が遺体を運び出して、部屋を捜索しているかどうかを確かめるいいチャンスよ」

「お母さま、だめよ」わたしはぎょっとした。「それに、もう心配ないのよ。警察は自殺だと思っている。部屋を捜索したりしないわ」

「そうだとしても、いずれだれかが写真を見つけるわ。マックスに見られる前に、取り戻しておきたいの」

「彼はもうお母さまを脅迫することはできないのよ」わたしは指摘した。

「それはそうだけれど」

彼を撃ったのは母かもしれないという思いが一瞬脳裏をかすめたが、すぐに打ち消した。母は暴力とか血とかいうことがひどく苦手だ。男の頭に銃を向けて引き金を引いている母など、とても想像できない。それに、殺人の計画を立て、それを自殺に見せかけられるほど頭がいいとも思えなかった。これは、ずる賢くて頭のいい人間の犯罪だ。わたしは母に連れられるまま、二階の廊下を進んだ。

「この階のほかの部屋はだれが使っているの？」わたしは訊いた。

「わたしたちは階段に近いこの部屋よ」母が答えた。「その隣がデイヴィッド王子で、あの女は真ん中の大きな続き部屋を使っている。その次がルディで、それからあなた。突き当たりのドアはパウロとカミラの部屋だと思うわ」

「ええ、わたしもそう思う。メイドがいつもあっちからくるから。でも、ほかの人たちの部屋はどこなの？ 将軍とクリンカーは？」

「階段の反対側じゃないかしら。コジモ伯爵とあの恐ろしい母親が夜をどこで過ごしているのかはわからない。あの司祭も。鐘楼にさかさまに吊るされているのかしら。あの人たちって、ぞっとしない？」

「するわ」わたしはうなずいた。「クリンカーのことはどう思う？」

「どう考えていいかすらわからない。彼って本当に人間なの？ 機械じゃないわよね？ ここに来てからというもの、彼がなにか言うのを聞くどころか、表情を変えたところすら見ていないわ」

「わたしは一度だけ、微笑むのを見たわ。秘密めいたうっすらとした笑みだった」

「ヒトラーのスパイなんじゃないかしら。将軍かマックスを見張るために送りこまれたとか。ルディを撃ったのは彼なのかもしれない」

「もしそうだとしたら、どうして逃げだしたりして、自分に疑いがかけられるような真似をするの？」わたしは言った。「自殺にみせかけたのよ。ここに残って、冷静に行動していればそれですんだのに。それなのに、姿が見えなくなっている」

「彼も殺されたのかもしれないわね」母はうれしそうに言った。「噴水かどこかで彼の遺体が見つかるかもしれないわ」

ルディの部屋までたどり着くより先に、廊下の突き当たりのドアが開いてゲルダが現われた。「レディ・ジョージアナ、どうかしましたか？　具合が悪いんですか？」

「動揺しているのよ」母が答えた。「しばらく横になったほうがいいんじゃないかと思って」

「雨のなかの散歩から戻られたとき、わたしもそう言ったんです。心がショックを受けているときに、体にストレスを与えるのはよくありません。わたしがレディ・ジョージアナのお世話をしますから、どうぞご心配なく。奥さまはほかの方々のところに戻ってください」

「いいえ、わたしは横になんてならない」わたしはきっぱり告げた。「そんなつもりはないから。いまはひとりになりたくないの。ほかの人たちといっしょにいるほうがいいわ」

「お好きなように」ゲルダが言った。「呼んでくだされば、すぐに行きますから」

ゲルダはきびすを返して、廊下の突き当たりにある両開きのドアの向こうへと姿を消した。

「いまよ！」母はそう言うと、ルディのドアへと突進した。すぐ前に立ち、ノブに手をかけたところで、不意にドアが開いて若い警察官が出てきた。見知らぬ人間が顔から数センチのところに立っているのを見て、彼も母と同じくらいぎょっとしていた。

「シニョーラ？」警察官はイタリア語でペラペラと何かを言った。

「ごめんなさい。イタリア語はわからないの。イギリス人よ。ルドルフ伯爵に本を貸してあったから、なくなる前に取り戻しておきたいの。本よ。伯爵に貸したの。返してほしいの。わかる？　なかに入ってもいい？」

なにを言っても無駄だった。若い警察官はまったく英語がわからないようだ。母を黙らせると、ドアを閉めて鍵をかけ、そのまま廊下を遠ざかっていった。

「ああ、もう」母がつぶやいた。いまの状況を考えれば、控えめな表現だと言っていいだろう。

「使用人が使っている鍵を見つけることはできないかしら？」母が提案した。

「昼のこんな時間に、見つからないように使用人たちの部屋に入るのは無理だと思うわ。それに、仮に部屋に入ることができたとしても、写真を見つけるためにあちこちかきまわしたあと、警察が指紋をとることにしたらどうする？　どう思われるかしら」

「やっぱり、これが自殺だということになって、これ以上なにも調べられないことを祈るしかないのね。でも念のために、マックスとわたしは安全なスイスに戻ったほうがいいわね。規律を重んじる国よね、あそこは。とても清潔だし、お金持ちにはものすごく親切だし。死ぬほど退屈だけれど、でも安全だわ」

わたしもそうしようかとふと考えた。ここを発って、安全なスイスにある、ベリンダのクリニック近くのあの居心地のいい小さな部屋に戻るのだ。もうわたしがここにいる理由はない。会合のことはダーシーに伝えたし、ルドルフの事件に関わるつもりもなかった。けれどダーシーはまだここにいるし、彼を置いてひとりだけ戻るのはいやだった。彼も知るべきことはすべて知ったから、こっそり姿を消すことができるかもしれない。とにかく、今夜、彼が部屋を訪れるのを待とうと決めた。

舞踏室に行ってみると、長いカーペットが敷かれ、室内ボウリングが始まっていた。長いベルベットのカーテンは半分閉じたままで、部屋の向こうの隅は暗いままだったから、なんとも不気味だった。古代ローマの彫像が冷ややかに見つめるなかで、ボウルがピンに当たる音が高い天井に反響している。だれもあまり楽しんでいるようには見えなかった。

「ああ、ジョージーとクレアが来た」パウロはあえて明るい口調で言った。「チームを作らないと」

「そうね、チームね」シンプソン夫人が素っ気なく言った。

パウロはわたしたちをふたつのチームに分けた。わたしは気乗りしないシンプソン夫人、将軍、コジモ伯爵といっしょになった。どんなゲームであれ、とても勝てそうにない組み合わせだ。わたしがボウルを手にして、一投目を投げようとしたところで、執事のウンベルトがやってきて、イタリア語でなにかを告げた。

「まったく」パウロが言った。「あの警察官が戻ってきたらしい。すべて終わったと言いにきたことを祈ろう。ルディは自殺で、ぼくたちは自由の身だとね」

パウロが言い終えるより早く、ストラティアセッリ副部長が舞踏室に姿を見せた。雨はまだ降り続いているらしく、制服の上に羽織ったままのマントから滴った水が、寄せ木細工の床に点々と跡を残している。執事は彼のうしろについてマントをどうにかして脱がせようとしていたが、うまくいっていなかった。

「みなさん、おそろいですな」ストラティアセッリは大きく両手を広げた。「楽しんでおられる。地元の警察をうまくごまかせたことを祝っているんでしょうが、ストラティアセッリを見くびっていたようですな。ごまかせると思ったんでしょうが、ストラティアセッリは完壁だ。わたしはなにひとつ見逃さない。ミラノどころかローマでも、わたし以上の人間はいないでしょうな」イタリア語だったが、その素振りを見れば、理解するのは難しくなかった。

「いったいなんの話です？」パウロが尋ねた。「なにか問題でも？」

「なにか問題？　問題なのはあなた方のうちのひとりですよ。あの男が持っていた銃は、最近使われた痕跡がなかった。死因がなににせよ、あの銃から発射された弾ではありません」

23

まだ四月二三日 火曜日
ヴィラ・フィオーリの舞踏室

事態はまずます謎めいてきた。

「銃が使われていない？」副部長の言葉が通訳されると、マックスが訊き返した。「それなら、どうやって彼の顔が吹き飛ばされたというんだ？」

「わたしがお訊きしたいですな」副部長が言った。「あなた方のうちのひとり、もしくは複数の方が知っているはずですから。これは殺人事件だ。わたしの部下が被害者の部屋を捜索します。それからこの家全体も。あなた方はわたしと最初に会った部屋に戻って、わたしが許可するまでそこから動かないでいただきたい」彼はわたしたちをぐるりと見まわし、英語に変えて言った。「いますぐ行ってください。あの部屋から動かないで。だれも出ていってはいけません。わたしは、この邪悪な行いをした人物を見つけます。ストラティアセッリは、彼をだまそうとした人物を見つけます」

「許可するまでだって？」コジモが言った。「きみはだれにものを言っているのか、わかっているのか？　この部屋にいるのは、我らがムッソリーニの側近中の側近とヘル・ヒトラーの顧問、そしてだれあろうデイヴィッド王子その人なんだぞ」

ストラティアセッリは肩をすくめた。「さっきも言いましたが、殺人は殺人です、マローラ伯爵。この家にいるだれかが罪を犯し、わたしはその人物を見つけるつもりだ。さあ、部下があなた方をさっきの部屋までお連れしますから、呼ばれるまでそこにいてください。電話の使用は禁止しますし、建物から外に出ないように」

「いくつか鍵のかかる部屋があります、副部長」カミラが言った。「お客さまのなかには、鍵をかけている人がいます」

「それならわたしに鍵を貸していただこう。使用人は合鍵を持っていますよね？」

「もちろん、合鍵はあります」カミラは、ストラティアセッリのうしろを離れようとしない執事に言った。「ウンベルト、副部長が全部の部屋に入れるようにしてちょうだい」

「かしこまりました、奥さま」彼は威厳たっぷりにうなずいた。「こちらです、副部長」

わたしたちは、湖の見える部屋へと連れていかれた。空は少し明るくなって、灰色の湖面の向こうにそびえる黒っぽい崖に雲の合間から光が射している。まるでロマンチックな絵画のようだ。

「少なくとも天気は回復しつつある」パウロは場をなごませようとして言った。

「いったいなにごとです?」部屋に入っていったわたしたちに、パウロの母親が訊いた。彼女はいつもの場所に座っていた。司祭もだ。

「警察官が戻ってきたんですよ。ルドルフ伯爵の手のなかの銃は使われていなかったそうなんです。彼はいま家じゅうを捜索していて、ぼくたちはこの部屋から出ないようにと言われたんです」

「でも、そろそろ昼食の時間じゃありませんか」伯爵未亡人は驚いて言った。「同じ時間に食事をすることが、わたくしの体にとってどれほど大切なことかわかっているでしょう? あのばかな小男にそう言いなさい」彼女はパウロのおじに目を向けた。「コジモ、あなたはローマに電話をかけるのです。ここでなにが起きているかを教えてやりなさい」

「いまは電話を使うのを禁じられているんだよ、アンジェリーナ」

「それなら、あなたが言ってください、フランチェスコ司祭」傲慢な口調だった。「貴族を羊の群れのように扱うことは許されていないと。司祭の言うことなら耳を傾けるでしょう」

「教会は、行政の行うことに関与しません。よくおわかりのはずだ、伯爵未亡人」司祭は聖書から顔をあげた。「規約にそう記されています」

「いったいいつから教会の関与が禁じられたというのです?」容赦のない口調だった。「弱虫ばかりですね。わかりました、わたくしが言いに行きましょう」

伯爵未亡人は立ちあがろうとしたが、パウロがそれを押しとどめた。

「だめだよ、母さん。そんなことをしたら、いっそう事態が悪化するだけだ。あの男は権力を駆使するのを楽しんでいるんだ。それに彼にはその権利がある。この家で殺人が起きたんだ。犯人を見つけなくてはいけない。だから、頼むから辛抱してほしい。きっとすぐに解決するよ」

「少なくともわたしは、もう一分たりともこの家にはいたくないわ」シンプソン夫人が言った。檻《おり》に入れられた豹《ひょう》のように、いらだたしげに行ったり来たりしている。「デイヴィッド、意思に反してここに閉じこめられていることをお父さまに連絡してちょうだい。お父さまじゃなければ、ローマのイギリス大使でもいいわ」

「電話が使えなければ、それは無理だよ、ウォリス」デイヴィッド王子の声は張りつめていた。こんな事態に陥ったことを父親に知られたらどうなるかということに、ようやく気づいたらしい。

わたしはシンプソン夫人を見つめていた。どんなことであれ、彼女が邪魔をされるのを嫌がるのは知っているけれど、急いでここから出ていきたがるのにはひょっとしてもっとべつの理由があるのではないだろうか？　ルドルフは人を脅迫していた。彼女もなにか弱みを握られていたというのはありえること？　デイヴィッド王子に知られたくないなにか、いずれ国王になる人と結婚するチャンスを逃しかねないなにかを。彼女なら眠っている男を撃つことを躊躇したりはしないだろうし、それを自殺に見せかけるくらいには頭もいい。

カミラも同じように部屋のなかをうろうろと歩きまわっていた。

「ずっとここに閉じこめられるなら、サンドイッチを持ってこさせたほうがいいわね」

「いったいあの男はなにが見つかると思っているんだろうか」将軍の声も緊張をはらんでいた。「銃を取り換えるだけの知恵のある人間であれば、本物の凶器を隠すか、あるいはどこかに処分しているはずだ」

「ぼくが理解できないのは」パウロはそのハンサムな顔の額にしわを寄せ、じっと考えこんでいた。「銃がそこにあるのなら、どうしてそれを使わなかったんです？　なんだってこんな複雑なことをしたんだろう？」

「銃はあったけれど、弾がなかったのかもしれないわ」母が言った。「それとも、弾は隠してあって、見つけられなかったのかもしれない。人はいろいろと隠すものだから」

母がちらりとこちらに視線を向けた。なにを考えているのか、手に取るようにわかった。警察はいまこの瞬間もルディの部屋を調べていて、すでに例の写真を見つけているかもしれない。ダーシーがここにいてくれたらと思った。わたしはまだ動揺が収まっていなかったし、彼が隣にいてくれたならなにもかもまったく違っていただろうに。でもとりあえずすぐ近くにいると、わたしは自分に言い聞かせた。今夜には会えるのだから。

階段をあがったりおりたりする足音が聞こえた。家具を動かす音が聞こえた。だれもなにも言おうとはしなかった。シンプソン夫人ですら歩きまわるのをやめ、窓の外を眺めている。モーターボートをどうにかして手に入れて、自分でスイスまで行こうと考えているのかもしれない。聞こえるのは、炉棚の上のオルモル装飾の時計が時を刻むリズミカルな音だけだった。あたかも全員が息を止めて、破滅のときがやってくるのを待っているかのようだ。わたしは皆の顔を見まわした――いったいだれ？　使用人が大勢いる家の寝室に、外部の人間が忍びこめるとは思えない。使用人が自分の主人を殺すとも思えない。つまり、わたしたちのうちのひとりだということだ。ここにいるだれか……。まだ戻ってきていないクリンカーは別として。副部長が再び姿を見せたら、そのことを伝える必要がありそうだ。ようやく、こちらに近づいてくる落ち着いた足音が聞こえ、全員の視線がドアに集まった。けれど現われたのは警察官ではなく、トレイを手にしたウンベルトだった。

「いつもの昼食の時間が過ぎております、伯爵夫人。食べるものが必要かと思いまして」

トレイには、白ワインのカラフェとグラス、そしてサンドイッチがのっていた。

「助かったわ、ウンベルト」カミラが言った。「みなさん、どうぞ召しあがってください」

「こんなときに、なにかを食べようと思う人の気が知れないわ」シンプソン夫人が言った。けれどパウロの母親はすでにまっしぐらにお皿に歩み寄っていた。

「スモークサーモンですね、わたくしの好物ですよ」

そう言って、数切れ手に取った。司祭が続いた。わたしは自分の番が来るのを待ってふた切れつまんだけれど、なかなか飲みこむことができなかった。ちらちらと母に目を向け、いまにも副部長がみんなに見えるように誇らしげに写真をひらひらさせながら、階段をおりてくるのではないかと考えていた。再び足音が聞こえたのは、サンドイッチとワインの軽食を終え、時計が二時を打ったころだった。勝ち誇ったような笑みを浮かべたストラティアセッリが、部屋に入ってきた。ヤギのなめし革の化粧ケースを持っている。「これはどなたのものですかな?」彼が言った。正確に言えば、「これ、だれの?」と言った。

「あら、わたしのよ」母は驚いたように答えた。

「あなたのでしたか、シニョーラ」彼は笑みを浮かべたままサイドテーブルに化粧ケースを置き、蓋を開いた。上の段をはずし、握りが真珠母貝のリボルバーを取り出す。「それでは、この銃はどなたのです?」

「それもわたしのものだわ」母は狼狽《ろうばい》したような口調になっていた。

「お母さま、銃を持っているの?」口をつぐんでいるべきだと気づくより早く、わたしは口走っていた。「銃を持ち歩いているの?」

「一度も撃ったことはないのよ、ダーリン」母はぎこちなく笑った。「自分が仕事でいないあいだ、身を守るものが必要だってマックスが言うものだから。ベルリンにはまだ共産主義の扇動者がいるのよ」

「一度も撃ったことがないと言われましたか?」ストラティアセッリが言った。「それでは、この銃はつい最近撃った形跡があると言ったら、さぞ驚かれるのでしょうな。そのうえ、あの気の毒な男性の頭を貫通した弾は、この銃に使われているものと同じサイズだと思われます」実際にはこれほど流暢《りゅうちょう》な言い回しではなかったが、彼がなにを言わんとしているのかはよくわかった。

「でもそんなこと、ありえないわ」母が言った。「その銃はずっと化粧ケースに入れていたし、化粧ケースはずっとわたしの部屋に置いてあったの。言ってやってちょうだい、マックス」

「ばかばかしいにもほどがある」マックスが立ちあがった。「いったいこちらの女性にルドルフ伯爵を殺すどんな動機があるというのだ？　彼のことなどろくに知らないのだぞ。ベルリンのパーティーで一、二度会ったことがあるが、それだけだ。見知らぬ人間を殺そうとする者はいない」

「彼女の動機についてはまだわかっていません」ストラティアセッリが言った。「みなさんを尋問すればきっと明らかになるでしょう。あなたは無実だと言われるが、この銃の存在をほかに知っている人はいますか？」

「マックスだけだと思うわ。だれにも話したことはないもの。それどころか、わたし自身も持っていることを忘れていたくらいよ。峠の盗賊に襲われないとも限らないから、ベルリンを出るときに化粧ケースに入れただけなんですもの」

「つまり、こちらの紳士以外、銃のことはだれも知らないと。やはりあなたが疑わしいようですな、シニョーラ」

「いいかげんにしてちょうだい」母はいらだった口調で言った。「わたしはばかじゃないのよ。もしもわたしがその銃でだれかを殺したとしたら、自分の化粧ケースに戻しておくと思うの？　そんなことするはずないじゃないの。石をくくりつけて湖に投げこむか、もしくはどこかの生垣のなかに突っこんでおくわね。当分見つかるおそれのないところに」

　ストラティアセッリは黙って母の言葉を考えていた。「そうかもしれないし、そうじゃないかもしれない。この男は自殺だということになって、警察の捜索は行われないとあなたは確信していたのかもしれない」

「死亡推定時刻はわかっているんですか、副部長？」パウロが尋ねた。

「夜中の一二時前だと医者は言っています」

「これではっきりした」マックスが両手をこすり合わせた。「夜中の一二時まで、こちらの女性とわたしは部屋で話をしていた」

「部屋で話を？」ストラティアセッリは当てこするように言った。

「そのとおり」マックスが応じた。

「あなたはこちらの女性のご主人ですか、マイン・ヘル？」

「この人たちは結婚していませんよ」パウロの母親が暖炉脇から声をあげた。「殺人が起こる前から、この家では多くの罪がなされていたのです。そうですね、フランチェスコ司祭？」

　司祭は顔をあげ、重々しくうなずいた。

「つまり、あなた方は同じ部屋で寝ているが、結婚していないということですな、マイン・ヘル？」ストラティアセッリは愛想よく尋ねた。

「わたしたちは結婚の約束をしている」マックスは腹立たしげに答えた。

「ゆうべ話していたのはそのことだったのよ」母が言った。「この夏の結婚式の計画について話し合っていたの。ベルリンで式をあげるべきか、ルガーノ湖にあるわたしたちのヴィラのほうがいいか」

「ベルリンの夏はとても暑くなるから、ルガーノのほうが気持ちがいいだろうとクレアは考えていた」マックスが言い添えた。

「そうよ。そうしたら下の時計が一二時を打つのが聞こえたから、話し合いはまた今度にしてもう寝ようということになったの」

通訳しなければならなかったから、ストラティアセッリがふたりの言葉を理解するのにしばしの時間が必要だった。やがて彼は嘲りをにじませた口調で言った。

「あなた方は――わたしには理解できませんな。あなた方のモラルはわたしとは違う。ベッドの相手を替えるのはゲームだと考えているんでしょう？　ゆうべこちらの男性のベッドにいたのがどの人なのかは、だれにもわからないというわけだ。違いますか？」

「いいかげんにしたまえ」パウロのおじが立ちあがった。「もうたくさんだ。きみはわしの客を愚弄している。彼らのモラルを問題にしている。自分の立場をわきまえたまえ。わしはローマに電話をかける」

「電話をかけようとしたら、あなたを逮捕して留置場に入れますよ」ストラティアセッリが告げた。「これはどうも陰謀のようだ。ひょっとしたらだれが犯人なのかを、あなた方全員が知っているのではありませんか。黙っていれば、ストラティアセッリに知られずにすむと。何日か留置場で過ごしたあとでも、口をつぐんでいられるものかどうか試してみるんですな」

「よくもそんなことを！」シンプソン夫人が声をあげた。つかつかと部屋を横切ってきて、ストラティアセッリをまっすぐににらみつける。「彼はデイヴィッド王子なのよ。次期イギリス国王よ。彼が犯罪に関与しているなんてほのめかしたり、留置場に入れたりしたら、イギリスはイタリアに宣戦布告することになるわ。王子を助けるためにイギリス艦隊がジェノアの港にやってきたときには、あなたはどういうことになっているかしらね」

一気にまくしたてた言葉はストラティアセッリにはほとんどわからなかったようだが、それでも顔が青ざめる程度には理解できたらしい。

「もちろんデイヴィッド王子を非難するつもりはありません」彼はあわてて言った。「わたしは事実に基づいて判断します。わたしが見つけた証拠によって。知るべきことは証拠が教えてくれます。いまのところわかっているのは、遺体があって、発射された形跡のない銃と発射されている銃が一丁ずつあるということです。このことからどういう結論が導かれるでしょう？　ふたつめの銃が被害者の命を奪ったということです。となれば、その銃の持ち主が第一容疑者ということになる。これから銃の指紋を調べますよ。部下がこの家にいる全員の指紋を採取します。そうすれば、両方の銃に残っている指紋がだれのものなのかがわかります」

「あなたの指紋が残っているでしょうね、副部長」カミラが彼の手に握られている銃を示した。「それから、その銃を見つけたあなたの部下のものも」

ストラティアセッリは自分の手に視線を落とした。「そうか、そうですね、そのとおりだ」あわてて銃をテーブルに置いた。

「残っていた指紋が消えてしまったかもしれませんね」カミラの声には勝ち誇ったような響きがあった。「その銃を撃ったのがだれなのか、証明できないかもしれない」

ストラティアセッリは不安と気まずさの入り混じったような顔になったが、すぐに一六〇センチの身長をせいいっぱい伸ばした。

「心配はいりません、伯爵夫人。ストラティアセッリは必ずこの事件を解決して犯人に裁きを受けさせます。さて、いまから部下があなた方の指紋を採取します」

「昼食はどうなるんです？」パウロの母親が訊いた。「わたくしたちはサンドイッチを少しお腹に収めただけなのです。わたくしの年になると、健康を維持するためには決まった時間にきちんとした食事をいただく必要があるのですよ」

「指紋を採取したら、食事をしていただいてけっこうですよ」ストラティアセッリはそう言って、窓の外に目を向けた。「なんてこった《マンマ・ミーア》。家の外を妙な男がうろついている」彼はホールに走り出ると、上の階に向かって叫んだ。「ベルナルド！　ジャンコジーモ！　すぐおりてこい。生垣のあいだをうろついている男をつかまえるんだ！」

24

四月二三日　火曜日　まだ尋問されている

事態は母にとって不利だ。まさかルディを殺すほど、母はばかじゃないわよね？

階段を駆けおりる足音に続いて、外の砂利を踏みしめる音が聞こえてきた。心臓が激しく打っている。ひょっとしたらダーシーかもしれないとわたしは考えていた。家のなかでなにが起きているのかを知ろうとしたのかもしれない。もし彼がつかまって連れてこられたら、ここにいた理由をどう説明するだろう？　彼の存在をわたしが知っていたことをなんて釈明すればいい？　息が苦しくなってきた。男たちの声と玄関ホールに戻ってきた足音が聞こえた。部屋を走り出て、それがだれなのかを自分の目で確かめたくてたまらなかった。警察官のひとりがなにか言い、続いてストラティアセッリの声がした。まもなくストラティアセッリが姿を見せ、そのうしろからふたりの警察官がクリンカーを両側から押さえつけながら部屋に入ってきた。クリンカーは泥まみれなうえにびしょ濡れで、ひどい有様だ。

「どなたか、この男を知っていますか?」ストラティアセッリが訊いた。「この家の外をうろついていて、部下の質問に答えようとしなかったのです」

「彼はイタリア語ができないからだ」将軍が立ちあがり、不安そうにあたりを見回しているクリンカーをにらみつけた。「マイン・ゴット、クリンカー。いったいなにがあった?」

クリンカーは将軍に向き直り、早口のドイツ語で説明した。「なるほど」将軍が笑顔になり、ストラティアセッリに向かって言った。「彼はわたしの副官のクリンカー中尉だ。今朝早く、山に散歩に出かけたが、戻ってみるとちょっとした流れだったものが雨のせいで激流になっていたそうだ。迂回しようとしたが渡れるところがなかったので、いくらか流れの緩やかなところで木の枝を使って渡ろうとした。だが枝が折れ、彼は激流に落ちて流されたおぼれかけたらしい」

カミラが立ちあがった。「クリンカー中尉、なんてお気の毒に。大変でしたね。すぐにその濡れた服を脱げるように、だれかにお風呂の用意をさせます。それからお部屋にブランデーを運ばせますね」そう言ってから、自分たちが尋問を受けている最中だということを思いだしたらしい。「許可してもらえますか、副部長? お客さまを肺炎にするわけにはいきません」

「よろしい。使用人のだれかにその男の世話をさせてもけっこうです」

クリンカーは首を振り、ドイツ語でなにかを言った。

「迷惑をかけたくないそうだ。こんな格好をだれにも見られることのないように、こっそり家のなかに入ろうとしていたらしい。自分の面倒は自分で見られると言っている」

「とんでもないわ、クリンカー中尉。従僕があなたのお世話をするのは迷惑でもなんでもありません。大変な目にあわれましたね」カミラはクリンカーをドアのほうにいざなおうとした。

ストラティアセッリは部下のひとりに指示をした。

「いっしょに行くんだ、ベルナルド。目を離すな」

彼は一行が部屋を出ていくのを待って言った。

「さて、我々は仕事に戻りましょうか。指紋です。動かないでください。部下がすぐに戻ってきますから」

そして彼も部屋を出ていった。

「なんていらだたしい男なの」シンプソン夫人が言った。「パウロ、イギリス領事に電話をして、マスコミが殺人事件のことを嗅ぎつける前に、殿下をここから連れ出さなくてはいけないわ」振り返ってわたしをにらみつけた。「そもそもどうしてあなたは、きき腕でないほうの手に銃が握られていたことに気づいたりしたのよ。都合よく自殺ということにしておけばよかったじゃないの、ジョージアナ。そのせいで、こんな面倒に巻きこまれてしまったのよ」

正直に言って、わたしも同じことを考え始めていたところだった。ルドルフを好きだったわけではない。彼はこの家にいる人間を最低でもひとり、おそらくはそれ以上脅迫していた。多分ヒトラーのスパイだった。どうしてそんな男が殺されたことを気にかけたりしたのだろう？　ラノク家のいまいましい教えのせいだろうとわたしは思った。義務感と道義心が体にしみついているのだ。「ごめんなさい」わたしはかろうじてそう言った。「あのときは、それが正しいことだと思ったのよ」

「おかげで、あなたの母親がひどく困った羽目になったというわけね」シンプソン夫人が言葉を継いだ。明らかに楽しんでいる。「彼女はこの苦境を抜け出せるものかしらね。あの小男に好きなようにさせていたら、無理でしょうね。イタリアにはギロチンはあるの？　それとも銃殺隊？」

母がぞっとしたように小さくあえいだ。

「ウォリス！」デイヴィッド王子がたしなめた。「そんなことを言うものではないよ」

「ごめんなさいね。雰囲気を和らげようと思っただけなの」

「わたしを処刑する方法を並べれば、雰囲気がよくなるとでも言いたいの？」母が怒りのこもった声で言った。

「心配ないよ、マイン・リーブリング。きみはわたしが守るからね。必要とあらば、スピードボートにきみを乗せてスイスに連れていくから」

若い警察官がひどく気まずそうな様子で部屋に入ってきた。「すみません《ミ・スクージ》、シニョーリ」彼はそう言うと、テーブルのひとつに指紋採取用のキットを広げた。ひとりずつ順番に指紋をとり終えると、「グラッツェ、シニョーリ、グラッツェ」とつぶやきながら逃げるようにして出ていった。

「さて、これで終わりましたね」パウロの母親が言った。「昼食にしましょう。フランチェスコ司祭、エスコートをお願いしますよ」司祭が彼女の腕を取り、ふたりは部屋を出ていった。

「わたしたちも行きましょうか」カミラはパウロの顔を見た。「使用人たちが許可をもらって食事の準備をしているのか、それとも副部長に尋問されているのかはわからないけれど」

カミラがドアへと歩きだすと、ほかの人たちもあとを追った。わたしも続こうとしたところで、ものすごい力で腕をつかまれて引き戻された。全員が部屋を出ていくまで、母はわたしの手を放そうとしなかった。

「ジョージー、助けてちょうだい」母は小声で言った。「あの写真が見つかったら、わたしは絞首刑だわ。それとも銃殺隊に撃たれるのかしら。この国ではどういうことになっているのか知らないけれど、どちらにしろわたしは終わりよ。わたしを助けられるのはあなただけなの」

「わたしになにかできるとは思えないわ。思いつくところは探したのよ。図書室の本のどこかにはさんであるのかもしれないけれど、あれだけの数の本を全部調べるなんて無理よ。それに警察はそんなことはしないわ。写真を探しているわけじゃないんだもの」

「彼の部屋にあるはずなのよ。絶対に」母は譲らなかった。「ほかの人たちが昼食をとっているあいだに、上に行きましょう。警察はもう部屋の指紋を調べ終えているはずだから」

「気でも狂ったの？」わたしは声を押し殺して言った。「彼の部屋でなにかを探しているところを見つかったら、ストラティアセッリはお母さまが犯人だっていう確信をますます深めるだけよ」

「それならあなたが探してきて。彼はあなたがわたしの娘だということを知らない。万一見つかったら、ちょっと興味があったとか、部屋を間違えたとか言えばいいわ」

「お母さま、殺された人の部屋に間違って入る人間はいないわよ」

「それなら、なにかほかの言い訳を考えて。お願いよ、ジョージー。いましかチャンスはないの」

母はまるでおぼれている人間が木の枝にすがりつくように、わたしの腕にしがみついていた。そのうえ震えている。仕方がない。「わかった。やってみる」

母は足早に廊下を歩いていきながら、明るく呼びかけた。「マックス、ダーリン、ちょっと待って」

わたしは階段をのぼった。一段ごとに、足が重くなっていく。二階の廊下はどこまでも続いているように見えた。ルドルフの部屋までやってきた。ドアが少しだけ開いている。そっと押し開けた。一センチ、さらにもう一センチ。部屋にはだれもいないようだ。わたしは大きく息を吸うと、なかに足を踏み入れた。床のほとんどを覆っている絨毯の上を忍び足で歩いていく。ベッドから三〇センチほどのところに、白い羽根がまだそのまま落ちていることに気づいた。嗅いだことのない、不快なにおいが漂っていた。火薬だけではない、わたしには判別できないなにかを燃やしたようなにおい。血と死のにおいもわずかに残っていた。遺体は運び出されてベッドは空だったけれど、枕は乾いた血で茶色くなっていたし、真鍮《しんちゅう》のベッド枠の上のピンクの壁紙には飛び散った血で模様ができている。フレンチドアに駆け寄って、新鮮な空気を入れたくなるのをこらえた。

時間がないのはわかっていた。部屋を見回す。もしわたしがルディなら、見つけられたくないものはどこに隠すだろう？　ベッド脇の戸棚や化粧台には入れない。部屋の右側には、わたしの部屋のものとよく似た衣装ダンスがあった。山ほどの秘密をしまっておけるくらい大きい。問題の写真がどれほどの大きさなのか、わたしは知らなかった。ごく普通のスナップ写真であれば、どんな服のポケットにも入るだろう。わたしは絶望のあまり、首を振った。とても無理だ。けれどできるだけのことはすると母に約束したのだし、ラノク家の人間は決して約束を破らない。とにかく始めなければ。まずはマットの下とか？　すぐにでもシーツがはがされてしまうだろうから、最初に探すならそこだろう。わたしはぞっとして乾いた血を眺めたあと、大きく深呼吸をして心を決めた。

ベッドに向かって一歩踏み出したところで、向こう側からぬっと立ちあがった人影があった。わたしは口を開いたが、あまりの恐怖に悲鳴とも呼べない声がわずかにこぼれただけだった。あとずさった拍子によろめき、戸棚にぶつかった。置かれていた花瓶がぐらりと傾いた。とっさに手を出したが間に合わず、花瓶は床に落ちて砕けた。ベッドの向こうから立ちあがった人間も、わたしと同じくらい恐怖にかられていた。カミラだった。

「ジョージー！　ああ、心臓が飛び出るかと思ったわ。いったいここでなにをしているの？」

「それはわたしが訊きたいわ」わたしは息を整えながら、できるだけいつもの口調で言おうとした。「まさか床に膝をついて、メッカに向かってお祈りしていたわけじゃないわよね？」

「あるものを探していたの」カミラが答えた。「あなたも？」

うなずいた。

「手紙？」

「写真よ」

「時間がないわ。協力しましょう」カミラが小さな声で言った。「あなたはあちら側半分を探して、わたしはこっち半分を探すから」

「その前に花瓶のかけらを拾わないと」わたしは言った。「落ちた音をだれかに聞かれたかもしれない。すごい音がしたもの」

「手伝うわ」カミラはベッドのこちら側にやってきた。わたしたちは花瓶のかけらを拾い始めたが、幸いなことにいくつかの大きな破片に割れていただけだった。

「これをどこかに……」カミラが言いかけたところで、階段をあがってくる足音が聞こえて、わたしたちは体を凍りつかせた。「急いで、わたしの部屋に」わたしは言った。

あわててその部屋を出て、わたしの部屋のドアを開けようとしたまさにそのとき、ストラティアセッリの声が廊下に響いた。「どこに行くのです？」

わたしたちは手のなかの花瓶のかけらを強烈に意識しながら、振り返った。

「わたしの部屋です。ハンカチを取りに来たんですけれど、ひとりで二階に来るのを怖がっていたら、伯爵夫人がご親切にいっしょに来てくださったんです」

ストラティアセッリが近づいてきた。わたしは花瓶の破片をスカートのポケットに滑りこませた。「ここがあなたの部屋なんですか？」

「そうです。確かめたければお好きにどうぞ」

「死んだ男の部屋の隣？」

「そうです」

彼はわたしの部屋に入ると、うろうろと歩きまわった。彼が背中を向けている隙に、カミラは持っていた花瓶の破片を枕の下に押しこんだ。ストラティアセッリがいきなり振り返った。

「だが殺人があった夜、あなたはなにも聞いていないんですね？　銃声は聞こえなかった？」

「ええ、わたしも妙だと思っていたんです」わたしは答えた。「こういう古い家の壁が厚いことは知っていますけれど、銃声って大きいですよね？」

「そのとおり。この男の命を奪ったような小さな銃であっても、相当大きな音が出ます。夜中の一二時には、この部屋にいましたか？」

「はい。一一時にはぐっすり眠っていました」

「いつも眠りは深い？」

「そうでもありませんが、ゆうべはとても疲れていたみたいです。それにディナーでワインをたくさんいただきましたから。普段はあまり飲まないんです」

「なるほど。それで、この死んだ男性、ルドルフ・フォン・ロスコフ伯爵ですが、あなたとはお知り合いですかな？」

「二日前にここに来たときに初めて会いました」わたしは答えた。「ドイツに行ったことはありませんし、わたしは上流階級の人たちとはあまり付き合いがありませんから」

「あなたは貴族ではないんですね？　同伴者ですか？」

「シニョール・ストラティアセッリ」カミラがたまりかねて言った。「こちらの女性はイギリス国王の親戚です。デイヴィッド王子と血のつながりがあるんです」

「なるほど。それなのに、ほかの貴族との付き合いはないと？　あなた方はたびたび顔を合わせているものだと思っていましたよ」彼の顔には嘲るような笑みが浮かんでいた。

「わたしにはお金がありません」わたしは言った。「わたしの家系は貧乏なんです。結婚しようとしている男性も貧乏です。このパーティーに来たのは、わたしがストレーザに滞在することを知った王妃陛下が、こういった方々といっしょに過ごす時間があってもいいだろうと考えて取り計らってくださったんです」

カミラがわたしの言葉をイタリア語に通訳した。

「なるほど」彼は繰り返した。

「レディ・ジョージアナは今回のことでとても動揺しているんです、シニョール・ストラティアセッリ」カミラが言った。「元々繊細な人ですから。しばらく休ませてあげてくれませんか？」

「いいでしょう。休んでもいいですよ、レディ・ジョージアナ。部下たちが隣の部屋の指紋をとり終えたとき、あなたの邪魔をしないといいんですが」

ストラティアセッリはお辞儀をすると、部屋を出ていった。

25

四月二三日　火曜日　午後二時三〇分頃

危ないところだった。

「見つかるのが指紋だけであることを祈るほかはないわね」ドアが閉まってわたしたちだけになったところで、カミラが言った。

「危なかったわね」わたしはスカートのひだのあいだから手を出し、握っていた花瓶のかけらを見せた。「これはどこに隠す?」

「心配ないわ。警察官が落としたとゲルダに言って、ごみ箱に捨てさせるから」カミラは、共犯者のような笑みを作った。

カミラがルディを殺した可能性があることに、わたしは気づき始めていた。そもそもここは彼女の家だ。だれにも気づかれることなく出入りできる。それに彼女には動機がありそうだ。あの夜もこっそりルディの部屋に忍びこんでいたことを思い出した。彼の部屋から聞こえてきた緊迫したやりとりの相手も彼女だったのかもしれない。

「カミラ、あなたはルドルフに脅迫されていたの？」わたしは訊いた。

カミラは真っ青になった。「どうしてわかったの？」

「あなたは手紙を探しているって言ったわ。警察がまだ家のなかにいるのに、死んだ人の部屋に入るのはとんでもなく危険よ。だからきっと、とても重大なことに違いないって思ったの」

「とても重大？」カミラの声にはとげがあった。「生きるか死ぬかの問題よ」ぐったりとベッドに座りこむ。「ああ、ジョージアナ。本当にひどい話なの。悪夢よ」

わたしは彼女の隣に腰をおろした。カミラはしばらく自分の手を見つめていた。花瓶の鋭い角で片方の手に小さな切り傷ができている。わたしたちはしみ出てくる血をながめた。

「ばかなことをしたの。死ぬまで後悔するようなことを」

「ルドルフに誘惑されたの？」

カミラは顔をあげ、自分の口から言わずにすんだことにほっとしているようにうなずいた。

「本当にばかだったわ。でも、わたしたちの階級の人間がどんなふうだか、あなたも知っているでしょう？　モンテカルロの大きなパーティーに出席したのよ。とても華やかだった。わたしは――わたしは華やかなタイプだったことは一度もないわ。学生時代のわたしを覚えているでしょう？　地味な田舎の娘のひとりだった」

うなずくわけにはいかなかったので、わたしは言った。「あの頃は、華やかとか洗練されているとか言えるような人はだれもいなかったと思うわ」

カミラはうなずいた。「パウロがわたしに言い寄ってきて、結婚を申し込まれたときは自分の幸運が信じられなかった。夢が現実になったみたいだった。だって、彼はハンサムで、爵位もあって、とても古い家柄よ。でもそのあと、彼は突然ローマに戻らなくてはならなくなって、わたしはモンテカルロに残されたの。彼の友だちといっしょにヨットに乗ったわ。ほとんどが知らない人だった。そうしたらルドルフがわたしに興味を示し始めたの。わたしは舞いあがった。だって何人もきれいな女の人がいたんですもの。たくさんお酒を飲んだ。そうしたら彼がわたしの船室にやってきたの。飲みすぎていたわたしは、抵抗できなかった」

「彼は、無理やりあなたを？」わたしはショックを受けた。

「そうじゃない。それが最悪の部分なの。初めは抵抗していたんだけれど、彼がしつこく迫ってくるうちに、わたしはだんだん受け入れ始めていた。それどころか楽しんでいたの。朝になって、すくみあがったわ。すぐにでも逃げなきゃいけないって思った。ヨットはモンテカルロに停泊していたから、わたしは二度と会わない、連絡もしないでほしいって書いたメモをルドルフに残して、そのまま家に帰ったの。それで終わりだと思っていた」

カミラは再び顔をあげ、理解を求めるようにわたしを見た。

「そうしたら、彼から手紙が届くようになった。ルドルフはわたしのメモを持っていたの。

彼と一夜を過ごしたことを白状しているのも同然のメモ。大金を払わなければ、それをパウロに見せるって書いてあったわ」

「払ったのね？」

「実家からもらった自分のお金があったから。これできっと大丈夫だって思いながら、言われたとおりの金額を払った。でももちろんそうじゃなかった。彼の要求は続いた。問題は、あのメモを絶対にパウロに見せるわけにはいかないということなのよ」

「あなたは酔っていて、ルディがその機に乗じただけだって言えば、パウロはわかってくれないかしら？」

カミラは首を振った。「パウロの家は不貞にはとても厳しいの。わたしは彼の妻としてふさわしくないと結論づける決定打になるでしょうね。わたしは子供が産めないの。三年たっても赤ちゃんができないから調べてもらったのよ。そうしたら……一二歳のとき盲腸が破裂したんだけれど、そのせいで子供ができなくなったみたいなの。パウロはとてもショックだったと思うわ。彼はひとり息子だから、肩書が途絶えてしまうことになる。わたしと離婚するのに不貞ほど都合のいい理由はないでしょう？　そうすれば彼は、子供を大勢産めるイタリア人の娘と結婚できるんだわ」

わたしはカミラの手を取った。彼女は寂しげに微笑んだ。

「パウロはきっと、あなたという人を愛しているのよ、カミラ。それにあなたはもう自由よ。ルドルフとの秘密は彼といっしょに死んだのよ」

「そうだといいんだけれど」カミラは長々と息を吐いた。ふとなにかを思いついたらしく、わたしを見た。「彼はあなたのことも脅迫していたの？　あなたも無理やり彼に？」

「ここに来る途中の列車のなかで、彼はわたしの部屋に押し入ってきたわ。でも、違うの。それ以前に彼と会ったことはない。脅迫されていたのは、わたしの母」

「わお」カミラは驚いた顔をした。

「母の場合は、隠しカメラで写真を撮られたのよ。状況はあなたと同じね。マックスはとても堅物だし、写真はなんていうか、きわどいものらしいから。彼もこのパーティーに来ていることを知ってからというもの、母は恐れおののいているわ。どうして彼を招待したりしたの？」

「していないわ！」カミラの声が高くなった。「彼が戸口に現われたときには、恐怖のあまり死ぬかと思ったくらいよ。何人かドイツ人を招待したい、イタリアとドイツが理解し合うのはいいことだって、コジモおじさまがパウロに言ったらしいの。そのうちのひとりがルドルフだったなんて知らなかった」

「警察があの部屋を念入りに調べないことを祈るだけね」わたしは言った。「わたしにできる範囲でほかの場所は調べたの。でもきっと自分の部屋に隠してあるんだと思うわ。部屋を出るときは、いつも鍵がかかっていたから」

「ええ、知っている。わたしも試してみたのよ」

「あなたは使用人の鍵を手に入れることができるでしょう？　どうしてそうしなかったの？」

「言うほど簡単じゃないのよ。家政婦のシニョーラ・フォリーニは合鍵をベルトにつけているの。夜、ベッドに入るときも手放さない。ほかの使用人が鍵を貸してほしいと言ったときにだけ、渡すの。あの部屋の鍵が欲しいと彼女に言えばいいんだろうけれど、適当な理由を思いつけなかったのよ。それに、だれかに見られるおそれがない時間なんてほとんどないんですもの」

「昨日の夜、あなたが彼の部屋から出ていくのを見たわ」

「ええ。ゆうべだけは入ることができた。何度か入ろうとしたんだけれど、ゆうべだけはドアに鍵がかかっていなかったの。それらしいところは全部調べたけれど、ブリッジで自分の番が回ってくるまでの数分しか時間がなかった。だからすぐにテーブルにもどったのよ」

「あなたが調べて見つけられなかったんだから、警察がなにも見つけられない可能性はおおいにあるわね」わたしは言った。

「そうね。あとは祈るだけね」

「あのとんでもない司祭に祈ってもらうといいわ」敬虔なカトリック教徒にこんなことは言うべきではないかもしれないと気づくより早く、言葉が口からこぼれていた。

けれどカミラは笑って言った。「そうなの、あの司祭さまって本当に恐ろしいでしょう？はっきり言って、わたしは怖くて仕方がないのよ。でも彼がこの屋敷から離れることはないわ。捨てられない犬みたいなものね。彼とパウロのお母さまにとっては。だから、ここにはあまり来なくてすんでほっとしているの」

「自分の家族が恋しいでしょう？　ご両親は訪ねてきたことがないんだったわよね？」

「一度も。わたしの父は、カレーから先は外国で、外国はどこも恐ろしいところだって考えているような人間だって話したわよね？　犬とキジと豚がいれば、それで幸せなの。母は決してひとりで旅なんてしない、臆病な人よ。だから、そうね一年に一度くらいしか会えないの」

わたしは彼女が気の毒になった。ここにいるのはすべてを手にした女性だ——大邸宅、古くからの爵位、尊敬、大勢の使用人、ハンサムな夫。それなのに彼女は孤独だった。ダーシーとわたしはわずかなお金で暮らしていくことになるだろうけれど、でもきっとこのうえなく幸せなはずだと思った。

「わたしたちも昼食に行かないといけないわ」カミラが言った。「どうかしたのかとみんなに思われる」

わたしたちが部屋を出るより先にドアをノックする音がして、ゲルダが現われた。

「こちらでしたか、伯爵夫人」戸口で足を止めた。「レディ・ジョージアナの気分がすぐれなくて、横になられていると聞きました。なにかお持ちしましょうか？」

「気にかけてくれてありがとう、ゲルダ。でもだいぶ気分がよくなったから、ほかの人たちといっしょに昼食をとるわ。今日は、わたしたちみんなにとってショックなことがあったわね」

「家のなかでだれかが死ぬなんて思っていませんからね。死はショックなものです。とりわけ、温室育ちの方々にとっては。わたしは世界大戦のときに、たくさん死を見ていますから」

「オーストリアにまで戦火は広がっていたの？」わたしは訊いた。「知らなかったわ」

「わたしは看護婦として志願したんです」ゲルダが答えた。「ほんの一八歳でしたけれど、なにかしなければいけないという気がして」

「立派だわ」カミラが言った。

「人はしなければならないことをするものです」ゲルダは衣装ダンスの脇の床を示した。「お嬢さまの靴の泥を落としておきました。少しはましになったと思います」

少しはまし！　わたしの靴は新品のように輝いていた。

「あなたって天才だわ、ゲルダ」わたしは言った。

ゲルダの頬が紅潮した。「ありがとうございます、お嬢さま。これ以上ご用がなければ、伯爵夫人のイブニングドレスにアイロンをかけてきます」

ゲルダはお辞儀をしてその場を去っていった。

「わお」わたしは思わずつぶやいていた。カミラは、まさにわたしの内心どおりの顔をこちらに向けた――ゲルダは恐ろしいくらいに完璧だ。わたしたちは無言で階段をおりた。食堂には、簡単な昼食が用意されていた。湖で獲れたキタカワカマスのグリルとパセリをまぶしたポテトに、アイスクリームとビスコッティのデザート。だれもが黙って食べている。おしゃべりをしたい気分の人はいなかったし、食べる気になれない人がほとんどだった。母はお皿の上の料理をつつきながら、ちらちらと不安そうにわたしを見ている。清潔な服に着替えたクリンカーは疲れ切った様子で食べ物を口に運んでいた。食事を楽しんでいるのは、パウロの母親と司祭だけだった。

食事が終わると、部屋で休んでくると母が告げた。わたしはもうこれ以上一秒たりとも待てなかった。ダーシーに会わなくてはいけない。嵐は過ぎ去って空は青く澄み渡り、山頂にはいく筋かの白い雲がかかっている。散歩に行くという口実にはうってつけだ。玄関を出ようとしたところで、背後から呼びかける声がした。

「どこへ行かれるのです、シニョリーナ？」ストラティアセッリだった。

「お天気がよくなったので、庭を散歩してこようと思って」

「そうなんですか？」あの独善的な笑みを顔に貼りつけたまま彼が言った。「わたしの許可なく、家を出ることは禁じると言いませんでしたかな？」

「少し散歩するくらい、なんの問題もないと思いますけれど」

「問題ない？　殺された紳士とこれまで会ったこともない、純真な若い女性だからですか？」

「そうです」

「だがそれなのに、彼の部屋じゅうにあなたの指紋があった。ドア。ベッド脇の衣装ダンス」ストラティアセッリは小首をかしげ、問いかけるようにわたしを見た。

わたしは唾を飲んだ。どう答えればいい？　そこへカミラが助け船を出してくれた。

「どうかしたの、ジョージー？」

「ルドルフの部屋にわたしの指紋があったからと言って、シニョール・ストラティアセッリが家から出してくれないの」わたしは言った。

「あら、あって当然よ」カミラが近づいてきた。「簡単なことです、副部長。レディ・ジョージアナが来たときに、どちらの部屋を使いたいかを尋ねたんです。結局ルドルフ伯爵が使うことになった部屋と、いまの彼女の部屋の両方を見せて選んでもらいました」

「初めはルドルフ伯爵の部屋を使うことになっていたんです。でも男性っぽい感じがして落ち着かなかったので、伯爵夫人が隣の部屋と替えてくれたんです」

ストラティアセッリが英語を理解しようとして眉間にしわを寄せていたので、カミラがイタリア語に通訳した。「なるほど」彼が言った。「それではあなたは、あの男性とまったく関係はないんですね」

「さっきも言ったとおり、ここで初めて会いました」同じ列車に乗っていたことは知られていないはずだ。知っているのは母とカミラだけだ。

「あなた方が腕を組んで、さも親しそうに階段をおりてくるところを見たと使用人のひとりから聞きました。ひょっとしたら彼は、あなたともっと親しくなろうとしたのかもしれない。あなたは、あとになって後悔するようなことをしたのかもしれない。あるいは彼が無理強いしたのかもしれない。あの女性が銃を持っていることを聞いて、あなたは復讐しようとしたのではないですか？」

「よくできたお話ですね、副部長」わたしは言った。「ですが、わたしはルドルフ伯爵と親しくなったことはありません。彼がわたしを誘惑しようとしたのは事実ですが、はねつけました。彼がわたしの肘を支えてくれたのは、ぴったりしたイブニングドレスを着ていたので階段から落ちないようにしてくれていただけです。ご参考のためにお話ししておきますが、わたしはまだバージンです。今年の夏に結婚するまでは純潔を保っています」

ストラティアセッリが気まずそうな顔になったのがおかしかった。

「どちらにしろ、わたしがこの事件を解決するまでは、どんな理由があろうともこの家からは出ないでもらいます」

「当分、ここから出られそうにないわね」ストラティアセッリが遠ざかっていったところで、わたしはつぶやいた。「助けてくれてありがとう、カミラ。とっさによく思いついたわね」

「わたしたち、協力し合わなきゃいけないわ、ジョージー」カミラが言った。

26

四月二三日　火曜日　午後遅く
ヴィラ・フィオーリ

まだダーシーに会えずにいる。

長い午後だった。わたしたちは湖の見える部屋に座り、湖面を行きかう汽船を眺めながら待った。時々、だれかが尋問のためにストラティアセッリに呼び出された。母はずっと部屋から出てこなかったから、わたしには考える時間があった。母が本当に彼を殺したという可能性はあるだろうか？　母には手段があった。動機もあった。非情であることも知っている。非情なところがなければ女優として一流になり、その後、公爵と結婚することなどできないだろう。ルディの頭に銃を突きつけて引き金を引くだけの度胸はないと思っていたけれど、絶対的な確信はなかった。

そして、マックスがいる。彼も銃の存在を知っていた。それどころか、自分の身を守るために銃を持つようにと勧めたのが彼だ。ルディと母とのあいだにあったこと、そしてその後、母が脅迫されていたことを彼が知っていたとしたら？　母の名誉を守るためにルディを殺すことはありえると思った。けれどマックスは単純な人間だ。銃を交換したり、自殺に見せかけたりといった複雑なことをするとは思えない。ボートから湖に突き落としたり、庭にいるときに何発も撃ったりするほうが彼らしい。

だとすると、だれが残る？　一番考えられるのはカミラだ。わたしの部屋で話をしていたときには、さすがにルディを殺したのかと尋ねることはできなかった。彼女にも強い動機がある——だれよりも強い動機が。結婚生活と未来が危機にさらされているのだ。合鍵のありかも知っているし、母の化粧ケースに入っていた銃を見つけた可能性もある。けれどもし彼女が犯人だとしたら、脅迫されていたことをあんなふうに冷静に話せるだろうか？　それに彼女ではないという、決定的な理由がある。彼女がルディを撃ったのであれば、彼の部屋を探す時間はたっぷりあったはずだ。わたしが彼女を見つけたときのように、床をはいずりまわる必要はない。

パウロはどうだろう？　ルディが自分の妻になにをしたかを知って、復讐したのだろうか？　殺人だということがわかってから、彼がひどく無口になっていることにわたしは気づいていた。目立たないようにしている？　そう考えたところで、わたしは首を振った。遺体が発見されたときの彼の顔を覚えている。ショックと恐怖がありありと浮かんでいた。

ったデイヴィッド王子が至近距離からだれかを撃つことができるとは、一瞬たりとも考えなかった。そんなことをする人ではない。けれどシンプソン夫人には、取り乱すことなく引き金を引いて、それを自殺に見せかけるだけの非情さと冷静さがある。彼女がイタリアの刑務所に連行されたら、国王陛下と王妃陛下はどれほど喜ばれるだろうとわたしは考えた。けれど、彼女に不利な証拠が見つかることはないだろう。彼女のことだから、細心の注意を払ってあらゆるものから指紋をふき取っているに違いない。

残るのはドイツの軍人ふたりとコジモ伯爵だ。彼らを監視するために送り込まれたヒトラーのスパイを排除しなければならない理由が、あの人たちにはあるのだろうか？　クリンカーの姿がしばらく見えなかったのは、興味深いと思った。午前中は実はどこかにいたのに、アリバイ作りのためびしょ濡れになってみせたということはありうるだろうか？　けれど彼がルドルフを殺したのなら、どうしてここに戻るのではなく、次の列車でドイツに帰ってしまわなかったのだろう？　そのとき、ふと思いついたことがあった。クリンカーは将軍の副官だ。どこへ行くにもいっしょだという。ふたりの関係が友情以上のものだという可能性はあるだろうか？　たくましい男性でもそちらの傾向がある人間はいると聞いたことがある。ルドルフがそのことに気づいたら、ためらうことなく将軍を脅迫しようとするだろう。そのことが知られれば、将軍は間違いなく仕事も名誉も失う。そのうえふたりはどちらも銃の扱いには長《た》けている。

白い羽根のことを思い出した。戦争中、白い羽根は卑怯さの象徴として使われていた。軍隊に加わらなかった人間に送られたという。ルドルフはなにか卑怯なことをして、それで殺されたのだろうか？　脅迫はもっとも卑怯な行為だ。

外にさえ出られれば、ダーシーに会えるのに。閉じこめられてただ待つだけの状態に、だれもがいらだっているようだった。

「デイヴィッド、もう我慢できないわ」シンプソン夫人が言った。「ローマのイギリス大使に電話するべきよ。すぐに車をよこすように言ってちょうだい。いまにもマスコミがこの件を嗅ぎつけて、記者たちが押し寄せてくるわ。そうしたら、お父さまにいったいなにを言われることか！」

「ウォリス、電話を使ってはいけないとあの警察官に言われただろう」デイヴィッド王子がたしなめた。

「あなたは次期イギリス国王なのよ、デイヴィッド。田舎者の思いあがった警察官は、あなたに命令なんてできないんだから。あなたが電話しないのなら、わたしがするわ」

彼女は立ちあがったが、その手首をデイヴィッド王子がつかんだ。

「絶対にだめだ、ウォリス。それは正しい行動じゃない。いまは我慢するんだ。明日にはきっと自由にここを出ていける」

「どうして警察はクレアを逮捕しないの？　彼女が犯人だって、わかりきっているじゃないの」

「そう思いますか？」わたしはそれまで黙って聞いていたが、我慢できずに口を開いた。

「母はばかじゃありません、シンプソン夫人。あなたと同じで、機に乗じることの得意な人間です」

シンプソン夫人はひゅっと息を吸った。「いいかしら」なにか言いかけたが、わたしはそうさせなかった。

「もしもあなたがだれかを撃って、そのあとわざわざ銃を交換して自殺に見せかけたとしたら、本当の凶器を自分の化粧ケースに戻したりしますか？　見つかるかもしれないのに？」

「自殺ということで片付いて、荷物を調べられることはないと思ったのかもしれないわね」シンプソン夫人はいらだった口調で言った。彼女はどんな形であれ、邪魔をされるのを嫌う。

「庭に出て銃を隠すことだってできたし、湖に投げ入れることだって簡単だったはずです」

わたしは指摘した。

「そうしたら、銃がなくなっていることにマックスが気づいたでしょうね」シンプソン夫人は勝ち誇ったように言った。「正直でまっすぐな人だから、きっと警察に報告したと思うわ」

「銃は盗まれたと言えばいいことです」わたしは反論した。鋭い言葉の応酬だ。わたしは自分が誇らしかった。初めて彼女に会った頃は、まったくなにも言い返せなかったのだ。

「せめて外に出られるといいのだが」将軍が言った。「とてもいい天気だ。一日中ここに座っているのは、不健康だ」

「確かに」デイヴィッド王子がうなずいた。「わたしたちが逃げ出すことを心配しているのなら、ゲートをだれかに見張らせておけばいいことだ」

大理石の玄関ホールを横切る足音が聞こえて、わたしたちは口をつぐんだ。入ってきたのは、銀の盆を手にした執事のウンベルトだった。

「レディ・ジョージアナへの手紙です」彼は言った。「手渡しで届けられました」

ダーシーからだ。わたしは思い、奪うようにしてその手紙を手に取った。けれどすぐにそれがダーシーのかっちりした筆跡ではないことに気づいた。なかを開けてみると、ベリンダからの手紙だとわかった。

大好きなジョージー

あなたのアドバイスに従って、村の小さな家に戻ってきたわ。ここに戻ったら、あなたがわたしの世話をしてくれるって言ったでしょう？ ハウスパーティーはそろそろ終わりだろうし、はっきり言ってもうあのクリニックにはとても我慢できなくて。いろいろな規則、わびしい食事、修道女たちの非難めいたまなざし。そのうえ、わたしとわたしの失われた魂のために祈ったりするのよ。もちろん、出産が近づいたらまたあそこに戻らなくてはいけないけれど、それまであなたといっしょに笑ったり、好きなものを食べたり飲んだりして過ごしたいわ。あそこでは固く禁じられていたけれど、そうしたければ煙草だって吸えるんだから。少しだけ英語のできるフランチェスカの孫娘にこの手紙をことづけるわね。家の外で、あなたからの返事を待つように言ってある。いつ頃、ここに来られるのか、教えてね。

ベリンダ

なんてこと。どうすればいい？

「悪い知らせなの、ジョージアナ？」カミラが訊いた。

「いいえ。ちょっと意外だっただけ。わたしが会いに来た病気の友人がとても寂しがっていて、そばにいてほしいと言ってきたの。いまはこの家を出られないって返事を書かなくてはいけないわ。便せんを貸してもらえるかしら？」

「もちろんよ。パウロ、ジョージーをあなたの書斎に連れていって、便せんとペンを貸してあげてくれるかしら？」

パウロは立ちあがって、わたしに微笑みかけた。「行こうか、ジョージー」

彼の表情は張りつめていたし、すっかり疲れ切った様子だったけれど、それでもいつものように感じがよかった。妻が脅迫されたことに気づいて、彼が自分の手でかたをつけたのだろうかと、気がつけばわたしはまた考えていた。そしていまになって家の名誉のことを思い、自分がしたことの罪悪感にかられているのだろうか？　ストラティアセッリがさっさと指紋の捜索を終えて、だれが犯人なのかを突き止めてくれればいいのにと思った。わたしはパウロに連れられて鏡張りの廊下を進み、突き当たりにある彼の書斎に入った。窓が柱列の影に覆われているせいで、部屋のなかは暗かった。パウロは机の上を片付け、わたしの前に便せんとインク入れを置いた。

「きみの邪魔はしないよ」彼が言った。

「ありがとう。あなたって本当に優しいのね。こんなことがあって、さぞショックでしょうね」

「ああ。自分の家で殺人が起きるなんて、想像もしたことがなかった。なにより悪いのは、ぼくたちのなかに犯人がいるということだ。真相がわからなかったらどうする？　あの愚かな小男が間違った人間を逮捕したら？　ぼくは不安でたまらないよ」

「みんなそうよ」わたしはそう言いながら部屋を見回し、柱列の影に覆われている窓がフレンチドアであることに気づいた。だれにも見られずに外に出られる！　わたしはにこやかにパウロに微笑みかけた。「長くはかからないわ。ひとりで戻れるから」

パウロはその言葉の意味を察して、部屋を出ていった。わたしは急いで手紙を書いた。

愛しいベリンダ

家に帰ったなんて驚いたわ。あそこならよく面倒を見てもらえたのに、こんな時期に帰ったりして、問題ないといいんだけれど。でも、たしかにあそこは退屈よね。できるだけ早くあなたのところに行きたいのだけれど、それがいつになるのかはわからないの。ハウスパーティーの客のひとりが殺されて、いまはわたしたち全員が容疑者なので、ここを出ることが許されていないのよ。わたしが行けるまでは、フランチェスカの孫娘に食べるものを買ってきてもらったらどうかしら。ごめんなさいね。本当にショックだわ。早くここを出たくてたまらない。体に気をつけてね。

あなたの友人
ジョージー

わたしは手紙を封筒に入れると、フレンチドアから外に出た。柱列はヴィラの裏側にあって、建物の端まで続いている。柱列に沿って進んでいくと、使用人用の出入り口の外にフランチェスカの孫娘ジョヴァンナが立っているのが見えた。呼びかけると、彼女が駆け寄ってきた。

「これをお願い」わたしは手紙を渡した。「今日は行けない理由が書いてあるから。彼女を助けてあげてくれる？　食べ物を買ってきたり、メッセージを届けたりして？」

「わかりました。やります」ジョヴァンナは明るい笑みを残して、走り去っていった。

どこへ行けばダーシーが見つかるだろうと思いながら、わたしはあたりを見回した。外に出たことがわかったら、困ったことになるかしら？　いまわたしがいる側には家庭菜園があって、その向こうには果樹園とオリーブの林と鶏囲いがある。ダーシーは今夜わたしの部屋に来ると言っていたけれど、家のなかでいまなにが起きているのか早く知りたくてたまらないはずだ。彼を探したいけれど、ストラティアセッリに見つかったら困る。わたしはためらった挙げ句、一番手前の低木の植えこみに向かって駆けだした。庭師のコテージに向かうつもりだった。口笛が聞こえたのはそのときだ。鳥の鳴き声ではなく、間違いなく口笛だ。音のしたほうを見ると、鶏小屋のうしろからダーシーがひょっこりと顔を出した。

「ジョージー、こっちだ」彼が手招きした。

わたしは家庭菜園の豆の列のあいだを進み、境にあるオリーブの木立に向かった。そこを迂回するようにして進んだ先が鶏囲いだ。ダーシーは囲いの一方の端にある鶏小屋の向こう側に立っていた。餌をもらえると思ったのか、鶏たちがけたたましく鳴きながらわたしに駆け寄ってきた。だれもこの騒ぎに気づかないことを祈った。あたりを見まわすと、そこはヴィラからは死角になっていることがわかった。

ダーシーは即座にわたしを抱き寄せた。「大丈夫かい？　なにかわからないかと思って、できるかぎり建物のそばをうろついていたんだ」

「わたしは大丈夫。ただ、みんなとてもいらだっているけれど。まるで審判の日を待っている気分よ。家の外に出ることも許されていないの」

「それじゃあ、ルドルフを撃った犯人はまだ見つかっていないんだね？」

「ええ。ストレーザから来たのは、まったく無能な警察官なのよ。ルドルフを撃った銃は母のものだったのに、その警察官は全員を疑っているんだと思うわ」

「きみのお母さん？　彼女に動機がないことはすぐわかるだろうに。どうして彼女がルドルフを殺そうと思うんだ？」

本当のことを打ち明けようと決めた。とりあえず、その一部を。

「実はルドルフは母を脅迫していたの」

ダーシーはひどく驚いたようだ。「脅迫していた？　どうして？」

「見られると困る写真があって、それをマックスに送ると言って母を脅していたの」くわしい話はしないでおこうと決めた。「それに、この家にいる人間を少なくとももうひとり脅迫していたわ」

「本当に？　彼が誠実と言えないことは知っていたが、脅迫するほど腐っているとは思わなかった。あれほどいい暮らしをしていたのももっともだ。そうか、脅迫されていた人間に殺されたのなら、まあよかった」彼はほっとした顔になった。わたしはわけがわからず、彼を見つめた。

「よかったってどういうこと？　脅迫をしているような人間を殺すのは正しいことだって言うの？」

ダーシーは落ち着かない様子でくすりと笑った。「いや、そういう意味じゃない」わたしたち以外にだれもいないことがわかっていながら、彼はあたりを見回した。「いいかい、本当はこんなことを話してはいけないんだ。きみもだれにも言うんじゃないよ。ルドルフはぼくたちの一員なんだよ」

「どういうこと？　彼はヒトラーのスパイだって言ったでしょう」

ダーシーはうなずいた。「そうだ。だが二重スパイでもあるんだ」

「嘘でしょう？　彼は、イギリス政府のために働いていたっていうの？」

ダーシーは再びうなずいた。「とても役に立ってくれたよ。ベルリンでなにが起きているかを報告してくれていた。そのおかげでぼくたちはストレーザでなにかが起きることを知って、それでぼくがここにいるというわけだ」

わたしはまじまじと彼を見つめた。

「それじゃあ、彼が二重スパイだということを知っただれかが、殺したのかも」

「おおいにありえるね」

「それに彼はあの会合の場にいたわ」頭のなかで考えがまとまり始めていた。「だとすると、犯人は将軍かクリンカーということになるわね。でもふたりのどちらかだとしても、母が小さな銃を持っていることをどうやって知ったのかしら？」

「そのことを口にしていたとか？」

わたしは首を振った。「いいえ。化粧ケースに入っていることすら、母はすっかり忘れていたの。一度も使ったことがなくて、自分が留守のときに身を守れるようにってマックスが持たせるようにしたんですって」

「マックスが？」ダーシーはそれ以上言わなかったが、わたしには彼がなにを考えているのかわかっていた。

「マックスが本当のドイツのスパイだと思っているの？」

「そうでなければ、どうして彼が招待されたりする？　あるいは、ヘル・ヒトラーにルディを始末するように命じられて、自分も招待されるように仕向けたのかもしれない」

「なんてこと」なにもかも、すべて筋が通る。身を守るためにと言って、母に銃を持たせたことも。おおらかで人当たりのいいマックス。あれは非情さを隠すためだったの？　彼がいくつもの工場を所有して、大金を稼いでいることは知っていた。非情でなければ、あれだけの富を手にすることはできないだろう。かわいそうなお母さま。殺人罪で逮捕されたら、マックスは助けてくれるだろうか？

「マックスについてなにかわかっていることがあるかどうか、ロンドンに問い合わせてみる」ダーシーが言った。「将軍とクリンカーについても。ほかにドイツ人はいるかい？」

「いいえ、ふたりの軍人とマックスだけよ」そう答えてから、付け加えた。「カミラの恐ろしいくらいに有能なメイドは、オーストリア人というよりはドイツ人ぽく思えるけれど。オーストリア人って楽しいことが好きで親しみやすいでしょう？　彼女は堅苦しくて、頭も固いの。もちろんメイドだからなんでしょうけれど」

ダーシーの眉がまた吊りあがった。「ドイツ語を話すメイドっていうことだね？　名前はなんていうんだ？　どこの出身？」

「名前はゲルダよ。ちょっと待ってね、苗字はなんて言っていたかしら？　そう、ストレッツルだったと思うわ。ゲルダ・ストレッツル。ええ、間違いない」

「信頼できる使用人かい？　長くこの家で働いている？」

「いいえ、ほんの数カ月前にカミラのメイドになったばかりよ。でも経歴は申し分ないわ」わたしはあわてて言い添えた。「以前は、大臣の奥さんのメイドだったの。だれだったのかは聞いていないけれど、その人は自殺したんですって。ちょうど同じ頃、カミラのメイドはバスに轢《ひ》かれたの。だからどちらにとってもいいタイミングだったのよ。ゲルダは恐ろしいくらいに有能なのよ、ダーシー。クイーニーが恋しくなるくらい」

ダーシーはくすくす笑った。まだ餌をあきらめていないのか、鶏たちがまたうるさく鳴いた。わたしはヴィラのほうに目を向けた。どれくらい時間がたっただろう？

「もう戻らないと。わたしを探しているかもしれない。あなたもあそこでいっしょにいられればよかったのにと思うわ」

「悪い考えじゃないかもしれないな。なにか起きたときには、その場にいたほうが安心できる」

「どういうこと？　なにか起きたときって？」わたしは不安になって尋ねた。

「きみは、あの会合の話を聞いたんだろう？」

「でも、そのことはだれも知らないわ」

「だれも知らないときみが思っているだけだ。だれかが疑っていたらどうする？」

「だれも疑っていないわよ。それにルディを殺した人間が、わたしを恐れる理由はないもの」

「どちらにしろ、あの家のなかできみといっしょにいるほうがぼくは安心できる。不意に訪ねてきたという口実を作ろう。ミラノに仕事で来たから、恋人を驚かせようと思って黙って来たと言うよ」

「いいわね」ダーシーがいっしょにいてくれると思うと、気持ちが明るくなった。「素敵なアイディアだわ。あなたなら、だれがルディを撃ったのかを突きとめられるかもしれない。いまのところわたしはさっぱりわからないの」

「まずはストレーザに行って、何本か電報を打ってこなくてはならない。だから少し時間がかかるよ。朝までに返事はもらえないかもしれない」

「だれもここから出してもらえないのに、どうやって出ていくつもり？」

ダーシーはにやりと笑った。「ここに来たときと同じ方法でね。壁をよじのぼって、庭師のコテージの屋根におりる。簡単だよ。姿を見せる準備ができたらメインゲートにまわって、入れてくれと頼むさ」

「電報の返事を庭師のコテージに届けてもらうわけにはいかないでしょう？」

ダーシーは笑顔で首を振った。「そうだな。郵便局まで受け取りに行かなきゃいけない。だからここを訪問するのは明日の朝以降になる。家のなかにあれだけの警察官がいるのなら、いまのところきみは安全なはずだ。彼らが出入りするのを見ていたからね」

「副部長がだれかを逮捕して、鼻高々で出ていったりしないかぎりはね」

「ひとりにならないようにするんだ。寝るときはドアに鍵をかけるんだよ」

「そうするわ。別に危険は感じないけれど」

「できるだけ早くきみをここから連れ出すようにするから」ダーシーはわたしの頬に触れた。

「ベリンダのところに戻らなきゃいけないの。ついさっき、彼女からの手紙を受け取ったんだけれど、泊まっていたクリニックから逃げ出して、借りている小さな家に戻ったんですって。わたしに面倒を見てもらいたがっているのよ」

ダーシーは片方の眉を吊りあげた。「きみは彼女を甘やかしすぎているよ。彼女はきみを利用しているんだと思うよ」

「そうね、わたしもそう思う。でも気の毒なんだもの。あんなことになって、さぞ辛いに違いないわ」

「自分で蒔《ま》いた種だよ。彼女はとても奔放だったからね」

「一度はあなたもその恩恵に与《あずか》ったんじゃなかったかしら」わたしは指摘した。

「本当に？　覚えていないな。記憶に残るようなことじゃなかったんだな」ダーシーはかろうじて笑顔を作った。

「もう行かなくちゃ」わたしは言った。「またすぐに会えるわね」

ダーシーはわたしに投げキスをすると、木立のあいだに姿を消した。

27

四月二三日　火曜日　夕方
ヴィラ・フィオーリ

ダーシーがヴィラに来てくれる。ぐっと気分が上向いた。

わたしはフレンチドアから家のなかに戻った。静かだ。廊下を歩きながらふと振り返ると、泥まみれの足跡が残っていることに気づいてぞっとした。ああ、神さま！　ダーシーを見つけて近づいたとき、雨のせいで地面が濡れていることを考えなかった。ゲルダがぴかぴかに磨きあげてくれた靴が、また泥まみれになっていた。それどころか、鶏の羽根が何枚かこびりついている。今度こそ困ったことになったと思った。手近にあった椅子に腰かけて、靴を脱いだ。点々と残る足跡を見ながら、証拠を残すというのはまさにこのことだと苦々しく考えた。外に出ていたことがひと目でわかってしまう。素早く行動しなくては！　階段を駆けあがり、一番近くのバスルームにあったタオルをつかむと、再び階段をおりて床を拭き始めた。だが残念なことに、白い大理石に汚れが広がっただけだった。どうしようもない。シニョール・ストラティアセッリに見つかる前に、使用人がやってきてきれいにしてくれることを祈っていたまさにそのとき、呼びかける声がした。

「レディ・ジョージアナ・ラノク、なにをしているのです？」

顔をあげると、ストラティアセッリが目の前に立っていた。ああ、どうしよう。頭が空っぽになった。わたしはなにをしているの？

「わたしがなにをしているかですか？」泥のしみと汚れたタオルをスカートで隠そうとして、わたしは大理石にぺたりと座りこんだ。

「それをお尋ねしているのです」

「イヤリングを落としたんです」わたしは濡れたタオルの上に座ったまま、平然とした素振りで言った。「それで探していました」

残りの足跡に気づかないでほしかったが、それは望むべくもないことだった。もちろん彼は気づいた。「あなたはどこに行っていたんです？」

「近くに住んでいる友人に手紙を書いていたんです」明るい笑顔に見えることを願いながらわたしは言った。「今日訪ねる約束をしていたんですけれど、行けなくなったことを連絡しなくてはいけませんでしたから」

彼は泥まみれの靴と足跡を眺めた。「手紙を書くのに外に出なくてはいけなかったんですか？　わたしの命令に背いて？」

「手紙を書くためではありません。友人からのメッセージを届けてくれた女の子が、外で待っていたんです。返事を彼女に渡さなくてはいけなかったんですけれど、あいにく泥がたまっているところに足を踏み入れてしまって」彼がなにも言おうとしなかったので、わたしは言い添えた。「ゲートにいる部下に訊いてみればどうですか。小さな女の子がわたし宛の手紙を持ってやってきて、帰るときはわたしからの手紙を持っていたことがわかります」

早口の英語の言葉を彼が理解するまでしばらくかかった。「ほかの人がいる居間に戻ってください。お話しすることがあります」

「でも靴が……」つややかな床の上で泥まみれの靴はわびしく見えた。ゲルダはさぞがっかりするだろう。

「置いておけばいいでしょう。こちらのほうが重要です」

「靴下をはいただけの足で居間に行くことはできません。不作法です」

「よろしい、靴を履き替えてきてもかまいません。ですがすぐに戻ってきてください」

わたしは靴とタオルを拾いあげると、急いで階段をあがって自分の部屋に戻り、泥だらけの靴を隠す場所を探した。ゲルダでも見つけられない場所がいい。靴に目をやると、こびりついている羽根が白いことに気づいた。わたしが見かけた鶏は赤褐色だったから、妙だ。また白い羽根。なにかつながりがあるのだろうか？　ルディの部屋に落ちていた白い羽根は、だれか外から来た人間がいたということなのだろうか？　わたしと同じように靴に羽根がこびりついていて、それが部屋に残っていたのだろうか？　実は外部の人間の仕業だったの？　あの夜は激しい雨が降っていたことを思い出した。だとしたら、絨毯はところどころ濡れていたのかしら？　執事は夜中の一二時まで起きていたはず。侵入者に気づかなかったの？　わたしは膝をついて、ベッドの下のできるかぎり奥に靴を押しこむと、急いで室内用の靴を履いて階下におりた。湖の見える部屋には全員が揃っていて、ストラティアセッリを見つめていた。そこには母もいたが、いかにも参っているようで見るからに弱々しい。

「わたしの捜査は袋小路に突き当たりました」ストラティアセッリが言った。「使われていない銃に残っていたのは死んだ男性の指紋だけでした。こちらの女性の――」彼は母を示した。「――銃にはまったく指紋がありませんでした。きれいに拭われていました」

「あなたの指紋以外はね、副部長」シンプソン夫人がうれしそうに指摘した。「あなたが手に取って、わたしたちに見せていたものね？」

「ええ、そうでした。わたしの指紋です」彼の顔が赤らんだ。「ですがわたしのもの以外は……」

「つまり、そこに残っていた明らかな証拠をあなたの指紋が消してしまったかもしれないということよね？」シンプソン夫人は甘い声でさらに言った。

彼はここまでの英語を理解できなかったようだ。

「犯人がだれであれ、細心の注意を払ったようです」彼が言った。「銃はきれいに拭われていた。部屋には指紋が残っていなかった。この家の住人とそちらの若いお嬢さんのものを除いて」わたしが取り乱して自白することを期待していたのか、ストラティアセッリはじろりとわたしをにらんだ。

「〝若いお嬢さん〟？」母が訊き返し、顔をしかめてわたしを見た。「ジョージー、あなた、彼の部屋に入ったの？」腹を立てた母親をうまく演じている。

「そのことなら、もう副部長に説明しました」カミラが穏やかな口調で告げた。「ジョージーがここに着いたときに、いっしょにあの部屋に入ったんです」

「そういうわけで、わたしは自分に尋ねてみました」ストラティアセッリが言った。「この男性の死を望んだのはだれだろうと。これまでのところ、だれもなにも話してくれていません。あなた方は口にしている以上のことを知っているはずだ。かまいませんよ、時間はたっぷりある。だれかが自白するまで、あなた方全員ここに残っていただきます」

「とんでもないわ」シンプソン夫人が立ちあがった。「そんなことはさせません」

「そちらのほうがいいというのなら、ヴェルバーニアにある留置場にお連れすることもできますよ」ストラティアセッリは満足げな笑みを浮かべた。

「ばかなことを言うな」パウロのおじが言った。「貴族を庶民の留置場に入れるなど、とんでもない。ムッソリーニ総統が聞いたら、さぞ機嫌を損ねられるだろうな。まず間違いなく耳に入るだろうし」

ストラティアセッリの顔に怯えのようなものが一瞬浮かんだ。

「もちろん、無実の方がおられることはわかっています」

「少なくともデイヴィッド王子がイギリスに戻ることを許可してちょうだい。公務が待っているんだから」シンプソン夫人が彼に詰め寄った。

「殿下がこの事件に関わっているとは思いません」ストラティアセッリは言葉を継いだ。

「ですが、ひょっとしたらなにかをご存じで口をつぐんでおられるのかもしれない。いまのところ、あなた方全員が容疑者です」さらに抗議しようとするシンプソン夫人を彼は手をあげて黙らせた。「若い警察官だったころに、常に事実から始めろと教わりました。いまわかっていることはなんでしょう? 被害者を殺した銃が、こちらの女性のものだということです」彼は母を指さした。「銃は彼女の化粧ケースから見つかりました。なので、彼女が関与していると結論づけるべきでしょう。いまここで彼女を逮捕して、留置場に連行すればすむことです」

「マックス、そんなことさせないでちょうだい」母がマックスの袖をつかんだ。

「もちろんだとも、マイン・リーブリング」マックスが言った。「きみがこれ以上こちらの女性を脅すのなら、わたしはヘル・ヒトラーその人に電報を打つ。彼女とわたしは真夜中まで話をしていたと言ったはずだ。一〇時半以降、ずっといっしょにいたのだ。彼女の銃をどうやって盗んだのかは知らないが、きっとあの夜わたしたちがトランプをしていたあいだだろう」

「裁判所があなたの証言を信用するでしょうかね。わたしはそうは思いませんね」ストラティアセッリが言った。「みなさんはベッドに入ったと言われましたね。家のなかは静かだった。それなのにだれも銃声を聞いていない。どうにも驚きですね。だがだれにも確かなアリバイはない」

「執事がたいてい一番遅くまで起きています。ぼくたちが部屋に引き取ったあと、窓と玄関の鍵を確かめるんです」パウロが言った。「彼がなにか見たか聞いたかしているかもしれない。彼に話を聞きましたか？」

「尋問しましたよ。ひとつ興味深いことを教えてくれました。男性のひとりが寝間着姿でうろついているところを見たそうです」

「それはだれだ？」パウロのおじが訊いた。

「ドイツ人の若い将校です」ストラティアセッリはクリンカーに向き直った。クリンカーは将軍を見つめ、通訳してくれるのを待っている。将軍の言葉を聞いても少しも動揺した様子はなく、ドイツ語でなにかを言った。

「そのことなら説明できる」将軍が答えた。「眠れなかったので、牛乳を温めてもらおうと思って階下の台所に行ってみたそうだ。だが台所は暗くてだれもいなかったので、自分の部屋に戻ったと言っている」

「それは何時頃ですか？」ストラティアセッリが訊いた。

再び、ドイツ語に通訳された。

「一二時過ぎだ。時計が鳴る音を聞いたそうだ」

「銃声は聞いていないし、だれの姿も見ていないんですね？」

「そうだ」

わたしはじっとクリンカーを観察していた。ルドルフを殺すためにベルリンから送りこまれた人間がいたとしたら、一番考えられるのが彼だ。牛乳を飲みたくて階段をおりたなどというのは、説得力のない言い訳だ。

「みんな忘れているようだが」パウロが口を開き、わたしは彼に意識を戻した。「彼の部屋のドアには鍵がかかっていた。どうやってなかに入ることができたというんだ？」

そういうことねと、わたしは思った。クリンカーが台所にいたのはそれが理由だ。合鍵を探していたのだ。けれどもちろん見つけることはできなかった。クリンカーに視線を向けると、彼がわたしを見つめていることに気づいた。ダーシーが来るまでは、抱いている疑念を口にするようなばかなことはしないと決めていた。無邪気なふりをしているつもりだったけれど、機会があればクリンカーに喋らせるように仕向けたいとも考えていた。励ますように微笑みかけると、クリンカーは曖昧な笑みを返してきた。わたしが妖婦と呼ばれるような女だったら、クリンカーを誘惑して情報を引き出せるのに。そう考えたところで、自分がだれかを誘惑することを想像しておかしくなった。

ストラティアセッリは帰るつもりはないようだった。家の外で見張らせている部下たちにも動きはない。ダーシーが玄関から訪ねてきたら、入れてもらえるのだろうかと不安になった。彼がロンドンに打つと言っていた電報のことを考えた。どんな返事がくるだろう？　だれ宛に打ったのかを考えても無駄だ。だれのために働いているのかとか、実際になにをしてているかといったことについて、ダーシーはいらだつくらい口が堅かった。わたしにも考えていることはあったけれど、でも……。

わたしたちはディナーの着替えのために部屋に戻った。ストラティアセッリは不必要なことだと考えたらしく疑念の表情を浮かべたが、なにがあろうと貴族はディナーのときは着替えをするもので、殺人があったからといってその習慣を変えるつもりはないとパウロの母親がきっぱりと宣言した。彼女には、ストラティアセッリでさえ逆らえないくらいの威厳があった。ストラティアセッリは弱々しく笑って言った。

「いいでしょう。ですが電話をかけようなどと考えないように。部下が常に見張っていますからね。それから逃げようとも思わないでください」

二階の廊下で母がわたしを待ち伏せしていた。

「先に行っていてちょうだい、マックス」マックスに声をかけてから、小声でわたしに言った。「彼の部屋に入れたの？」

「ええ。でも急いで逃げなくてはならなかったの。写真は簡単に見つかるようなところにはないわ。マットの下は見なかった。ベッドはひどい有様だったのよ。血だらけで」

母は足音を忍ばせながら廊下を進むと、ルディの部屋のドアを開けようとした。

「だめね、また鍵がかかっている。あのいまいましい小男は、わたしを逮捕するって脅したのよ」

「そんなことはしないわ。ただお母さまを脅かして自白させたかったか、ほかにだれか動揺する人間がいないかを見たかっただけよ」

「いったいだれがやったんだと思う?」母がささやくような声で訊いた。「あなたはこういうことが得意でしょう?」

「さっぱりわからない。ただ、クリンカーが家のなかをうろついているところを目撃されているわ。ほかにそんなことをしている人はいなかった」

「どうしてクリンカーがルディを殺そうと思うの? 彼も脅迫されていたのかしら?」

「可能性はあるわね。クリンカーが英語ができないのが残念だわ。彼と話をすれば、なにかわかることがあるかもしれないのに」

「シンプソン夫人が犯人じゃなくて残念よ」母が言った。「彼女が逮捕されるところが見たいものだわ。国王陛下と王妃陛下、それに国民の半分もそう思っているでしょうね」

「彼女だとは思えない。デイヴィッド王子は時々ばかなことをするけれど、正直さについては信頼できるもの。ベッドに入ったあと彼女が寝室を抜け出していれば、きっとそう言うでしょうね」

「デイヴィッド王子が眠ったあと、こっそり抜け出したのかもしれない」母はいかにも楽しそうだ。

「お母さまったら」笑うほかはなかった。真面目な顔になって訊いた。「お母さま、マックスの仕業だとは思わないわよね?」

「マックス? 彼にどんな動機があるっていうの?」母は驚いて訊き返した。

ヒトラーのスパイの話はしなかった。「ルディがお母さまを脅迫していることに気づいて、自分の手で処理したとか」

母は眉間にしわを寄せたが、やがて首を振った。「でも彼のアリバイは確かよ。わたしたちは本当に一二時まで話をしていたんだもの」母は廊下の先に目を向けた。「着替えないといけないわ。ほら、カミラのメイドが険しい顔をしているわ。彼女はあなたの世話もしているの？」

カミラの部屋から出てきたゲルダが廊下の突き当たりからわたしたちを見つめていた。

「ええ、ぞっとするくらい有能よ。お母さまはメイドを連れてきているの？」

「いいえ。数日のことなら、最近は連れてこないの。ボタンを留めたりとかそういったことが、マックスはとても上手になったのよ。それにもちろん、わたしの服を脱がすのが大好きだから」母はクリームをもらった猫のような笑みを浮かべた。「でもここに着いたときには、あのドイツ人の娘に靴を磨いてもらったわ」母はため息をついた。「こんな不愉快なことが起きるなんて予感が少しでもしていたら、来なかったのに。そっと抜け出して、モーターボートを借りられないかしらと思っているくらいよ。三〇分後には、あの人たちが手を出せないスイスにいるわ」

「でもそうしたらお母さまは二度とイタリアに来られないのよ」

「かまわないわ。食べ物も服もフランスのほうが上等だもの。でもイタリアの靴は素敵よね。ハンドバッグも」

「でもマックスはこれからもイタリアで仕事がしたいんじゃないかしら。それにお母さまはずっとこのことをひきずっていくのよ。それっていいものじゃないわよね」

母はため息をついた。「そうかもしれないわね」

わたしはためらいがちに母の肩に手を乗せた。

「心配ないわ、お母さま。きっとすぐに真相が明らかになるから。実を言うと、ダーシーが近くにいて、いまいろいろと調べてくれているのよ」

母の顔がぱっと明るくなった。「あの子がここに？　なんていい知らせだこと。これで落ち着いて着替えができるというものだわ」

母がわたしよりもダーシーの探偵としての能力を高く評価していることに気分を害するべきだったのだろうけれど、彼が近くにいて事件を調べていることでわたし自身がおおいに安心していることは事実だった。自分の部屋に入ると、ゲルダがすでに黒いイブニングドレスを用意していた。

「すべて準備ができています、お嬢さま」ゲルダが言った。「それから、また泥だらけになっていた靴はきれいにしておきました。泥のなかを歩くときにはウェリントン・ブーツを借りられるほうがいいと思います」

どうやってあの靴を見つけたんだろう？　わたしはかろうじて笑顔を作った。

「あなたは本当に優秀ね、ゲルダ。伯爵夫人はあなたを雇うことができて幸せね」

「いいえ、伯爵夫人に雇ってもらったわたしが幸せなんです」ゲルダが言った。「わたしは自分の仕事をしているだけなのに、伯爵夫人はとてもよくしてくださいます。それに去年の悲劇のあと、これほど早く次の仕事がみつかって運がよかったです」

ゲルダは話しながらわたしの服を脱がせ、スカートに乾いた泥がこびりついているのを見て小さく舌打ちをした。それからわたしの髪を整え、ルビーのネックレスをつけ、頬紅を塗った。

「できました、お嬢さま。ディナーを楽しんできてください。この家であんなことが起きたからといって、食事を台無しにすることはありません。お嬢さまが気にかけることじゃないですから。お休みになるときは呼んでください。よく眠れるようにまたハーブティーをお持ちします」

ゲルダは膝を曲げて小さくお辞儀をすると出ていき、わたしはその背中をじっと見つめていた。あることに気づいたからだ。ゆうべ彼女が持ってきたハーブティーを飲んだわたしは、朝九時に起こされるまでぐっすり眠った。ダーシーが窓をノックしたことに気づかないくらい、隣の部屋の銃声に気づかないくらいぐっすりと。薬を盛られていた可能性が高いことに、わたしは初めて思い至った。

28

四月二三日　火曜日
ヴィラ・フィオーリ

わたしは衣装ダンスのドアの鏡に映った自分の姿を見つめながら、そのことを考えていた。ゲルダのことに触れたとたん、ダーシーは耳をそばだてた。ストラティアセッリはわたしたち全員を尋問したけれど、使用人は見落としているかもしれない。そう気づいてみると、ゲルダがこの仕事についたタイミングがよすぎる気がした。カミラのメイドが運悪くバスに轢かれたのとほぼ同時に、ゲルダの以前の女主人がバスタブで自殺している。ルドルフの殺害はしばらく前から計画されていたことなのだろうか？

母が彼女を〝ドイツ人の娘〟と呼んだことを思い出した。それは、彼女がオーストリア人であることを知らなかったから？　それともマックスが彼女と話をして、そのアクセントがオーストリアのものではないことに気づいたから？　それに母はゲルダに靴を磨いてもらったと言っていた。母の銃を見つける機会があったことになる。わたしは首を振った。考えすぎに決まっている。彼女があまりにも有能だから、そんなふうに考えてしまうのだ。彼女が自分で言っているとおりの人間――一流のレディズ・メイド――だということがいずれわかるはずだ。ゲルダが親切に用意してくれた飲み物にこっそりなにかを入れるチャンスは、きっとほかの人間にもあっただろう。

ダーシーがロンドンに打った電報でなにかが明らかになることを祈った。それ以外に、真相にたどり着くすべはないように思えた。

ディナーの前に食前酒を飲んでいる人たちの顔には、疲れの色が浮かんでいた。玄関ホールにある電話の前をひとりに見張らせ、家の外にも部下たちを残していくのでだれも外に出ないようにと言い残して、ストラティアセッリは帰宅していた。会話ははずまなかった。だれもが、数メートル離れたところに立つ警察官を意識していたのだと思う。ダーシーがいまにもストレーザから戻ってくるのではないかとわたしは耳に意識を集中させていたが、ディナーを知らせる銅鑼が鳴ったときも彼がやってくる気配はなかった。今夜のわたしの席は無口なクリンカーの隣だった。わたしは彼がこの家にいる理由や、今日姿を消していて、そしてまた現われたことを考えてみた。水量が増えた小川に落ちたのは本当かしら？　それが嘘だとしたら、どこに行っていたの？　その理由は？　いちかばちか試してみようと思った。

「塩を取ってもらえますか、ヘル・クリンカー？」わたしは言った。

「喜んで《ゲルン》」クリンカーは塩を手渡してくれた。

わたしは小さく微笑んだ。「やっぱり英語がわかるんですね。そうだと思っていました」

「理解はできます、ヤー。話すのはだめ。間違ったことを言わないように、黙っています」

「とても上手なように聞こえますけれど。わたしのドイツ語よりずっとお上手です」

「ベルリンに来れば、すぐに上達すると思いますよ」一語一語を考えながら彼は言った。

「いつかベルリンに来てください。案内します」

「素敵だわ」もう一度、励ますように微笑んでみた。

「グート」クリンカーはそう言って、ローストビーフに視線を戻した。

もう少しつついてみることにした。「今日あんなことがあって、もう大丈夫なんですか？」

「あんなこと？」

「川に落ちたでしょう？」

彼は恥ずかしそうに笑った。「ああ。たいしたことはありません。足を滑らせて、濡れただけです」

「あなたってとても勇敢なんですね」やりすぎだろうかと考えながら、わたしは言った。

「伯爵の遺体を見つけたとき、あなたはここにいなくてよかったですね。とてもショックでしたから」

「そうですね。とてもショックだ」

「伯爵をご存じだったんですか？」

彼は首を振った。「わたしはただの兵士です。ベルリンの社交界の一員ではないです。ここはわたしには立派すぎます」

「とても立派なお宅ですよね。わたしの実家もお城ですけれど、なかは質素なんです」

「質素なのは好きです」彼はうなずき、笑みを返してきた。

ここまでは上々だった。この先どうやって話を進めていけばいいのかがわかっていればよかったのだけれど。「ワインのお代わりはいかがですか、クリンカー中尉？」カラフェに手を伸ばしながら、わたしは訊いた。

「ビッテ」

男性を酔わせて、話を聞き出そうと考えている自分を笑うまいとしながら、ワインを注いだ。けれどすぐに頭が冷えた。彼がルドルフを撃った犯人か、もしくは共犯者だとしたら、危険で非情な人間だということだ。慎重にやるのよ、ジョージー。ゆうべ、温かい牛乳が飲みたくて夜中にうろついていたことを訊きたかったけれど、どんなふうに切りだせばいいのかがわからなかった。

料理はおいしかったのだろうが、実のところまったく味がわからなかった。ダーシーに早く来てほしかったし、この件がすべて終わってほしかった。たとえルディを撃ったのがクリンカーで、ゲルダがその手助けをしていたとしても、どうすればそれを証明できるだろう？結局は、なにもわからないままストレーザをあとにすることになるのかもしれない。ディナーのしめくくりは果物とチーズだった。カミラが立ちあがり、葉巻とブランデーを楽しむ男性陣を残して、わたしたちは彼女についてコーヒーが用意されている長広間に向かった。

「なんてひどい一日だったのかしら」カミラは肘掛け椅子にぐったりと腰をおろしながら、ため息をついた。「永遠に続くような気がしたわ」

「そうなの？」母が言った。「わたしがどんな思いをしたか想像してみてちょうだい。あの男は、わたしを犯人呼ばわりしたのよ」

「あれはあなたの銃だもの」シンプソン夫人が冷ややかに言った。「彼は一番簡単な結論に飛びついただけよ」

母は射すくめるような視線を憎むべきライバルに向けた。

「わたしが五〇センチの距離からだれかの頭を撃って、脳みそを吹きとばしているのを想像できる？　わたしは血を見ただけで気を失うのよ。だれかを殺すつもりなら、わたしなら飲み物に毒を入れるわね。そうすればきれいに死んでいくもの」

全員が笑い声をあげ、緊張が少しだけほぐれた。玄関をノックする音がして、わたしの心臓が高鳴った。ダーシーが来た。これでなにもかも大丈夫。息をつめて待っていると、警察官のひとりが現われてカミラにお辞儀をした。

「伯爵夫人」そう呼びかけてから、イタリア語でペラペラとなにかを言った。

カミラはうなずき、彼から手紙を受け取った。

「あなたによ、ジョージー。今日、あなたが会いに行けなかったお友だちから」

カミラが封筒を差し出した。確かに、クリニックにいるレディ・ジョージアナの友人よりと書かれているけれど、それはベリンダの筆跡ではなかった。なんだろうと思いながら封を切ると、そこにあったのはダーシーのかっちりした字だった。

ロンドンからの返事をまだ待っているところだ。朝までヴィラには行けないかもしれない。だがひとつだけ知らせておく。ロンドンのオーストリア大使館でゲルダ・ストレツルを確認できなかった。内務大臣の妻の死にも疑わしいところがあるらしい。今夜は充分に気をつけるんだ。ドアには鍵をかけて。ドアの前には椅子を置くといい。

「いい知らせ？」カミラが訊いた。

「え？」わたしは顔をあげた。「今日、会いに行けなくて、友だちはとてもがっかりしたみたい。明日は来られるといいわねって」わたしは手紙を封筒に戻すと、ハンドバッグに押しこんだ。ゲルダに絶対に見られないようにしなくては！

コーヒーを飲み終えたところに男性たちがやってきて、今夜もトランプをしようとコジモ伯爵が言った。賛成の声はほとんどあがらなかった。

「ほら、元気を出そうじゃないか」デイヴィッド王子が言った。「なにかしなくてはいけないよ。落ちこんでいるところを彼らに見られるわけにはいかない。なにかパーティー・ゲームはどうだい？　ジェスチャーゲームとか？」

「あなたってうんざりするくらい元気なのね、デイヴィッド」シンプソン夫人が言った。

「ジェスチャーゲームなんてする気のある人がいるわけないじゃないの。早めに寝室に引き取ったほうがいいと思うわ。そして鍵をかけるのよ!」

「ウォリス、わたしたちにまで危険が迫っているなんて考えているわけじゃないだろうね?」

「だれがルドルフ伯爵を殺したのか、そしてその理由がわかるまでは、わたしたちに危険がないとは言い切れないわ。頭のおかしい使用人が、貴族をひとりひとり殺しているのかもしれない」

「それはありえない」パウロが反論した。「この家の使用人はもう長年ここで働いているんだ」

「わたしが知りたいのは、犯人がどうやって彼の部屋に入ったかということよ」シンプソン夫人は言葉を継いだ。「ドアには鍵がかかっていたって聞いているわ。合鍵がどこにあるのか、わたしたちはだれも知らない。そうでしょう?」

「家政婦がキーリングをベルトにつけているんです」カミラが説明した。「どんなときも手放さず、寝るときも枕の下に敷いていると聞いています。だから、わたしたちのだれであれ、鍵を手に入れることはできないはずです」

「外からペンチで鍵を回せることがある」将軍が口を開いた。「それは考えられんかな? あるいはドアの下から紙を差し入れておいて、そこに落ちるように鍵を押し出し、紙を引っ張って鍵を回収するとか」

「その場合どうやって内側に鍵を戻すんです?」パウロが言った。「簡単じゃありませんよ」

「確かに」将軍はうなずいた。「まさにパズルだ」

「バルコニーをのぼることはできないのかね？　あるいはジョージーの部屋のバルコニーから飛び移るとか？」マックスが言った。

「壁をご覧になりました？」カミラが応じた。「なめらかな大理石です。熟練のロッククライマーでもあのバルコニーはのぼれません」

「それにわたしの部屋のバルコニーまでは相当離れています」わたしは言った。

「まったくパズルとしか思えん」将軍が繰り返した。「あの小柄な警察官がミラノに応援を要請して、一刻も早く真相にたどり着くことを願うだけだ。こうして待っているのは神経にも、胃にも悪い」彼はそう言うと、大きなげっぷをした。

わたしは彼がごくりとブランデーを飲むさまを眺めた。緊張している様子はない。そのうえ、ミラノから応援が来てほしいと言った。犯人の言葉とは思えない。そうでしょう？

「とにかく、なにかしよう」デイヴィッド王子が言い張った。「こんな早い時間に寝るわけにはいかない。ダンスはだめだろうね？」

「ダンスの気分にはなれないと思います、サー」母が言った。「でもホイストを一、二回くらいならやってもいいわ。気がまぎれそうですもの」

「いいね」パウロが言った。「テーブルを用意しよう。クレアと殿下対カミラとコジモおじさんだ。いい取り合わせだろう？　もう一組は、ぼくとマックス対シンプソン夫人とジョージアナでどうかな」

「わたしはやめておくわ。トランプは苦手なの」わたしは言った。

「わたしがやろう」将軍が言った。「こちらのお嬢さんの代わりに」

「いいですね」パウロはクーデターに成功したみたいに、にんまりと笑った。「テーブルが二台ですね。母はもう部屋に引き取ったし、フランチェスコ司祭はトランプを軽蔑している。残ったのは、クリンカーときみだね、ジョージー」彼は眉間にしわを寄せて、部屋を見回した。「おかしいな、テーブルが三台できる人数がいたと思ったのに」

「それは、ルドルフが生きていたときの話よ」カミラが指摘した。

「ああ、そうか」重苦しい空気が漂った。全員が座ったまま落ち着きなく身じろぎした。きっと、この家でだれかが死んだという事実を忘れるのがいかに簡単かを考えているのだろう。

「それじゃあ、トランプを出してちょうだい、パウロ」カミラはそう言うと、人々をトランプ用のテーブルにいざなった。わたしは断ったことを後悔しながら、しばらくためらっていた。いまはひとりになりたくないし、ほかの人より先に部屋に戻るのもいやだ。ゲームが始まったところで、湖の見える部屋に行き、窓の外を眺めた。遠くの山の向こうに満月がのぼり、湖面を銀色に染めている。対面の岸で明かりがまたたいている。すべてが平和で、とてもロマンチックだった。この家から遠く離れた安全な場所で、ダーシーといっしょにいられたならと思いながら、わたしはため息をついた。

「きれいですね？」うしろから声がした。だれかが部屋に入ってくる音は聞こえなかったから驚いて振り向くと、クリンカーが立っていた。礼装姿の彼はなかなかハンサムだった。金色の髪が月明かりに輝いている。

「とてもきれいね」

「あなたのように。あなたはとてもきれいだ。美しいアーリア人の女性。祖国の女性のようだ」

「ありがとう。わたしの祖先はドイツ人なの」

「ヤー？　ドイツのどこですか？」

「サックス・コーバーグだと思うわ。メアリ王妃はどこだったかしら？　王妃は結婚前は確かメアリ・オブ・テックといったはず。テックがどの家系なのかは知らないわ」

「メアリ王妃？　あなたは王家の人なんですか？」

「ええ。わたしの父は国王のいとこよ」

「マイン・ゴット。まったく……知らなくて」

「そうね、わたしは王家の人間には見えないから」

「いや、美しい王家の女性です」クリンカーはぴったりと体を寄せてきた。「よかったら……あなたに……キスをする許可をもらえますか？」

これがほかのときだったら、わたしは婚約していると彼に告げ、なれなれしいと言って断っていただろう。「わたしにキスしたいの？」

「いいですか？　ぜひ、したいです」

彼を誘惑するという考えが再び浮かんできた。ほかの人たちはすぐ近くにいる。危険なことはないはずだ。

わたしは恥ずかしそうなふりをした。「いいわ」

クリンカーはわたしを抱き寄せた。軍服のボタンと勲章とモールが体に当たるのを感じた。わたしの唇に押し当てられた彼の唇は、ただ冷たいだけだった。ベリンダとわたしが魚顔とあだ名をつけたルーマニアのジークフリート王子にキスされたときのことを思い出した。幸いなことに、クリンカーは口を開けることも、わたしの口を開けさせようとすることもなかった。ただぴったりと口を押しつけて、息を荒らげているだけだ。彼の手が髪を撫で、背中を撫でた。そしてその手が左胸をつかんだので、わたしはぎょっとして体を引いた。

「なにをするの！」わたしは怒りの声をあげた。

クリンカーは驚き、恥ずかしそうに言った。「いやでしたか？」

「ろくに知らない人にはいやよ」

「許してください。ぼくは女性の経験があまりなくて。本を読んだんです。『女性の愛し方』っていう本です」クリンカーはゆっくり言葉を探しながら言った。「その一、唇。その二、髪を撫でるって書いてありました。それから背中。その四が胸。女性は胸をつかまれるのが好きだって書いてありました。強くつかみすぎましたか？」

わたしは笑いたくなるのをぐっとこらえた。「あなたの下の名前は？　クリンカー中尉って呼び続けるわけにはいかないわ」

「フリッツです」

「フリッツ、女性の愛し方を本で学ぶことはできないと思うわ」

「だめですか？　ドイツの軍隊では、たいていのことを本で学びます」

「自然に覚えるものなのよ。それも時間をかけて。たいていの女性は、急ぐのを嫌がるわ」

「胸をゆっくり触らなきゃいけないっていうことですか？」

「そうじゃなくて、あなたのことを知って、あなたを好きになってからでなくては、女性は体を触られるのを嫌がるということよ。あなたを信頼して、愛さなくてはいけないの」

「なるほど」彼はしょげかえった。「間違ったことをして、あなたの気分を害してすみませんでした」

「気分を害してはいないわ。だれでも初めてはあることだもの」

「ベルリンで素敵な女性に会うのは難しいんです。軍隊にいると、そういうことに使える時間があまりないので」クリンカーは悲しげな笑みを見せた。「あなたは親切な人だ。よかったら──あなたの部屋に行ってもいいですか？　今度はうまくやります。つかんだりしませんし」

　たったいままで、わたしは彼とのやりとりを楽しんでいた。ベリンダに話したら、どれほど笑うことだろう。けれど、わたしの部屋に行きたいと言い出したことで、警告のランプが灯った。彼は本当に自分で言っているような純真な若者なんだろうか？　それともわたしをほかの客から引き離すチャンスを狙っていた？　わたしがなにかを知っていて、危険な存在だと考えている？　彼とゲルダは共犯者なの？

「いいえ、だめ。それは正しいことじゃないわ。王家の親戚が認めないでしょうね」

「知らせる必要はありません」

「親戚のデイヴィッド王子がいるのよ。あなたといっしょに姿を消せば、彼が気づくわ。なにより――」わたしは笑顔で言った。「わたしには家で待っている人がいるの。彼も認めないでしょうね」

「そうですか」クリンカーはため息をついた。「それじゃあ、あなたはもうだれかと約束しているんですね？」

「ええ」

「残念だ。素敵な女性はみんなだれかと約束している。かわいそうなクリンカー。彼はだれにも愛されることがないんだ」

「そんなことはないわ。きっと近いうちにだれかと出会えるわ」

彼はまたため息をついた。「失礼して、もう寝ようと思います」

「使用人が部屋に引き取る前に、温かい牛乳を頼むのを忘れないようにね」

不意に彼の目つきが鋭くなったのは気のせい？　そう見えたのはほんの一瞬だった。

「今夜は牛乳はいらないと思います。山を歩いて、そのあと川に落ちたせいで疲れました。よく眠れると思います」彼はカチリと踵を鳴らして言った。「おやすみなさい《グーテ・ナハト》、ジョージー」

「グーテ・ナハト、フリッツ」

歩き去っていく彼を見送りながら、もう少しで敵と寝るところだったのだろうかとわたしは考えていた。

29

四月二三日　火曜日の夜
ヴィラ・フィオーリの庭

今夜は眠れる気がしない。ドアノブの下に椅子をあてがっておけば、本当に侵入者を防げるかしら？　ダーシーが早く来てくれるといいのに！

わたしはほかの人たちのところに戻り、腰をおろして雑誌に目を通していた。やがて、もう疲れたから部屋に引き取ると母が言った。いま勝っているからだろう。母は自分が勝っているときにやめるのが好きだった。ゲームは終わり、わたしは母とマックスといっしょに階段をあがった。ひとつ目の踊り場で、将軍が礼儀正しくお辞儀をした。

「それではいい夜を」彼はそう言うと、わたしたちとは反対の右側の階段をあがっていった。彼の部屋は、ルドルフの部屋から離れていることがわかった。ルドルフが殺されたのが一二時前だとしたら、その時間には執事はまだ起きていた。うろうろしていれば、姿を見られる危険があっただろう。実際にクリンカーが目撃されている。執事が彼を見たのは、ルドルフを撃ちに行こうとしていたときだろうか？　それとも目的を遂げて、鍵を元の場所に――それがどこであれ――返そうとしていた？　彼を冷酷な殺人者だとは考えにくかったけれど、それはだれにもわからない。

寝室にたどり着いて鍵をかける間もないうちに、カップとソーサーを手にしたゲルダが現われた。

「お嬢さま、よく眠れるようにハーブティーをお持ちしました」

わたしはカップを見つめた。「親切にありがとう」安心させるように微笑んだ。「助かるわ。これが欲しかったの」

ゲルダはカップをわたしに渡そうとした。「ベッド脇のテーブルに置いてちょうだい。先に着替えるわ。飲むにはまだ熱そうなんですもの」

「承知しました、お嬢さま」ゲルダが言った。わたしが鏡台の前に座ると、ゲルダはネックレスをはずし、ドレスを脱がせた。そのあいだも、わたしは必死で考えを巡らせていた。あのお茶にはまた薬が入っているに違いない。けれど今夜はただわたしを眠らせるだけでなく、二度と目覚めさせないくらいの量かもしれない。疑っていることを彼女に気づかれることなく、お茶を飲まずにすむ方法を考えようとした。

「ありがとう、ゲルダ」寝間着に着替え終えたところでわたしは言った。「今夜はもういいわ。ベッドに入る前にトイレに行くから」

「お茶があります、お嬢さま」

「戻ってきてから飲むわ。ベッドに入ってから。あなたは待っていなくていいわよ」

「カップを取りにきますか？」

「気にしないで。明日の朝、取りに来てくれればいいわ。あなたもゆっくり寝てちょうだい。大変な一日だったんだもの、みんなよく眠らないといけないわ」

ゲルダはためらったあとで言った。「わかりました。それでは朝に取りにきます。でも、冷たくなる前に飲んでくださいね」

「もちろんよ。ありがとう、ゲルダ。よくしてくれて感謝しているわ」

「とんでもないです、お嬢さま」残念そうな表情が彼女の顔に浮かんだ気がした。彼女がいなくなるのを待って、必要になったときに調べられるようにお茶を少し歯ブラシ立てに入れ、残りを流しに捨てた。廊下の突き当たりにあるトイレに行って戻ってきたときも、ゲルダの姿はなかった。鍵をかけたうえで、ドアの前まで家具を移動させようとしたけれど、収納箱もタンスも重たすぎて動かなかった。そこでダーシーに言われたとおり、ドアノブの下に椅子を斜めにして置いた。だれかがドアを開けようとしたら、椅子がけたたましい音と共に倒れるはずだ。

　ベッドに入る準備をしているあいだも、わたしはまだびくびくしていた。ダーシーが今夜訪れてくるかもしれない。窓には鍵をかけないでおこうと思ったが、歓迎されざる客が同じようにしてやってくる可能性があることに気づいた。今夜はダーシーのノックに気づくはずだ。ベッドにのっている余分な枕をどけようとした。わたしは枕はひとつだけで眠るのが好きなのだが、ベッドには四つものっている。枕を手に取ったところで、動きが止まった。ゆうべまでは四つあった。いまは三つしかない。妙だ。こんなにたくさん必要ないと考えたメイドが、衣装ダンスにしまったんだろうか？

衣装ダンスに近づいて、扉を開けた。人を不安にさせるような家具だ。かくれんぼをするにはうってつけだけれど、ベッド脇のランプのか細い光だけではなかは暗いままだ。わたしはおそるおそるなかをのぞきこんで、なくなっている枕を探した。なにを怖がることがあるのと自分を叱りつけた。古い家具だけでなく、鎧兜《よろいかぶと》や秘密の通路まであるお城で育っているのに。これまでそんなものを怖いと思ったことは一度もなかった。

「ほらね」きっぱりとした口調でつぶやいた。「これはただの大きな衣装ダンス。いまのものよりもドレスやマントがもっとたっぷりしていた時代に作られたもの。怖がることなんてなにもないんだから」

自分を安心させるために、タンスの向こう側の板を叩こうとしてドレスの奥に伸ばした手がクモの巣に触れた。とっさに手を引いた拍子にバランスを崩し、体を支えようとして反対の手を突き出した。その手の先でタンスの板がはずれ、わたしは暗闇のなかにつんのめった。

驚きのあまり動くこともできず、つかの間、わたしはその場に倒れたままでいた。倒れた拍子に衣装ダンスの縁にぶつけたむこうずねが、ずきずき痛む。ゆっくりと立ちあがると、なにか柔らかいものが頬に触れたのでぎくりとした。手を伸ばしてみると、男性用のジャケットの袖だとわかった。自分がどこにいるのかを理解した。ルドルフの部屋の衣装ダンスのなかだ。だれにも気づかれることなく情事を楽しみたい人たちにとって、ふたつの部屋をこんな形でつないであるのはとても都合がいいに違いない。まず脳裏に浮かんだのは、ルドルフがこのことを知らなくてよかったということだった。知っていれば、きっと夜中に訪れてきていたに違いない。

次に考えたのは、より重大なことだった。これでわかった！　なにもかもすべてがはっきりした。ゲルダ——いまはもう彼女以外に考えられなかった——は、衣装ダンスを通じてわたしの部屋からルドルフの部屋に入ったことを気づかれないように、わたしを薬で眠らせたのだ。そして……もうひとつ合点がいったことがあった。なくなった枕。そう、彼女は銃声を消すために枕を使ったにちがいない。床に落ちていた白い羽根も、なんのものかわからなかった不快な焦げたようなにおいも、これで説明がつく。あれは焦げた羽根だったのだ。ゲルダは飛び散った羽根を拾い、枕に残った羽根は鶏囲いのなかに捨てたのだろう。そこなら羽根が落ちていても不審に思われることはないからだ。けれど彼女は、わたしの靴にその白い羽根がこびりついているのを見た。わたしにすべてを気づかれたかもしれないと考えているに違いない。

わたしは急いで自分の側の衣装ダンスに戻り、扉を閉めようとした。留め金をまさぐっているあいだも、銃を手にしたゲルダがいまにもルドルフの側から現われるのではないかとびくびくしていた。銃はどちらもストラティアセッリが持っていると自分に言い聞かせてみたけれど、この家にはほかにも銃があるかもしれない。ゲルダはナイフやクロロフォルムを持っているかもしれないし、スカーフがあればわたしの首を絞めて、無理やり喉に毒を流しこむこともできるだろう。彼女はたくましい女性だ。抵抗できる自信はなかった。部屋を見回し、どうすればいいだろうと考えた。いますぐここを逃げだして、母の部屋のドアを叩く？それとも玄関を見張っている警察官のところに駆けていく？　けれど、もしゲルダが外で待ち構えていたら？　ルディの部屋から飛び出してきて、わたしをそこに引きずりこみ、殺すつもりだったら？　これが念入りに練られた計画で、共犯者がほかにもいるとしたら？　わたしの最大の懸念が、マックスが関わっていたらどうしようということだった。ルドルフが二重スパイでイギリスに情報を流していることに、ドイツにいるだれかが気づいていた可能性はおおいにある。ベルリンから送りこまれた何者かが、彼を殺して自殺にみせかけたのかもしれない。

わたしは不意に、だれを信じていいのかわからなくなった。カミラとパウロは信用してもいいでしょう？　でもゲルダはカミラのメイドだ。あの両開きのドアの向こう側の私室がどうなっているのか、わたしは知らなかった。ただの寝室と着替え室だけかもしれないし、廊下が延びていて近くにゲルダの部屋があるのかもしれない。入り口近くに、彼女が潜んでいるかもしれない。

そんなことを考えているあいだにも、かすかな物音が聞こえてきた。カチリという小さな音がして、ドアのノブがほんのわずか動いたのが見えた。

「はい？」わたしは横柄な口調で言った。「だれ？　なんの用？」

返事はなかった。「失礼しました、お嬢さま。お休みになっているかどうかを確かめにきたんです」というような、あたりさわりのないことを言うゲルダはいなかった。

ダーシー。ダーシーのところへ行かなくては。わたしはガウンを脱ぎ捨て、黒いスカートとセーターを着た。それからきれいに磨きあげられたあの靴を履いて、できるかぎり音を立てないようにしながらバルコニーに通じるドアを開けた。バルコニーに出たところで、そこから外に出たことがすぐにわからないようにドアを閉めた。ダーシーがバルコニーの下で待っていることを半分期待していた。「ジョージー、ここだ」とささやく声が聞こえることを。

月明かりが庭を照らしていたけれど、木の枝の影が地面に作るまだら模様は風のせいで揺れている。わたしは数秒待ったあとで、心を決めた。彼のコテージに行かなくてはいけない。安全なところへ。藤の枝をながめた。木登りをしたことはある。それどころか、ベリンダといっしょに屋根によじのぼり、排水管を伝って学校から抜け出したこともあった。ベリンダはスキーのインストラクターに会うために何度か繰り返していたけれど、真面目だったわたしがそんなことをしたのは一度だけだ。藤の枝は頑丈そうに見えた。ダーシーがのぼっても大丈夫だったのだから。わたしは大きく息を吸うと、手すりをまたぎ、足を乗せられる枝を探った。そこから少しずつ、少しずつおりていく。木の葉が顔をこすった。小枝にひっかかれた。永遠に地面に着かないような気がしたし、おりたところには彼女かその仲間が待ち構えているのではないかという思いが、頭から離れることはなかった。

ようやく足が砂利に触れた。わたしはヴィラの影ができている地面におり立ち、音を立てないように息をしながら、あたりを見回した。暗がりのなかに、巨大なヴィラがそそり立っている。家のこちら側の上の階の窓から漏れている明かりはなかった。木の葉のあいだを風が吹き抜け、枝をざわつかせた。わたしはためらった。家の正面にまわり、そこを見張っているはずの警察官のところに行こうか。それとも庭を横断してダーシーに会いにいくべき？彼がストレーザに留まって、ロンドンからの電報を待っているとは思えない。この近くにいるはずだ。そうでなければ、わたしに手紙をよこせたはずがないのだから。家の正面にまわるのは危険すぎると判断した。ゲルダか彼女の共犯者が、茂みのなかでわたしを待ち構えているかもしれない。

ダーシーのことはだれも知らないのだと、わたしは改めて考えた。わたしが庭師のコテージに向かうなどと考える人間はいない。一番手前の刈り込んだ生垣を目指して、遮るもののない芝生の上を走った。生垣の向こうにまわり、そこからプールに向かった。あの小さな大理石の建物が、月明かりに照らされて輝いているのが見えた。念のため、近づかないようにした。このあたりは、背の高い木々や花をつけたシャクナゲなどがある敷地のなかでも自然の趣が濃いところで、風が強い。湖からの風が建物に遮られることなく吹きつけてくるからだ。頭上では木の枝が激しく躍っていた。雲が空を流れていく。月が雲に隠れて、あたりが暗闇に包まれた。わたしは正しい方向に向かっていることを願いながら、でこぼこした地面からない。目の見えない人のように、両手を前に出して歩いた。

振り返ると、茂みのあいだにゆらめく光が一瞬見えた。すぐに消えてしまったけれど、見間違いではない。プールの向こう側に、たしかに明かりが見えた。懐中電灯を持っただれかが、わたしを追ってきている。大きなオークの木の陰に隠れて待っていると、やはりまた明かりが灯り、そしてすぐに消えた。だれかに合図を送っているの？　耳を澄ましたけれど、枝がきしむ音や木の葉がこすれる音が聞こえるばかりだ。わたしは向きを変え、再び歩きだした。時折振り返っては追いつかれていないことを確かめながら、木から木へと移動していく。つかのま月が顔を出したので、音を立てることを気にするのをやめ、走り始めた。コテージはもうすぐそこのはずだ。自分がひどく無防備な気がした。追ってきている人間が銃を持っていたなら、月明かりのなかに立つわたしを狙うのは簡単だろう。ああ、どうしてわたしは、家の正面を見張っている警察官のところに行くほうを選ばなかったんだろう？　昼間は、庭師のコテージを見つけるのは至極簡単なことに思えたのだ。前方の地面はゆるやかにのぼっていた。こっちで合っている？　地所全体が丘の途中にあって、家の上にあるテラスが急斜面に造られていることはわかっていた。でもコテージの前の土地は比較的平らだったんじゃない？

月がまた雲に隠れ、わたしは大きな茂みの陰に身を潜めて、懐中電灯を持った人物がまだ追ってきているかどうかを確かめようとした。なにも見えない。その人物はあきらめて、家に戻ったのかもしれない。それともあれは、警察官のひとりが侵入者を捕まえようとしたのかもしれない。けれどそうでないかもしれない。そんな可能性に賭けるわけにはいかなかった。そのとき、また光が見えた。木立のなかで、大きく弧を描いていた。わたしを探している。もう、わたしに気づかれることを心配していない。ともあれこれで、その人物の位置がわかった。彼だか彼女だかは少し離れたところにいる。けれど確実にさっきよりは近づいていたし、わたしよりも低い場所にいた。コテージは丘の下のほうの道路に近いところにあるから、その人物が素早く移動すれば、コテージにたどり着く前にわたしは捕まってしまうだろう。

コテージの前に砂利の前庭があったことを思い出した。わたしが庭師のコテージに向かっていることに気づいたなら、身を隠すところもないその前庭に現われるのを、彼女（ゲルダだと仮定して）は待っているかもしれない。それとも、地所の外に出る道を探していると考えているだろうか。新たな疑念が浮かんできた。ダーシーの小屋に駆けていってドアを叩いたとして、留守だったらどうする？　朝に届くはずの電報を待つために、彼が町に残っている可能性があった。玄関の前に立ち尽くすわたしに、だれだかわからない襲撃者が背後から近づいている光景が脳裏に浮かんだ。もしくはどこからか銃で狙いをつけているところが。茂みの陰に隠れたまま、わたしはどうするべきかを決めかねていた。その人物は、わたしが地所のはずれに向かっていると思ってあとをつけてきている。だとしたら、もっとも理にかなった手段は急いでヴィラに戻ることではないだろうか？　玄関に鍵がかかっていたとしても、見張りの警察官がどこかにいるはずだ。ドアを激しく叩けば、だれかが起きるだろう。そう、ダーシーのコテージを見つけようとするよりも、いまはそのほうが危険は少ないとわたしは思った。それにもしその人物が銃を持っているなら、ダーシーとわたしの両方が撃たれる可能性がある。そんな危険を冒すわけにはいかない。そうでしょう？

わたしは心を決めた。まず丘をのぼり、そこから半円を描くようにして家に近づけば、プールの脇の開けた場所や芝生や私道を横断せずにすむ。反対側の果樹園までたどりつければ家庭菜園に身を隠せるから、そこから家までの短い距離を走ればいい。だれも、わたしがそのルートを取るとは思わないだろう。歩きだそうとしたまさにその瞬間、ぱたりと風がやんだ。あたかも、だれかがスイッチを切ったかのようだ。月が再び顔を出した。わたしは無防備にさらされているような気持ちになった。じっと耳を澄ましたけれど、湖岸に打ち寄せる波の音が遠くから聞こえてくるだけだ。そのあいだも、音もなく忍び寄ってくる人間の姿が脳裏に浮かんでいた。銃声と弾が発射されたときの光で、初めてその存在に気づくのかもしれない。

そのとき、なにかが動くかすかな音が聞こえた。わたしが立っているところからはまだ少し離れた、丘の低いところだ。ほぼ同時に、茂みの向こうに黒い人影が見えた。やはり丘の下だが、わたしとダーシーのコテージのあいだにいる。ふたり目はわたしを追ってきていた。わたしは唯一、残された方角に向かった。できるかぎり音を立てないように、丘をのぼっていく。月は明るく輝いていて、茂みから茂みへと移動するわたしを照らしだした。地面の傾斜が急になっていく。中腹部には平らに造られたテラスがいくつかあって、それぞれが背の高い生垣で仕切られていた。そこまでたどり着くことさえできれば、ヴィラまで行くのは難しくない。三人目がどこかで待ち構えていなければの話だけれど、と頭のなかでささやく声があった。わたしはそれを無視した。時折足を止めては、耳を澄ます。背後で小枝を踏む音がした。静まりかえった夜のなかで、その音はまるで銃声のように大きく響いた。懐中電灯がいらないくらい月が明るかったけれど、彼らがどこにいるのか知るすべはなかった。

前方の暗がりから不意に白いものが現われて、わたしは恐怖のあまりあえいだ。口に手を当てて、声を抑えこむ。体を硬くして、激しく打つ心臓をなだめようとした。すぐにそれがなんなのかに気づいた。ギリシャ時代の戦士をかたどった大理石の像だ。腕をあげて槍《やり》を持っている。テラスを守る像のひとつだ。わたしはよろめきながら最後の数メートルをのぼり、背の高い生垣のあいだの細い通路に入った。素早く行動しなければ。走り始めた。足の下で砂利が音を立てる。くぼみにはそれぞれ像が立っていて、ひとつ見えるごとに心臓がどくんと打った。初めは、自分の足音が反響しているのかと思った。けれど足を止めてみると、そうでないことに気づいた。だれかがわたしのうしろを走っている。

不意にうんざりした。逃げるのはもうたくさんだ。ラノク家の祖先は戦場から逃げ出したりはしなかった。勝ち目のない場合でも、立ち向かって戦った。そのほとんどが最後はずたずたにされたことを思い出したが、ラノク家の誇りはいまもわたしの体に流れている。テラスの終わりまで走り、足を止めた。彼らは、わたしがヴィラにまっすぐ向かうと思っているだろう。あたりを見回し、武器になるものを探した。ここにも大理石の像が立っていたが、一八〇センチの高さの像を動かせるほどの力はわたしにはない。足音がさらに近づいてきた。速度をあげている。わたしは小さな石の噴水を眺めた――ボウルの中央から水が湧き出ていて、縁に石の蛙の飾りがある。蛙を引っ張ってみると、少し動いた。さらに強く引くとボウルからはずれ、先のとがった金属の棒で固定されていたことがわかった。手のなかの蛙は充分な重さがあった。わたしは金属の棒を眺めながら、これを何者かの頭に突き刺すところを想像し、ぞっとして首を振った。だれかを昏倒させようとはしているけれど殺すつもりはない。底の平らな部分で殴れるように、蛙をひっくり返した。チャンスは一度きりだ。逃すわけにはいかない。

待つ時間が永遠のように感じられた。死角になる生垣の陰に身を隠した。再び風が吹き始め、近づいてくる足音は木の葉がそよぐ音にまぎれた。やがて、その人物の姿が見えた。予想どおり、立ち止まってあたりを見回し、わたしを探している。わたしは蛙を持ちあげ、その人物の背後に近づいた。頭に蛙を叩きつけようとした直前で、手が止まった。ゲルダはわたしとほぼ同じ身長だ。けれどいま目の前にいる人間はわたしより一五センチは背が高く、乱れた黒髪の持ち主だった。月明かりのなかに歩み出た彼が振り返り、わたしはその顔を見て取った。

「ジョージー！　きみだったのか。なにがあった？　家を見張っていたら、きみがプールの脇を通るのが見えた気がしたんだ。それで……」

わたしは自分の唇に指を当てた。「つけられていたの」声に出さずに言い、細い通路を指さした。

ダーシーはわかったというようにうなずくと、テラスの片側に立つようにとわたしに身振りで示し、自分は反対側に立った。わたしが石の蛙を持ったままであることに気づき、やはり身振りでそれを置くようにと指示した。わたしは言われたとおりにした。走ってくる足音が聞こえてきた。近づいてきている。その人物はさっきのダーシーと同じことをした。テラスに駆けこんできて、足を止めてあたりを見回している。ダーシーは見事なタックルを決めて、その人物を地面に押し倒した。次の瞬間にはその人物をうつぶせにして背中を膝で押さえつけ、腕をねじりあげていた。「動いたら、腕を折るぞ」ダーシーが脅した。

「なにをするんです？」芝生から聞こえるゲルダの声は半分くぐもっていた。「わたしは伯爵夫人のメイドです。レディ・ジョージアナのことが心配だったんです。放してください」

「わたしに薬を飲ませようとするくらい心配だったのね」わたしは言った。「調べてもらえるように、あのお茶は少し残してあるわ。それに、あなたがどうやってルドルフ伯爵を殺したかもわかった。衣装ダンスの通路を見つけたの」

「いまさらどうでもいいことよ。わたしはここに送られてきた目的を果たした」

30

四月二三日から二四日にかけての夜

　ダーシーはゲルダの背中を膝で押さえつけたまま、体勢を変えた。

「ジョージー、助けを呼んできてくれ」

「あなたはひとりで大丈夫？」

「大丈夫だ。早く」ダーシーの声は張りつめていた。

　わたしは芝生を横切り、家の横手から玄関にまわった。大理石のテラスに置かれた籐のロッキングチェアに座った警察官は、ぐっすり眠っていた。わたしに起こされて彼は飛び起き、気まずそうな顔をした。

「いっしょに来て」わたしは手招きした。「いますぐ。ラピド」

　ありがたいことに、彼はなにも尋ねなかった。まだ半分眠っていたのかもしれない。ともあれ、彼はわたしのあとを追ってきて、ダーシーがだれかを押さえつけているのを見て仰天した。

「この女性がルドルフ伯爵を殺したんだ」ダーシーはイタリア語で言った。「手錠はあるか？」

その警察官は手錠を持っていなかった。

「それならネクタイをはずして」警察官は言われたとおりネクタイをはずし、ダーシーはそれを使って手早くゲルダの両手を背中で縛りつけた。優しいとは言えない手つきだった。ダーシーに立たされると、ゲルダは軽蔑のまなざしを彼に向けた。彼らが歩きだし、わたしもそのあとを追おうとしたとき、なにかが月明かりを反射していることに気づいた。注意して拾いあげ、走って彼らに追いついた。ヴィラに戻ってみると、執事に起こされたパウロとカミラが待っていた。

「この男に襲われたんです」ゲルダが怒ったように言った。「頭がどうかしているんです。レディ・ジョージアナが家を出ていくのが見えたので、わたしは心配になってあとを追っていっただけなのに」

「きみはだれだ？」パウロがダーシーをにらみつけた。

「知っているわ！」カミラの顔が輝いた。「親戚のダーシーよ」

「そのとおり」ダーシーが答えた。「元気かい、カミラ？　近くに来たものだから、婚約者の顔を見ようと思ってね。そうしたら、彼女はこの女にあとをつけられていた」

「わたしを殺そうとした女よ」わたしは言った。「今夜はすでにわたしの飲み物に毒を入れたの。飲まなかったけれど」

「殺そうとなんてしていません」ゲルダは吐き捨てるように言った。「守ろうとしたんです」

「これで？」わたしは細く長い刃のナイフを見せた。「ダーシーに飛びかかられたときに、落としたのね」

「よく気づいたね、ジョージー」ダーシーは微笑んだ。「この女についての電報が何通か、ロンドンから届いたよ。オーストリア国民ではない。彼女をメイドとして雇っていた内務大臣は、彼女がスパイなのではないかと疑念を抱いていた。そして彼の妻はおおいに怪しい状況で死亡し、彼女は姿を消した——非常に都合よく、イタリアで次の仕事を見つけてね」

カミラはゲルダの顔を見た。「あなたがモニクをバスの前に突き飛ばしたのね？　絶対に人を傷つけたりしなかった、かわいいモニクを。あなたは怪物だわ」

ゲルダは微笑んだだけだった。「わたしはあんたみたいな弱虫じゃないだけ。あんたたちみたいな。弱虫は軽蔑する。わたしの国が世界を支配するまで待っておいで」

まもなく、ストラティアセッリと部下の警察官たちがやってきた。コジモ伯爵がミラノに電話をかけ、警察の高官たちがやってくることになった。彼らが到着するまでなにもするなとストラティアセッリは命じられた。その騒ぎでほかの客たちも起き出してきた。スピッツ＝ブリッツェン将軍は赤と白のストライプのガウン姿で、まるでコマのように見えた。心底おののいているようだった。

「もちろんわたしはこんな女など知らない。アプヴェーア（かつてドイツに存在した諜報活動機関）が送りこんだに違いない。言っておくが、わたしはやつらとは距離を置いているのだ」

「クリンカーはどうですか？」わたしは尋ねた。「彼女の任務の手助けをするために、送りこまれたとは考えられませんか？」

「クリンカー？　だが彼は素朴な若者に見えたが」

「長くあなたの副官を？」

「いや、ほんの数カ月だ。だが真面目な働き者だった。直接訊いてみるといい。それでわかるはずだ」

クリンカーを呼びに行かせた使用人は、イタリア語で支離滅裂なことをわめきながらあわてて戻ってきた。クリンカーはベッドの上で喉を掻き切られていたらしい。

わたしは両脇を警察官にはさまれて座っているゲルダに訊いた。

「あなたがクリンカーを殺したの？　どうして？」

ゲルダの顔に浮かんだのは嘲りの表情だった。「弱虫だとわかったから。彼はあんたを処理することになっていたのよ」

「クリンカーにわたしを殺させようとしたの？」わたしは言葉につまりそうになりながら言った。

「彼は断ってきた。あんな素敵な女性を殺すつもりはないと言って。あんたを好きになったのね。まったく弱虫なんだから」

わたしは泣きたくなるのをこらえた。本で女性の愛し方を学ぼうとした、かわいいクリンカー。どうして彼のような人が、ドイツの諜報機関で働くことになったんだろう？　自分から志願したの？　それとも無理やり？　答えは永遠にわからない。

ダーシーがわたしの肩に手をまわした。「大丈夫かい？　ひどい夜だったね。もうベッドに入ったほうがいい」

わたしは笑顔で答えた。「ほかのときなら、喜んであなたの言うとおりにするところだけれど、警察の偉い人たちが来て全員の証言が終わるまでは、ベッドに入らせてもらえないと思うわ。いまはただクリンカーが気の毒で。わたしにはかわいらしい若者に見えたわ。わたしとベッドを共にしたいのに、どうやっていいのかさっぱりわからなかったのよ」

「きみがそう仕向けたわけじゃないだろうね」

「まさか。わたしは彼が気の毒なだけ」

「もしドイツ軍の諜報機関が送りこんできたのなら――まず間違いなくそうだろうが――彼はかわいくも純粋でもないよ」ダーシーが言った。「そういうふりをしてきみを味方につけ、どこかに連れこんで殺そうと思っていたんだ」

「でも殺さなかった」涙が頬を伝うのがわかった。「最後は正しいことをしたのよ」

ミラノから警察の上層部の人たちが到着した。ゲルダは黒いベンツで連れていかれたが、最後まで傲慢そうな勝ち誇った態度を崩すことはなかった。クリンカーの遺体も運ばれていった。朝の最初の光が空を染める頃、デイヴィッド王子を迎えにミラノからイギリス領事がやってきた。

使用人たちがシンプソン夫人の荷物をどうにかして車に積みこもうとしているあいだに、デイヴィッド王子がわたしのところに来て言った。

「ジョージー、今日の午前中にミラノからロンドンに向かう飛行機がある。いっしょに来る気があるなら、きみひとりくらい乗せることはできるよ。ここにいてまた警察の捜査に巻きこまれるのはうんざりだろうし、きみを無事に連れ帰ったら母もきっと喜ぶ」

「ありがとうございます、サー」わたしは答えた。「でも、そもそもここには病気の友人に会うために来たので、すぐにでも彼女のところに行ってあげないと」

デイヴィッド王子はわかったというようにうなずいた。

「公の場以外は、わたしをサーと呼ぶのはやめにしないか？　わたしたちは親戚なんだから。デイヴィッドと呼んでくれればいいよ。ウォリスのように」

「それはそうかもしれませんけれど、王室の方々に対する振る舞いはもうすっかり体に染みついていますから。あなたのことはとても好きですけれど、それでもわたしにとってはあくまでもサーなんです。実を言えば、幼い王女たちのことは下の名前で呼んでいますけれど。ふたりが大きくなったら、そうもいかないでしょうね。エリザベスは儀礼にこだわりそうですから」

デイヴィッド王子はにやりと笑った。「わかったよ。きみが乗らないのなら、わたしたちはそろそろ出発しよう。ここを逃げ出すことができて、うれしいよ。まったく時間の無駄だった。そもそもどうしてこんなところに来たのかもわからないね」

わたしにはわかっていたけれど、口には出さなかった。

「わたしたちみんなにとって、いい経験だったかもしれません。これで、ナチスは信用できないということがよくわかりましたよね？　そのときがきたら、どちらの側につけばいいのかを迷わずにすみます」

「そうだね」デイヴィッド王子は考えこみながらうなずいた。「そうなんだろうな。さて、じゃあ行くよ」彼はそう言い残し、車のそばをうろうろしていたシンプソン夫人のところに向かった。

車が出ていくと、カミラが歩み寄ってきた。「本当に恐ろしい経験だったわ。こんなハウスパーティーなんてしなければよかった。どうして賛成したりしたのかしら。友だちなんてひとりもいなかったのに」そう言ってから、訂正した。「あなた以外はね、ジョージー。あなたのおかげでどれほど助かったことか。これからも友だちでいてくれるわよね？　時々訪ねてきてくれるとうれしいわ。わたしたち親戚になるんだから、だめな理由はないはずだもの。わたしたちの家のどれかを新婚旅行に使ってくれてもいいのよ。喜んでお貸しするわ」

「素敵だわ、カミラ。でもまだ新婚旅行の予定を立てるような段階じゃないのよ。まずは結婚する許可をもらわないといけないの」

「きっと問題ないわよ」わたしたちはゲートを出ていくデイヴィッド王子の車を見送った。

「あなたも帰るんでしょう？」カミラの声には悲しそうな響きがあった。

「病気の友人のところに行かなくちゃいけないの。わたしがここに来たのはそのためなんですもの。それにダーシーもロンドンに戻るんですって」

「あなたのお友だちが近くにいるのなら、また訪ねてきてね。もし来られるようなら、お友だちもいっしょに」

「それは無理だと思うわ。でもその前に、わたしたちにはやらなければいけないことがあるんじゃない？」

カミラは顔をしかめた。「ああ、そうだったわ。警察の許可が出たらすぐに、使用人たちがルドルフのベッドを片付けて、部屋の掃除を始めるはずよ」

「それなら、みんながほかのことに気を取られているあいだに、いますぐ探しましょう」わたしは言った。「最後のチャンスよ」

わたしたちはいそいで階段をあがった。ルドルフの部屋は閉め切ってあったから、乾いた血の金属っぽい不快なにおいが、まだ濃く残っていた。カミラはわたしを見て、再び顔をしかめた。「あなたがいやじゃなければ、ベッドのシーツをはいで、枕やマットレスの下を探しましょう」

わたしたちは嫌悪に体を震わせながら、血にまみれたシーツをはいだ。マットレスを持ちあげた。なにもない。引き出しを調べ、壁に飾られている絵画の裏を見た。そして最後に彼の服のポケットを探った。ディナージャケットの胸ポケットに、カミラの手紙が入っていた。白いシルクのハンカチの中にきれいに折りたたまれていた。それを見て、カミラは安堵のあまりすすり泣いた。

「すぐに燃やすわ。でもあなたのお母さんの写真はどこかしら」カミラが言った。

「この部屋はもう徹底的に探したわね」ベッド脇のテーブルの上に置かれた、年代物の黒い革装の祈禱書に目が留まった。「ルディが祈禱書を持ってきたとは思えないわ」すでに一度調べていたから、なかには亡くなった家族のお悔やみカードしか入っていないことはわかっていたけれど、それでも再び手に取ってみた。

「彼のものじゃないと思うわ」カミラが言った。「古い祈禱書よ。同じようなものが礼拝所にあるわ」

「礼拝所！」わたしは一瞬たりともためらわなかった。階段を駆けおり、長い廊下を走り、礼拝所に続く小さなドアをくぐった。朝の早い時間だったから、祭壇の上に火を灯した二本の長いろうそくがあるだけで、そのなかは暗かった。奇妙な影が揺れて、電灯はないのだろうかとわたしはいぶかった。恐ろしい出来事のあった夜のあとだったから、とても平静ではいられない。けれどここであきらめるわけにはいかなかった。信者席のうしろに本が詰めこまれた低い戸棚があるのを見つけた。最初に手に取ったものは、新しいように見えた。ぱらぱらとめくってみたけれど、なにもはさまってはいない。下のほうを見ると、ルディが持っていたものによく似た古い革装の祈禱書が二冊あった。一冊目を手に取ってページをめくってみると、写真がはらりと落ちた。なにが写っているのか、暗すぎてよく見えない。ろうそくの近くに持っていき、見えたとたんにショックのあまり、写真を取り落とした。

男性と女性がどうやって愛を交わすのかは知っている。少なくとも、知っていると思っていた。けれどこの写真は思っていたものとはまったく違っていた。からみあった腕と脚、そして母の顔……。ほかにはだれもいないにもかかわらず、かっと顔が熱くなるのがわかった。急いでもう一冊の祈禱書を調べてみると、さらに写真が出てきた。全部で六枚。どれも同じくらいショッキングなものだった。ほかの本もざっと調べ、もう二度と、顔を赤らめずに母の顔を見ることはできないだろうと思った。これがすべてであることを願った。これ以上時間はかけられない。祭壇からろうそくを一本取り、写真を石の床の上で一枚ずつ燃やしていった。表面を加工した紙が丸まり、もだえる蛇のように身をよじりながら灰になっていくのを、わたしはほっとしながら眺めていた。

そこに写っているものをあまり見ないようにしながら最後の一枚を燃やし、ろうそくを元の場所に戻そうとしてつま先立ちになったちょうどそのとき、礼拝所の裏のドアが開いてフランチェスコ司祭が入ってきた。

「ボンジョルノ」わたしはできるだけ普通に息をしようとしながら言った。

司祭はけげんそうにうなずいた。「礼拝ですか?」司祭は形式張った英語で訊いた。「一時間後です」

「ゆうべはとても動揺することがあったので、祈りにきました」わたしは言った。

「ベーネ」司祭はまたうなずいた。「祈るのはいいことです。わたしも祈ります。ここにいなさい。いっしょに祈りましょう」

「いえ、けっこうです。お邪魔はしません。本当にいいんです。もう行かないと」わたしは引き留めようとした司祭の手をすり抜けて、その場を逃げ出した。床に残した祈禱書の山と祭壇近くの灰を見て、司祭はどう思うだろうと考えた。どうでもいいことだ。もうここを出ていくのだから、説明する必要はない。礼拝所をあとにしながら、パウロの母親が間違った祈禱書を開いていたらどうなっていただろうと、ふと考えた。思わず笑いがこみあげた。

31

ついにヴィラ・フィオーリを出ていく。生まれてこのかた、こんなにうれしかったことはない！

一四月二四日　水曜日

わたしが礼拝所にいるあいだに、空は明るくなっていた。湖に面した東向きの窓に目をやると、山と山の頂のあいだから太陽が顔を出しているのが見えた。湖は溶けた銀のようで、始発のフェリーが銀色の航跡を残しながら進んでいく。わたしはその平和で美しい光景に魅入られたようになって、その場に立ち尽くした。目にした光景を楽しむことができたのは久しぶりだ。すると階段をおりてくるハイヒールの音が聞こえてきた。そちらに顔を向けると、水色のドレスに身を包んだ優美な母が落ち着いた足取りでおりてくるところだった。

「おはよう、ダーリン」母は言った。「昨日は恐ろしい一日だったけれど、よく眠れたの？」

母の口から出たのが異国の言葉であるかのように、わたしはまじまじとその顔を見つめた。

「たったいま起きたところなの？」

「ええ、そうよ。まだ七時だもの。わたしにとっては、とんでもなく早い時間よ」

「それじゃあ、知らないの？」思わず言葉につまった。「ゆうべのあの騒ぎで起きなかったの？」

「ぐっすり眠っていたわ。マックスもよ。なにかあったの？」

「カミラのメイドのゲルダが、ルドルフ殺害の容疑で逮捕されただけよ」わたしは答えた。

「彼女はクリンカー中尉も殺したし、わたしのことも殺そうとしたのよ」

「なんてこと。彼女のことは最初から気に入らなかったのよ。表情がないんですもの」

「それに完璧すぎたわ。クイーニーに会いたくなったくらいよ」

「それじゃあ、わたしたちはもう自由に出ていけるのね？」完璧な形の母の額にしわが寄った。「でもこのまま帰るわけには……」

「全部、処理しておいたから」わたしは言った。「問題の品物は煙になって消えたわ。残ったのは灰だけ」

母は安堵そのものの表情を浮かべた。「ダーリン、あなたって天才だわ。お返しにわたしになにかできることがあれば……なんでも言ってちょうだい。もちろん、結婚式の費用は出すわ。素敵な嫁入り衣装をそろえてあげる。どこかにかわいらしい小さな家を買うようにマックスに頼んでもいいわね。なにをしても、この恩に報いることはできないわ」

わたしは母に抱きしめられながら、母がここまでおおっぴらに愛情表現をしたことに驚いていた。警察の尋問があるといってコジモ伯爵が呼びに来たときはほっとした。飾緒《モール》をたくさんつけた偉い警察官に、わたしはすべてを話した。また眠り薬を飲まされるのではないか、それとも今度は殺されるかもしれないと思ったので、ゲルダが持ってきたお茶のサンプルを取ってあることも打ち明けた。コジモ伯爵が通訳すると、警察官はうなずき、イタリア語でなにかを言った。コジモ伯爵は笑顔になって、英語に訳してくれた。「きみは勇敢で聡明な女性だと言っている。きっとだれかのいい妻になるだろうと」

「ありがとうございます。そのつもりです」

そしてわたしは、そのだれかのことを探しに行った。ダーシーは、そこにいた痕跡をなにひとつ残さないように片付け、コテージから自分の荷物を持って戻ってきたところだった。ほかの庭師は、イギリス人庭師が突然姿を消したと思うだろう。いい厄介払いができたと考えるかもしれない。

栄養をつける必要があるとカミラが考えたので、わたしたちは卵つきのたっぷりした朝食をとった。母とマックスは、たくさんのハグとキスと約束をわたしに残した。その約束が実現するかどうかはおおいに怪しいところだけれど、少なくとも結婚式の費用は出してもらおうとわたしは思った……式をあげることが許されたならば。これまでそのことは考えないようにしていたが、王妃陛下に頼まれた任務は果たしたのだから。シンプソン夫人はまだデイヴィッド王子と結婚できる状況ではないと、王妃陛下に報告することができる。これで王妃陛下も安心して……と考えたところで、デイヴィッド王子がここに来た理由を思い出した。ああ、どうしよう。わたしが聞いたことを陛下たちに打ち明けるべきだろうか？　悩んだ挙げ句に、黙っていることに決めた。ダーシーがだれかに報告するだろう。デイヴィッド王子の動向には注意が向けられ、必要だということになれば助言が与えられる。そうしたらきっと彼は正しいことをするはずだ。

母に別れの挨拶をするつもりで、わたしは外に出た。ふたりが車に乗りこもうとしたちょうどそのとき、あることを思い出した。

「そういえばお母さま、おじいちゃんが結婚するって知っていた？」ここ数日の混乱で、そのことをすっかり忘れていた。

母が目を丸くした。「結婚？　だれと？　もう何年も父を狙っていた、隣の家のあのとんでもないばあさんじゃないでしょうね？」

「その人よ」わたしは答えた。「ミセス・ハギンズ。彼女に言わせれば、アギンズだけど」

「とんでもないわ！」母が言った。「あんな人を家族にするわけにはいかない。あなたの結婚式に、エプロンをつけて髪にカーラーを巻いたまま現われるわよ」

「でも、それっておじいちゃん次第でしょう？　おじいちゃんは寂しいのよ。いっしょにいてくれる人が欲しいだけなの」

「糖蜜プディングで、父を引っかけたのね。わたしの目の黒いうちは、絶対にそんなことはさせないから。マックス！」母の山ほどのカバンを後部座席に積みこんでいるマックスに呼びかけた。「気が変わったわ、ダーリン。ヴィラに行くのはやめましょう。すぐにイギリスに向かうのよ」

ふたりを見送りながら、母はミセス・ハギンズを負かせるだろうかとわたしは考えていた。どちらが勝つかはだれにもわからない。

ようやくふたりきりになったところで、ダーシーが言った。

「ぼくはロンドンに戻って、この件を報告しなきゃいけない」

「もちろん、そうね」わたしは冷静なふりをして淡々と答えた。

「いや、ちょっと待ってくれ」ダーシーはわたしの肩に手を置いた。「いますぐ戻らなきゃいけないとは言っていない。明日でもいいんだ。湖周辺のどこか小さなホテルで、きみと過ごしたらどうだろうと思ってね。ここはとても美しいから」

わお。おおいにそそられたけれど、わたしは首を振った。

「わたしが世話をするってベリンダに約束したの。彼女はもうクリニックを出たから、買い物や洗濯をしてくれる人が必要なのよ」

「使用人はいないの？」

「ひとりいたんだけれど、自分の娘さんにも赤ちゃんが生まれるというので、そちらに行ってしまったの」

「いまいましいベリンダめ」ダーシーがつぶやいた。「たまには、自分たちのことを優先しないか？」

わたしは彼の悪態を聞き流した。わたし自身も同じ思いだったから。

「もう一日くらい、ひとりでいてもらっても大丈夫だと思うわ」すでに心が揺らいでいた。

「雑用なら、フランチェスカの孫娘にやってもらってもいいだろうし」

ダーシーの顔が輝いた。「よかった。それじゃあ、出発しようか？」

それでもわたしはまだ、すべきことと愛する人といっしょにいたいという思いのあいだで揺れていた。「でも、ベリンダのところに寄って、大丈夫かどうかを確かめてからにしたほうがいいと思うの。なにか食べるものを買っていくべきかもしれない」

「わかった。きみのスーツケースを彼女の家に運んで、今夜必要なものだけを小さな鞄に入れて持っていこう」

その言葉を聞いて、ダーシーと夜を過ごすことの意味をわたしは改めて考えた。わたしたちは清い関係を保ってきた。けれどもうすぐ結婚する。数カ月早めたからといって、どういうことはないでしょう？

「そうね、今夜必要なものだけを小さな鞄に入れればいいわね」わたしは繰り返した。

ふたりでわたしの部屋へ行き、わたしがスーツケースに荷物を詰めているあいだ、ダーシーはベッドに座って待っていた。なにもかもがきちんと片付けられていたから、荷造りは簡単だった。

「ゲルダにもいいところはあったようだね」ダーシーはわたしの手元を眺めながら言った。

「ふたりで暮らすようになったら、彼女みたいな有能なメイドを見つけられるといいね」

「とんでもないわ」わたしが言うと、ダーシーは笑った。「訓練を受けた殺し屋だっていうことがわかる前から、わたしは彼女が怖くてたまらなかったのよ」

わたしたちはカミラに別れの挨拶をしに行った。カミラはどこかぎこちなくわたしにハグをして、近いうちに必ず訪ねてきてねと言った。結婚式には絶対に呼んでねとも。パウロと彼の母親とコジモ伯爵にも別れを告げた。パウロは自分のおじのことをどう思っているのだろうとわたしは考えた。あの悪巧みのことを知っていたんだろうか？　そうは思えなかった。彼は率直で、好感の持てる人だ。彼が誘惑にかられることなく、カミラと末永く幸せでいることを祈った。

タクシーを呼んでほしいと頼むと、パウロが車で送っていこうと言ってくれた。どうすればいいだろう？　乗せていってもらえるのはありがたいけれど、パウロとベリンダを会わせるわけにはいかない。

「そんな迷惑はかけられないわ。気持ちのいい日ですもの。歩いていけるから」

「迷惑なんかじゃないよ」パウロが言った。

わたしはダーシーを振り返り、小声で言った。「ベリンダに会わせるわけにはいかないの。昔の恋人なのよ！」

「驚いたね」ダーシーがつぶやいた。パウロはマセラティを持ってくると、わたしたちの荷物を後部座席にのせた。丘をのぼっているあいだ、わたしはずっと息を止めていたと思う。今日は、パン屋の外に女性たちはいなかった。それどころか、村の通りに人気《ひとけ》はなくがらんとしている。カフェ兼バーの外に、赤ワインのグラスを前にして座っている老人がふたりいるだけだ――まだ朝の一〇時にもなっていないというのに。

「申し訳ないけれど、なかに入ってもらうわけにはいかないの」パウロがスポーツカーを小道にそろそろと進めているあいだに、わたしは言った。「友人はまだ具合が悪くて、お客さまを迎えられるような状態じゃないのよ」

「気にしなくていいよ。わかっているから。ぼくはただの運転手だよ」

パウロはダーシーといっしょになって荷物をおろしている。わたしは、ベリンダがドアを開けて飛び出してこないことを祈るばかりだった。マセラティがバックで小道を出ていき、遠ざかっていったときには、ほっとして大きくため息をついた。

ダーシーがわたしの鞄を手に取った。「玄関まで運ぶよ。きみがベリンダに今夜のことを話しているあいだ、外で待っている」

「あなたは入らないの？」

「ぼくがいっしょじゃないほうがいいだろう？」

「どうして？　ベリンダはあなたに会ったら喜ぶわ。彼女には気持ちを上向かせるものが必要なのよ」

「だが彼女はいやがるんじゃないかい？　男性に……ああいう状態を見られるのは？」こんなに落ち着かない様子のダーシーを見るのは初めてだった。

「ダーシー、ベリンダはごく普通に応対してほしいんだと思うわ。昔の暮らしを思い出せるように。わたしは彼女が気の毒でたまらないの」

「自分で蒔いた種だ。彼女のライフスタイルは、決して分別があると言えるようなものじゃなかった」

「今回は違うの」わたしはベリンダを擁護した。「相手の男の人はベリンダを愛していると言って、ふたりの未来の話をしたのよ。結婚するつもりなんだってベリンダは思った。だれにでも起こりうることだわ。わたしにだって。今夜あなたとどこかのペンションで過ごしたあとで、あなたは気が変わってわたしと結婚しないかもしれない」

「ありえない」ダーシーは顔を紅潮させていた。「絶対にきみをそんな目にあわせたりしないよ。そのことははっきりさせておく。それに、きみが望まないことはしなくてもいいんだ。ぼくはただ、きみとふたりきりで過ごしたいだけなんだよ」

わたしはうっとりして彼を見つめた。「ああ、ダーシー、愛しているわ。わたしもあなたとふたりで過ごしたい。でも、わたしの言いたいことはわかるでしょう？　男の人はいつだって空気みたいに自由に逃げていく。残された女性の人生は台無しになるのよ。ベリンダは、自分はもう傷物だからだれも結婚してくれないって思っているの」

ダーシーはうなずき、やがて言った。「わかったよ。さっさと終わらせよう。スーツケースが重くてたまらなくなってきたよ」

わたしは玄関のドアをノックした。かなり長い間があって、ようやくベリンダがドアを開けた。わたしは思わず息をのんだ。ひどい有様だ。寝間着の上に紫色のシルクのガウンを羽織って大きなお腹の上で結んでいる。ぼさぼさの髪が、灰色に見えるほど血の気のない顔の横に貼りついていた。

「ああ、ジョージー。よかった、来てくれて。ひどく気分が悪いの。どうしたっていうのかしら。きっと食中毒だわ」

「横になったほうがいいわ」わたしは言った。「ダーシーがいっしょなの。今日はなにか食べたの？」

「なにも。ここに来てから、なにも食べる気になれなくて」

「紅茶をいれるわね。卵はある？」

「なにもないのよ。食料品貯蔵庫は空っぽ」

「それならダーシーに買いにいってもらうわ。さあ、あなたはベッドに入って」

わたしはベリンダを寝室に連れていき、ガウンを脱がせてベッドに寝かせた。ダーシーには卵と牛乳とパンと果物を買いに行ってもらった。

「いつから気分が悪くなったの？」わたしは訊いた。

「ここに着いてすぐよ。クリニックから逃げ出そうって不意に思い立ったの。だから大急ぎで荷造りをして、昼のフェリーに乗るためにほとんど走るようにして丘をおりたのよ」

「ベリンダ！　頭がどうかしたんじゃないの」

「タクシーが見つからなかったんだもの。それに呼んでもらうわけにもいかなかった」ベリンダは大きく息を吸ってからさらに言った。「あなたにはわからないわ。あそこがいやでいやでたまらなかったのよ。鬱になりそうだった」

「退屈でおもしろくないかもしれないけれど、赤ちゃんを産むにはふさわしいところだわ」

「あら、時期が近づいてきたら戻るわよ」ベリンダが言った。「でもあれ以上、なにもしないでいるのは耐えられなかった。不愉快な修道女たちがやってきては、わたしがどれほど罪深い人間かを繰り返し聞かせるんだから。赤ちゃんがどこにもらわれていくのかをわたしは教えてもらえないって言われたのが、とどめだった。あのクリニックを選んだのは、養子に出す手配をしてくれるって聞いたからだったの。わたしは無邪気にも、気さくな田舎の家を自分で選んで、いつでも好きなときに赤ちゃんに会いに行けるんだと思っていたのよ。それなのに、生まれたとたんに赤ちゃんを取りあげられるってわかった。抱くことすら許されないの――愛情を感じたら困るからって」

ベリンダの頬を涙が伝い、わたしは胸が痛んだ。「それが一番いいんだってわかっている。でも、村のだれかにお金を払ってこの家で赤ちゃんを育ててもらえば、わたしが時々会いに来られるって思ったの。そのほうがずっといいでしょう？　だから逃げ出した。そして……」ベリンダは言葉を切り、痛みに顔をゆがめた。額に大粒の汗が浮かんでいる。

「ベリンダ、ひょっとして陣痛が始まっているんじゃない？」わたしは訊いた。

「でも予定日は二週間以上先なのよ」ベリンダはぎょっとしたようにわたしを見た。「それに、全身が激しい痛みの波に襲われている感じ。背中もお腹も」

「わたしにはくわしいことはわからないけれど、出産が近づいているみたいな気がする。丘を駆けおりたせいで、早まったのかもしれないわ」

ベリンダは背筋を伸ばし、わたしの手を握った。「ああ、どうしよう、ジョージー。ここで産むわけにはいかないわ。看護婦さんもいないし、ガスもなにもないのに」

「ダーシーが戻ってきたら、お医者さんを呼びに行ってもらいましょう。事情を説明してもらうのよ。それまで、とりあえずお茶をいれるわね」

わたしはお湯を沸かした。牛乳と食べ物を持って戻ってきたダーシーに、すぐに医者を呼びに行ってほしいと頼んだ。

「赤ん坊が生まれるの？」ダーシーは見たこともないほど不安そうな顔になった。「ここで？いま？」

「そうみたいなの。お医者さまが来てくれればわかるわ」

「すぐに行ってくる」ここにいなくてすむことにほっとしているような口ぶりだった。

わたしはベリンダのところに戻り、彼女が紅茶を飲んでいるあいだ体を支えていた。途中で再び痛みの波が襲ってきて、中断しなくてはならなかった。

「たまらなく辛いわ、ジョージー」ベリンダが言った。「これが陣痛なら、もう二度とするなって言ってね。生きてるかぎり、二度と男の人の近くには寄らないから。あの修道女たちの仲間になって……」

笑わずにはいられなかった。ベリンダもつられて笑った。

「ああ、ジョージー」彼女はわたしの手を取った。「あなたがいてくれて本当によかった。

ものすごく怖くて……」

「もうどこにも行かないわ」わたしは心のなかでため息をつきながら言った。「きっと大丈夫よ」

「あなたがもう少し早く来てくれていればよかったんだけれど。あそこで本当に殺人事件があったの？」

「実を言うと、殺されたのはふたりなの」

「ふたり？　あなたって死体を呼び寄せる癖があるみたいね」ベリンダは弱々しく笑った。

「本当に恐ろしかったのよ。地元の警察官はわたしの母を逮捕しようとしたの」

「あなたのお母さまもあそこにいたの？」

「そうなの。楽しい集まりだったわよ」わたしはにやりとした。「殺人が起きる前から、早く逃げ出したくてたまらなかったわ」

「いま、あなたがここにいてくれてよかった。馬面のカミラはどうだった？」

「とても感じがよかったわよ。わたしがいることを喜んでくれていたと思うわ。彼女、寂しいのよ」

「寂しい？　あんなに魅力的なパウロがいるのに、寂しいはずないじゃない。パウロは彼女にはもったいないわよ」

ベリンダは再び言葉を切り、うめきながら体を前後に揺すった。スコットランドで馬の出産を見たことはあったけれど、それ以外、出産のことはなにも知らない。それでも陣痛については聞いたことがあったし、痛みの間隔がどんどん短くなっていくものだということは知っていた。ベリンダの陣痛はほんの数分間隔になっている。

息を切らしながらダーシーが走って帰ってくるまで、永遠にも思える時間が流れた。

「村には医者がいないんだ」彼が言った。「電話を持っている人を見つけて、ストレーザの医者につないでもらわなくてはならなかった。だがその医者はいま往診に出ていて留守だった。受付係に伝言を残したが、いつ戻ってくるかはわからないらしい。患者は山の上に住んでいるそうなんだ」

「なんてこと」わたしはベリンダの部屋を振り返り、声を潜めた。「そんなに時間がないと思うの。ベリンダはわかっていないみたいだけれど、もうすぐだと思うわ」

「もうすぐ赤ん坊が生まれるっていう意味かい？」

「いいえ、海峡を泳いで渡るっていう意味よ」わたしはいらだち混じりに応じた。「赤ちゃんが生まれるっていう意味に決まっているじゃないの。陣痛が一分おきかそこらになっているのよ」

「じゃあ、どうすればいい？　村に戻って、こういうことがわかる女性を探してこようか？」

「映画で観た記憶によれば、清潔なタオルを探して、お湯を沸かしてもらったほうがいいと思う」

「なんのために？」

「実はよくわからないの」わたしは白状した。

ダーシーは笑いながら言った。「ぼくたちはずいぶんと優秀な助産師だな」

「それでもいまはわたしたちしかいないんだから。さあ、彼女のところに戻らないと」

「いや、ぼくがいても役に立たないと思う」ダーシーはしり込みした。

「ダーシー、あなたには怖いものなんてないんだと思っていたのに」

「麻薬の運び屋やギャングやスパイなら平気だが、出産？」ダーシーは首を振った。

「わかった。あなたはお湯を沸かして、清潔なタオルを探してきて」

わたしはベリンダのところに戻った。ベッドに仰向けになっている彼女は、全身汗みずくだった。「ジョージー、あなたの言うとおりだと思う。赤ちゃんが生まれるんだと思うわ」

「ようやく気づいたのね？」わたしは微笑んだ。「ダーシーがお湯を沸かしている。どうなっているのか見ておいたほうが……」わたしはシーツをめくった。「まあ」目にしたものに衝撃を受けた。「ああ、ベリンダ。お医者さまが早く来てくれるといいんだけれど」

「いつ来てくれるってダーシーは言っていた？」

「なにも。お医者さまはいま往診中で、どこにいるかもわからないの。わたしたちだけになるかもしれないわ」

「さっきから、いきみたい気がしているの。これってよくないことよね？」

「赤ちゃんが出てこようとしているのよ」わたしは言った。「いいことだと思うわ」

もう一度シーツの下をのぞきこむと、ベリンダの脚のあいだに小さなピンク色のなにかが丸く盛りあがっているのが見えた。見ているあいだに、その丸いものは頭頂部になり、やがて小さな頭になった。わたしはおののきつつも、魅入られたようにそれを見つめていた。ダーシーがやってきてわたしの背後に立った。「お湯が沸いたよ。このあとは……なんてこった！」

「いま赤ちゃんを産んでいるところよ」

「見ればわかるよ」

ベリンダが原始人のような悲鳴をあげ、次の瞬間、ずるりと赤ちゃんの全身が現われた。ダーシーとわたしはどちらも触れる勇気がなく、ただ見つめるだけだった。

「きみが言っていたタオルがここにある」ダーシーが言った。

「まだへその緒がついたままだわ」

「切るかなにかしなきゃいけないんじゃないか？　一度、指導書を読んだことがある。靴紐で結んで、切るんだ」

「わたしは切らないから。もう少し、待ちましょうよ」

「ぼくは女の人を探してくるよ」ダーシーはそう言うと、急いで出ていった。「どうすればいいのか知っている人がいるはずだ」

「生まれたの？」ベリンダが体を起こそうとした。「どうして泣かないの？」

わたしはその小さなピンク色の生き物を恐る恐るタオルで包んだ。その生き物はすぐに手をばたつかせながら、甲高い泣き声をあげた。わたしはほれぼれと眺めた。小さな人間。完璧だった。小さな手を振り、怒りに顔をくしゃくしゃにしている。わたしは顔を拭いてやり、ベリンダに微笑みかけた。

「完璧よ。完璧な小さな人間」

「男の子？　女の子？」

そう言われるまで、わたしは確かめようとも思わなかった。確かめた。

「男の子よ。あなたは男の子のママになったのよ」

ベリンダはがっかりした顔になった。「男の子？　だめよ。男の子をどうしろっていうの？　女の子ならなんとかできる。面倒を見られるわ。でも男の子は無理。わたしには男の子は育てられない」

「それなら、修道女たちに任せるしかないわね」

「あなたとダーシーが結婚していたら、育ててもらえたのに」

「でも、まだ結婚していないわ。それに、ほかの人の子供といっしょに結婚生活を始めるのは、あまりいい考えとは思えない気がする。わたしたちに子供ができないというのなら、話は違ってくるけれど……」わたしは言葉を切り、どうしていままで気づかなかったんだろうと考えた。

「どうかした？」ベリンダがわたしの表情に気づいて訊いた。

「みんなが満足できる解決方法があると思うわ」

「どんな方法なの？」

「まだ言えないけれど、でもうまくいけば、すべてが丸く収まるわ」

32

四月二四日　水曜日
サン・フィデルにあるベリンダの小さな家

甲高い声と共に数人の女性がどやどやと部屋に入ってきたので、わたしは口をつぐんだ。彼女たちに任せておけば大丈夫だとわかっていたから、黙ってうしろにさがった。あっと言う間にベリンダと赤ちゃんはきれいになっていた。赤ちゃんは満足そうにベリンダの腕に抱かれている。

「見てよ」ベリンダが言った。「わたしが母親らしいことをするなんて、想像したことがあった？」

「人生は驚くことばかりね」

ダーシーがわたしを脇へ連れ出した。「彼女のそばを離れるつもりはないんだろう？」

わたしはうなずいた。「そんなことはできないわ。わかってくれる？」

ダーシーはわたしの手を取った。「どっちにしろぼくもロンドンに戻らなきゃいけない。きみが戻ってきたら、連絡してくれるね？」

わたしはうなずいたけれど、彼がまた行ってしまい、今度いつ会えるかもわからないのだと思うと、目の奥が涙でちくちくした。「どこに手紙を書けばいいのかも知らないのよ」

「ゾゾ王女の家があるさ」ダーシーはいつもわたしの心をとろけさせるあの笑顔で言った。「きみが滞在してくれれば、彼女も喜ぶよ。今頃は、世界一周のレースも終わっているはずだ」

「そうだといいけれど。あなたが行かなければいいのにって思うわ。わたしもいっしょに行ければよかったんだけれど、でも行けない」

ダーシーはわたしを抱き寄せると、キスをした。切望の思いがこもったキス。もうそれほど待つことはないのだとわたしは自分に言い聞かせた。わたしたちはようやく結婚して、こんな離れ離れの日々は終わりになる。けれどそのあとも彼は、どこへ行くのかも、いつ戻ってくるのかも告げないまま、またどこかに行ってしまうのだと思い出した。それは耐えなければならないことなのだろう。

ダーシーが小道を歩き去るのを見送り、わたしはベリンダのところに戻った。

「少しだけ出かけてくるわ。心配しないで。すぐに帰ってくるから」

そう言い残し、わたしは丘をおりた。

長広間で手紙を書いていたカミラは、戻ってきたわたしを見て驚いた。

「ジョージー、戻ってきたのね。なにか忘れ物？」

「違うの。あなたに話があって。散歩しない？　だれにも話を聞かれないところに」

「ええ、いいわよ」カミラは用心深く答えた。「ルディと手紙に関すること？」

「いいえ、全然違うことよ。もっといい話」

わたしたちは庭に出て、しばらく無言のまま歩いた。それからわたしはストレーザに来た本当の理由を話した。「その友人はいい家の出なの。もちろん手元に赤ちゃんを置いておくことはできない。男の子なのよ。それで、あなたが言っていたことを思い出して、考えたの……パウロに肩書を継ぐ息子ができるわ」

「なにを言えばいいのか、どう考えればいいのかわからないわ。あんまりびっくりしていて」

「あなたは生まれたばかりの赤ちゃんを育てることができるのよ」わたしは言った。「自分の子供のように」

カミラの目に希望の光が灯った。「素敵だわ。でもパウロが賛成するかどうか。彼は由緒ある誇り高い家の出だから」

「あなたはただ頼めばいいのよ」

「そうね、頼めばいいのね」

わたしたちはそこから引き返し、また黙って歩いた。小さな八角形の建物を過ぎ、プールの脇を通り過ぎた。家が近づいてきたところで、カミラが口を開いた。

「そのお友だちだけれど——ベリンダじゃない？」

「そうよ」こんな重大な局面で嘘をつくことはできなかった。

「その子は——パウロの子供じゃないわよね？」カミラの声は震えていた。

「ベリンダとパウロのことを知っていたの？」

「ええ。ベリンダがとても好きだったって話してくれたわ。彼女がカトリック教徒で、あれほど評判に傷がついていなければ、結婚していただろうっていうことも」

「いいえ、彼の子供じゃないわ。ふたりの関係は遠い昔に終わっているの」

「そう。それで、子供の父親は？」

「アメリカ人よ。下劣な男。その気もないのに将来を約束して、ああいうことになった彼女をさっさと捨てたの」

「かわいそうなベリンダ。いつか困ったことになるだろうって昔から思っていたのよ。彼女は危険なことをするわよね？」

「昔からね」

「寄宿舎の窓から抜け出しているところを、一度捕まえたことがあったわ」カミラは笑みを浮かべた。

「彼女がしてきたことのなかでは、あれくらいの危険は小さなものだわ」わたしは言った。

「でも、こんな目にあっていいはずがない。彼は結婚する気なんだって信じていたのよ」

「赤ちゃんに会いに行けるかしら？」

「今日はだめ。出産したばかりで疲れているから。それに彼女は、きちんと身支度を整えていないときには、だれにも会いたがらないの」

「わかったわ。それに、まずはパウロに話をしなくてはいけないものね。いやがるかもしれないし。男の人の養子に対する考え方ってよくわからないもの。ベリンダは近くにいるんでしょう？」

「サン・フィデルよ。丘をのぼったところ」

「驚きだわ。そんなに近くにいたのに一度も会ったことがないなんて」

会わないようにベリンダが細心の注意を払っていたことは言わなかった。ベリンダのところに戻ってみると、彼女も赤ちゃんも眠っていた。

数日後、カミラがやってきた。あらかじめベリンダに話はしてあったけれど、ふたりはどちらもぎこちなかった。カミラは赤ちゃんを抱き、驚きのまなざしで自分の腕のなかを見つめた。「なんて小さいの。なんて完璧なの」

そういうわけで、話はまとまった。つぎはカミラがパウロをつれて赤ちゃんを見に来て、すっかり夢中になった。少なくともカミラは夢中になり、パウロは反対しなかった。赤ちゃんと看護婦はヴィラ・フィオーリに向かった。わたしはそれから数日ベリンダといっしょにいて、彼女が回復し、フランチェスカが戻ってくるまで面倒を見た。ベリンダはもうしばらくこの小さな家にいるつもりだと言った。そうすれば静かなところでドレスのデザインができるからというのが彼女の言い分だったが、まだイギリスの社交界に戻る気になれないのだろうとわたしは思った。ここにいれば、赤ちゃんに会いに行けるという気持ちもあったかもしれない。あまりいい考えではないとわたしは思った。赤ちゃんの顔を見るために、パウロと顔を合わせる勇気が彼女にあるだろうか？　どんどんかわいらしくなる息子を見れば、手元に置いておきたくなる気持ちが大きくなるのではない？　わたしはそういった懸念を口にはしなかったが、代わりにこう言った。「早くイギリスに戻ってこなきゃだめよ、ベリンダ。わたしの結婚式の準備を手伝ってくれないと困るわ。ウェディングドレスのデザインをしなきゃいけないってわかっている？」

「そうね、できるだけ早く帰るわ」

わたしがイギリスに帰る前の夜、わたしたちはテラスに出て湖の向こうできらめく明かりを眺めた。

「わたしはあの子のために正しいことをしたのよね？」ベリンダが訊いた。

「もちろんよ。あの子は貴族の家で、立派な両親に育てられるのよ。これ以上の未来はないわ」

「そうね、そうよね。男の子でよかったと思っているのよ、ジョージー。女の子だったら、きっと手元に置いておきたくなったと思うわ。そうしたら、わたしの人生はとても複雑なものになっていたでしょうね」

「これでよかったのよ、ベリンダ。もちろんいまは心が痛むでしょうけれど、あなたは一〇カ月もあの子を育てたのよ。これからは自分の人生を好きなように生きられるんだわ」

長い沈黙があった。「皮肉なものよね。わたしは本当にパウロを愛していた。そのパウロのところにいまはわたしの子供がいて、わたしはなにもなくなってここを出ていくんだわ」

「あなたは輝かしい未来と共にここを出ていくのよ。ドレスをデザインしたっていいし、旅をしたっていい。なんでも好きなことができるだけのお金をおばあさまが残してくださったでしょう？」

「わたしが幸せをつかめる日は来るかしら。あなたとダーシーのような」ベリンダの声は悲しげだった。

「もちろん来るわよ。ただこれからはもう少し慎重になることね」

ベリンダはわたしを見つめて笑った。「あのもっともな格言ね。おとなしくできないのなら、気をつけろ。気をつけられないのなら、脚は閉じていろ。そうでしょう？」

「そのとおりよ」わたしもいっしょになって笑った。


五月一日、わたしはなんの問題もなくイギリスに帰り着いた。ヴィクトリア駅に着いたときは、激しい雨が降っていた。帰ってきたことを実感した。ゾゾ王女の家に電話をすると、彼女が戻ってきていることがわかった。ダーシーがすでに会いに行っていて、彼女はわたしの到着を待ちわびていた。これで、今後どうするかを決めるまでロンドンでの居場所ができたことになる。


　ゾゾはわたしを温かく迎え、最上階のかわいらしい小さな部屋を用意してくれていた。

「ダーシーが来たときのために、家のほかの場所から離れている部屋にしておいたから」ゾゾは訳知り顔でウィンクをした。


　翌日、わたしはメアリ王妃のもとを訪れた。ザ・マルもバッキンガム宮殿も戴冠二五周年の祝賀式典のために飾り立てられ、強風に旗がはためいていた。

「ストレーザでの滞在は、予定どおりにいかなかったと聞いていますよ」わたしが隣に腰をおろしたところで、王妃陛下が言った。


　ベリンダのことを言っているのだろうかとわたしは一瞬身構えたが、王妃陛下はさらに言った。「あなたが滞在していたその家で、ドイツのスパイが殺されたそうですね。さぞ、不愉快だったでしょうね」

「はい、陛下。ですが、例のアメリカ人女性は、幸いなことに正式にはまだ夫と結婚していることがわかりました」

「それを聞いてほっとしましたよ」

「ただ、離婚の手続きは進めているようです」


　王妃陛下はため息をついた。「そのようですね。ですがそもそも息子はどうしてあの集まりに顔を出したのでしょうね。あの子が好む華やかな集まりではなかったようですけれど」

「行かなければよかったと思っていらしたようです」わたしは言った。あの集まりについて耳にしたことを伝えるべきかどうか、わたしは散々悩んだ。〝デイヴィッド王子はドイツを強く支持しているようで、いずれそれが問題になるかもしれません〟と言うわけにはいかない。メアリ王妃陛下も国王陛下も、そしてわたし自身もドイツの血を引いているからだ。結局、なにも言わないでいることに決めた。イギリス政府はなにがあったかを知っている。それで充分だろう。

それよりも、もっと大事なことがあった。どうやって切りだそうかと考えていると、王妃陛下が言った。「そうそう、あなたの結婚のことですけれど……」

「はい」

「あなたが王位継承権を放棄することに議会に異論はないようですよ。これで、夏の結婚式の予定を立てることができますね」

「ありがとうございます。とてもうれしい知らせです」

これがメアリ王妃でなければ、わたしは抱き着いていただろう。けれど王妃陛下に抱き着く人はいない。

訳者あとがき

〈英国王妃の事件ファイル〉シリーズ第一一巻『貧乏お嬢さま、イタリアへ』をお届けいたします。

著者の覚書にもあるとおり、本書は一九三五年にイタリアのストレーザで行われたイギリス、フランス、イタリア三国による会談がヒントになっているようです。前巻あたりからヒトラーの名前がところどころ登場していますが、この頃からヨーロッパ情勢は次第に緊迫の度合いを強めています。ドイツ民族の復興を掲げて民衆の心を引きつけたヒトラーは一九三三年に首相となって政権を握り、翌年一九三四年には総統の地位について独裁者となりました。ストレーザ会談は、ドイツがベルサイユ条約を破棄して再軍備を宣言したことを受けて、開かれたものでした。もちろん、本書に書かれているようなプリンス・オブ・ウェールズ（作品中ではデイヴィッド王子ですね）を交えた会議が開かれたという事実はありませんが、彼が親独派であったことは間違いありません。ヒトラーはイギリスを降伏させたのち、傀儡《かいらい》政権のトップとして彼を利用するつもりだったというような説もあって、そういったことを念頭に置いて本書を読むと、またべつの面白さがあるかもしれません。

さて、今回ジョージーはメアリ王妃の要請を受けてイタリアに赴くわけですが、そういえば以前には、一歩間違えば犯罪になってしまうような任務を王妃から命じられたこともありましたね。文中にも、メアリ王妃は恐ろしいとか、メアリ王妃を怒らせた人はいないなどという描写がありますが、実際はどんな女性だったのでしょうか。

メアリ・オブ・テックは元々はジョージ五世の兄であるクラレンス公アルバート・ヴィクターの婚約者でした。ところが婚約後わずか六週間でクラレンス公が肺炎のために死去してしまいます。するとすでに国民にも人気があり、しっかりした性格のメアリを国王の妻として必要な存在だと考えていたヴィクトリア女王が、弟のジョージ五世（結婚当時はヨーク公でした）と結婚させたのです。一九三五年に即位二五周年の式典が行われる頃には、ジョージ五世は国民から広く愛される国王となっていましたが、その裏には王妃としての務めを誠実に果たしたメアリの存在があったと言われています。一方で、王家の宝石のリストを作らせたり、貴族の家宝を献上させたりしたことで、〝強盗の一方手前のような方〟とまで言われることもあったようです。確かに、逆らうのは難しい人だったようですね。

そんなメアリ王妃に今回ジョージーが命じられたのは、デイヴィッド王子とシンプソン夫人の動向に目を光らせること。ふたりがこっそり結婚するのではないかと王妃は心配していたのです。言われたとおり、学生時代の友人が女主人となっている邸宅のハウスパーティーに出席したジョージーでしたが、驚いたことにそこには彼女の母親クレアも来ていました。いつもはジョージーに冷淡なクレアなのに、なぜか今回ばかりは娘の顔を見て大喜びします。ジョージーはいぶかりますが、すぐにその理由が判明しました。ハウスパーティーの出席者であり、イタリアに向かう列車のなかでジョージーを誘惑しようとしたロスコフ伯爵に脅迫されているというのです。クレアはロスコフ伯爵と火遊びをして、そのときの写真をネタに彼から大金を要求されていたのでした。クレアは、恋人である大富豪のマックスとの結婚を望んでいましたから、なんとしてもその写真が公になるのを防がなければなりません。どうにかしてロスコフ伯爵から写真を盗み出してほしいと、ジョージーに頼んできたのです。断り切れずに引き受けたジョージーでしたが、すぐに後悔します。広大な邸宅のなかから写真を見つけ出すのは至難の業でしたし、ハウスパーティーのほかの出席者の眼もあります。そのうえ、なにかの陰謀が進行している気配……。シンプソン夫人はまだ離婚が成立していないことが判明したので、メアリ王妃に依頼された任務は果たしたことになります。すぐにでも邸宅を出ていきたかったにもかかわらず、母の頼みを引き受けてしまったばかりにそれができなくなってしまったのです。思い悩んでいるうちに、当のロスコフ伯爵が死体となって発見されます。鍵のかかった部屋で、自分の顔を打ち抜いているロスコフ伯爵の手には銃が握られていました。自殺かと思いきや、ジョージーはあることに気づいてしまい……

例によってジョージーのまわりでまた事件が起きるわけですが、今回は脅迫あり、政治的な陰謀がありと、なかなか波乱に富んだ物語になっています。デイヴィッド王子とシンプソン夫人の関係も次第に深まっているようで、メアリ王妃の懸念も大きくなるばかりです。前作では駆け落ちしそこねたジョージーとダーシーでしたが、はてさてゴールインの日は近づいているのでしょうか？　次作をどうぞお楽しみに。

コージーブックス

英国王妃《えいこくおうひ》の事件《じけん》ファイル⑪

貧乏《びんぼう》お嬢《じょう》さま、イタリアへ

著者　リース・ボウエン
訳者　田辺千幸《たなべちゆき》

2019年7月20日　初版第1刷発行

発行人　成瀬雅人
発行所　株式会社　原書房
〒160-0022 東京都新宿区新宿1-25-13
電話・代表　03-3354-0685
振替・00150-6-151594
http://www.harashobo.co.jp
ブックデザイン　atmosphere ltd.
印刷所　中央精版印刷株式会社

落丁・乱丁本はお取り替えいたします。
定価は、カバーに表示してあります。
 ISBN978-4-562-06096-2 Printed in Japan